몬프크리를 향하여

I 깨어난 악령

몬프크리를 향하여

I 깨어난 악령

고병재 지음

**몬프크리로 향하는 위대한 원정대여!
꼭 임무를 완수하고 돌아오기를!**

바른북스

목차

통나무 속 보석 — 006

검은 연기 — 024

몬프크리의 비밀 — 035

작별인사 — 046

프샨의 비밀창고 — 053

숲속의 눈동자 — 064

배불뚝이 숙소 — 076

새벽에 일어난 일 — 090

새출발 — 096

익숙한 실루엣 — 100

프샨의 상처 — 109

별 그림의 정체 — 116

정체불명의 할아버지	— 132
라이다의 실수	— 140
아드리아프의 정체	— 149
안개가 뒤덮인 마을	— 160
뜨거운 이별	— 168
새로운 시작	— 188
하움 왕국	— 213
티빌스렌의 조언	— 228
카루스 숲	— 273
제드윈 마을	— 289
멈춰버린 풍차	— 319
웃음소리의 비밀	— 337

통나무 속 보석

"해로프 어서 일어나! 오늘 할 일이 많다고!"

뜨거운 태양이 비추고 있는 해로프의 집에서는 오늘 아침도 그를 깨우는 소리가 들려왔다.

"알았다고요!"

해로프는 머리끝까지 이불을 끌어 올리며 아버지의 우렁찬 목소리에 마치 비가 오는 날의 지렁이처럼 이리저리 꿈틀거리며 이불 속에서 발버둥을 쳤다. 해로프는 프샹크 마을에 사는 열일곱 살의 평범한 나무꾼이다. 키는 백칠십 센티미터 정도로 또래 친구들과 비교했을 때 평범한 몸집이다. 그의 머릿결은 마치 일주일 동안 머리를 감지 않은 것처럼 뻣뻣했지만 숱은 풍성하다.

해로프는 아버지인 하프와 같이하는 나무꾼 일이 아무리 생각해 봐도 적성에 맞지 않는다고 생각했다. 해로프가 일어나지 않고 꾸물거리자 하프는 마치 하루 굶은 호랑이가 울부짖듯 다시 우렁차게 소리쳤다.

"빨리 나오라고 해도!"

"지금 가고 있다고요!"

해로프는 어젯밤 책상 의자에 대충 걸어둔 허름한 셔츠와 바지를 입고 방을 나섰다. 하프는 이미 집 밖에서 기다리고 있었고 그의 손에는 해로프의 몸통만 한 길이의 도끼 두 자루가 들려 있었다. 하프는 곰처럼 몸집이 컸다. 물론 그의 몸은 근육보다 물렁거리는 살이 더 많았다. 그때 급하게 집을 나가려는 해로프를 그의 어머니 테라피가 붙잡아 방금 구워진 바삭한 토스트를 해로프의 입안에 잽싸게 넣으며 말했다.

"오늘도 아버지 말씀 잘 듣고 오렴. 사랑하는 아들!"

"다녀올게요…."

해로프는 마치 물에 빠졌다 나온 고양이처럼 축 처진 모습으로 따뜻한 식빵 한 조각을 물며 집 밖으로 나갔다.

"그럼 오늘도 힘차게 가보자고 해로프!"

해로프는 이런 지루한 일을 하는 아버지가 매일 좋은 일이 있는 듯 활기차게 일하러 가는 것이 전혀 이해가 되지 않았다. 그래도 그가 집 밖으로 나오자 시원한 바람이 그를 달래주었다.

해로프가 사는 프상크 마을은 향기롭고 깨끗한 나무들이 많이 자라는 장소로 유명하고 이 마을 사람들은 모두 마을에서 자라는 나무를 사용하여 일하고 있다. 어떤 사람은 나무를 베어 장작을 만들고 또 어떤 사람은 나무를 정교하게 깎아 근사한 장식품을 만들어 팔았다. 해로프도 자신만의 생각으로 나무를 다듬어 장식품을 만들고 싶어 했지만, 그의 아버지 하프는 나무로 장식품을 만드는 예술가들을 먹고 노는 한심한 사람들이라고 말했다. 해로프는 지금까지 장작을 패는 일을 그만두고 싶다고 아버지에게 몇 번 말해보았지만, 그때마다 하프는 단호하게 반대했다.

하프는 자신이 지금 하는 일을 해로프가 당연히 물려받으리라 생각했다. 그렇기에 해로프는 오늘도 어쩔 수 없이 집 뒤쪽에 있는 창고로 가서 억지로 일을 해야만 했다.

"자 해로프 오늘 작업해야 할 나무들이다."

하프는 삐걱거리는 창고의 문을 열어 해로프가 오늘 작업해야 할 통나무들의 양을 보여주었다. 해로프는 자신 키의 두 배 정도가 되는 창고를 꽉 채울 정도의 통나무들을 보며 벌써 힘이 빠질 수밖에 없었다.

"아버지 설마 이 나무들을 오늘 전부 쪼개라고 하는 건 아니겠죠?"

하프는 아들 해로프가 창고 안에 있는 통나무들을 보고 고개를 푹 숙이자 말했다.

"그만큼 우리 마을의 장작을 좋아해 주는 사람들이 많다는 거니까 감사하게 생각하고 열심히 하렴. 그럼 나는 다른 일을 하러 가보마. 절대 딴청 피울 생각은 하지 말고!"

그렇게 하프는 해로프에게 오늘의 할당량을 정해주며 자기 일을 하러 갔다. 통나무가 가득 들어 있는 창고 앞에 홀로 남겨진 해로프는 땅이 꺼질듯한 깊은 한숨을 내쉬고 창고 속에 들어 있는 무거운 통나무를 꺼내 자신의 몸통만 한 도끼로 나무를 내려찍기 시작했다. 그때 저 멀리서 누군가가 소리쳤다.

"해로프!"

다행히 해로프가 일을 시작한 지 얼마 지나지 않아 그의 친구들인 라이다와 파프가 그를 도우러 왔다. 해로프의 두 친구도 하프의 밑에서 일을 배우고 있었다. 해로프는 멀리서 오고 있는 그의 유일한 친구들을 보며 기분이 그나마 괜찮아졌다. 해로프에게 다가오고 있는 이 친구들은 해로프가 어렸을 때부터 같이 지내온 친구들이다.

라이다는 해로프의 어깨 정도로 키가 작고 호기심이 많은 친구이다. 라이다의 모습을 보면 마치 산속에서 재빠르게 돌아다니는 다람쥐를 생각하면 될 것이다. 그는 호기심이 많아 궁금한 것이 생기면 어떤 방법을 사용해서라도 알아냈고 장난치는 것도 좋아하는 개구쟁이다.

라이다는 지금 그의 고모의 집에서 같이 살고 있는데 정확한 이유는 아무도 모르지만, 소문으로는 그의 부모님이 어린 라이다를 어느 날 그의 고모의 집 앞에 놓고 어디론가 떠나 지금까지 오지 않았다는 소문만 무성했다.

라이다의 뒤에서 천천히 걸어오는 파프는 라이다와는 아주 반대로 단단한 바위라고 생각하면 될 것이다. 그는 정말 무뚝뚝하고 지금 어떤 감정을 느끼고 있는지 다른 사람이 표정을 보고 알 수 없을 정도로 매번 일관된 표정을 짓고 있다.

　하지만 파프가 아무리 사람들에게 무뚝뚝하게 말한다고 해도 그 사람을 싫어하는 것이 절대 아닌 원래 그의 성격인 것이다. 파프가 기분 좋은 날에도 종종 마을 사람들에게 화가 난 것처럼 보인다고 오해를 받기도 한다.

　해로프가 보기에 파프는 이목구비가 조각상처럼 뚜렷하고 코도 오뚝하게 높아 프샹크 마을에서 가장 잘생겼다고 생각했다. 그는 할머니와 단둘이 살고 있는데 그의 부모님은 파프가 어렸을 적 불의의 사고로 갑자기 세상을 떠나자 그의 할머니가 홀로 남은 파프를 키우기 시작해 어렸을 때부터 지금까지 할머니와 같이 살고 있다.

　"라이다! 파프!"

　라이다는 해로프가 손들어 인사하자 같이 손을 들어 인사했고 파프는 무심하게 고개를 끄덕였다. 이 셋은 어렸을 때부터 친구 사이였지만 라이다와 파프의 사이는 예전부터 좋지 않았다. 그래서 해로프는 이 둘의 사이를 중재하는 역할을 해오고 있다. 오늘도 역시 라이다와 파프는 멀리 떨어져서 걸어오고 있었다.

　"빨리 와서 우리가 오늘 처리해야 할 나무들을 봐!"

　해로프는 라이다와 파프에게 창고 속 엄청난 양의 통나무들을 보여주며 힘든 마음을 나누어 보고자 했다. 라이다는 산처럼 쌓인 통나무들을 보며 눈이 커졌다.

"이렇게나 많다고? 하프 아저씨는 우리 마을에 있는 나무를 전부 잘라오신 거야?"

라이다가 말하자 그의 뒤에서 천천히 걸어오던 파프는 아무 불평 없이 창고에서 통나무를 하나 꺼내 자신 앞에 갖다 놓으며 말했다.

"불평하지 말고 장작이나 패자."

방금 도착해 창고 속을 보며 입을 다물지 못하고 있던 라이다에게 뒤따라 오던 파프는 조용히 장갑을 끼며 통나무를 앞에 놓고 장작을 패기 시작했다. 마치 한 치의 오차도 없는 기계처럼. 라이다는 그런 파프를 보며 말했다.

"너 정말 사람 맞아?"

해로프는 묵묵히 움직이는 파프를 보며 말했다.

"파프 말이 맞아. 우리가 오늘 많은 양의 나무들을 다 장작으로 만들려면 지금부터 쉬지 않고 일해야 해가 지기 전까지 다 할 수 있을 거야."

해로프와 라이다도 파프를 따라 나무를 쪼개기 시작했는데 하늘 위로 높이 올라가는 태양 빛이 그들을 강하게 쬐려보며 더욱 힘들게 했다. 해로프와 그의 친구들은 마치 쫄깃한 떡을 만들기 위해 떡방아를 찧는 사람처럼 몇백 개의 나무를 쉬지 않고 내려쳤다.

한 시간 정도가 흐르고 해로프는 몸에 힘이 더 들어가지 않자 창고 주변에 있는 거대한 나무 그늘에 앉아 뜨거운 햇볕으로 데워져 있는 몸을 식혔다. 라이다도 해로프를 따라서 나무 그늘로 왔고 파프는 그때까지도 힘든 내색 보이지 않으며 통나무를 쪼갰다. 해로프는 파프가 쉬지 않고 일해서 갑자기 쓰러지진 않을시 걱정되어 소리쳤다.

"파프 그만하고 너도 이리로 와! 그러다 돼지 통구이처럼 익어 버리겠어!"

해로프 옆에 앉으려고 하는 라이다는 그런 파프를 보며 말했다.

"통구이 되든지 말든지. 저 고집덩어리 녀석 그냥 두라고."

파프는 해로프가 계속 소리치자 조용히 도끼를 풀썩 내려놓고 이미 젖어 있는 손등으로 땀을 닦으며 마치 위험한 사냥을 끝내고 온 사냥꾼처럼 터벅터벅 나무 그늘로 걸어왔다. 나무 그늘은 마치 비가 올 때 우산처럼 뜨거운 태양 빛을 막아주었다. 그런데 그때 마침 하프가 통나무 창고로 왔고 해로프가 나무 그늘 밑에서 편하게 쉬고 있는 모습을 보며 소리쳤다.

"이 녀석들아 놀기만 하지 말고 일하라니까! 오늘 창고에 들어 있는 나무를 다 못 하면 집에 못 갈 줄 알아!"

해로프는 지금까지 열심히 일하다가 방금 그늘에 앉았는데 그 것을 알아주지 못하는 아버지에게 억울함이 섞인 목소리로 소리쳤다.

"방금까지 열심히 일했다고요!"

"또 그런 핑계를 대는구나 해로프!"

"정말이라니까요!"

하프는 고개를 흔들며 통나무 창고로 걸어갔다. 그리고 그는 해로프의 말대로 정말 창고 안에 통나무들이 많이 없어진 것을 보며 흠칫 놀랐다. 그의 예상보다도 통나무가 더 많이 사라졌었다. 하프는 아무 말 없이 다시 자신의 작업장으로 돌아갔다. 해로프는 뒤를 돌아 멀리 가는 아버지를 보며 깊은 한숨을 내쉬었다.

"난 이 일을 그만하고 싶어."

파프는 해로프의 그 말을 듣고 보며 마치 사탕을 한 개 더 먹겠다는 아이에게 안 된다고 말하는 엄마처럼 단호한 목소리로 말했다.

"그럼 나중에 뭐 먹고 살게."

"난 우리 프상크 마을에 있는 나는 나무들로 나만의 조각품들을 만들고 싶단 말이야. 운이 좋다면 다른 사람들에게 팔 수도 있고…."

"그런 일을 하면서 절대 먹고살 수 없어."

파프는 해로프에게 그 말을 하고 일어났다. 그리고 그는 다시 뜨거운 태양 밑에서 흐트러진 동작 없이 장작을 패기 시작했다. 그런 파프의 모습을 보고 라이다는 해로프의 귀에 얼굴을 가져다 대고 속삭였다.

"저 녀석 무섭다니까? 어떻게 지치지 않고 일을 할 수 있는 거지?"

해로프는 라이다의 말을 듣는 둥 마는 둥 멍하니 푸른 하늘만 바라보다가 말없이 일어나 햇빛이 쏟아지고 있는 통나무 앞으로 천천히 걸어갔다. 라이다도 해로프가 일어나 가자 재빨리 그를 따라 일어났다. 그들은 잠깐의 휴식을 취하고 점심이 오기 전까지 쉬지 않고 무자비하게 통나무들을 갈라냈다. 태양은 점점 더 그들의 머리 위로 높이 올라가고 있었다.

그런데 그때 해로프가 프상크 마을에 다 울려 퍼질 정도로 크게 소리쳤다.

"으악!"

라이다는 해로프의 그 소리를 듣고 혹시나 그가 도끼에 한쪽 팔이 잘려나간 것은 아닌지 얼른 고개를 돌렸다. 파프는 해로프의 갑작스러운 큰 소리에 들고 있던 도끼를 옆으로 내던지고 해로프에게 달려갔다. 라이다는 다행히 그의 두 팔이 붙어 있는 것을 보고 말했다.

"해로프, 왜 그래?"

그는 바닥에 주저앉아 두 손바닥을 부여잡고 있었다.

"나무가 쪼개지지 않아."

"오늘 힘을 벌써 다 써버린 거야?"

"그런 게 아니야. 네가 한번 해봐."

라이다는 자신의 도끼를 가져와서 해로프 앞에 놓여 있는 통나무를 강하게 내려찍었다. 하지만 라이다 역시 해로프와 마찬가지로 통나무를 두 동강 내지 못했다.

"내 손! 내 손 살려내!"

팔짱을 끼며 그들을 한심하게 쳐다보고 있던 파프는 아파하고 있는 그들 앞으로 천천히 걸어가 해로프 앞에 놓여 있는 통나무를 세차게 내려찍었다.

"으…!"

파프는 통나무가 쪼개지지 않자 자존심이 상했는지 그 후로 몇 번 더 내려찍었다. 하지만 통나무는 끄떡없이 갈라지지 않았다.

그런데 그때 해로프는 통나무 중간에서 무언가가 빛나고 있는 것을 발견했다. 파프는 손바닥이 정말 아팠지만, 그의 자존심을 지키기 위해 어금니를 부서질 듯 깨물며 참았다. 해로프는 통나무 사이에 있는 반짝이는 무언가를 보며 말했다.

"여기 안에 단단한 돌이 박혀 있나 봐!"

해로프는 통나무 사이에 있는 무언가를 보며 욱신거리는 손바닥을 주무르고 있었다.

"통나무 안에서 빛이 반짝이고 있어!"

라이다도 통나무에 가까이 다가가 유심히 그 속을 자세히 보더니 마치 조개 속에 반짝이는 진주를 발견한 것처럼 두 눈을 크게 뜨며 통나무 사이에 있는 것을 손으로 가리켰다. 라이다가 가리킨 곳을 해로프와 파프는 가까이 다가가 보았고 정말로 다이아몬드처럼 반짝이고 있는 무언가를 보았다.

"어서 꺼내보자!"

해로프는 통나무 안에서 반짝이는 무언가를 보자 손바닥에 욱신거리던 고통을 잊은 듯 나무를 벌리기 시작했다. 해로프와 파프가 마치 줄다리기를 하듯 반대 방향으로 통나무를 당기자 그 속에 박혀 있던 반짝이는 무언가가 바닥으로 튕겨 나왔다. 그것은 은은한 초록빛을 비추는 달걀모양 보석이었다. 하지만 그것은 일반적인 다른 보석들과는 다르게 그 속에 검은색 먹구름이 움직이고 있었다. 해로프는 통나무 밖으로 튕겨 나온 것이 분명히 누가 잃어버린 값비싼 보석이라고 생각했다.

"정말 보석이 맞는 것 같아!"

해로프는 흥분한 상태로 그 보석을 두 손으로 집어 조심스럽게 들어 올렸다. 파프도 관심 없는 척했지만 빛나고 있는 보석에 눈을 떼지 못하고 있었다. 라이다는 벌써 자신이 보석을 팔아 부자가 되는 상상까지 하고 있었다. 그때 파프가 이들의 기분 좋은 상상을 깨는 한마디를 했다.

"보석이 왜 여기에 있겠어. 절대 아닐 거야."

힘 빠지는 파프의 말에 라이다가 그를 노려보며 말했다.

"파프! 그럼 이게 진짜 보석이 맞으면 팔고 받은 돈을 해로프와 나만 나누어 가진다?"

"그러시든지."

"둘 다 그만해!"

해로프의 말에 그 둘은 서로 고개를 반대로 돌렸다. 해로프가 말리지 않았더라면 지금 그들에게 내리쬐고 있는 태양의 온도보다 더 뜨겁게 한판 붙을 것 같았다. 해로프는 라이다와 파프를 다시 자신 쪽으로 끌어당기며 말했다.

"내일 이것을 보석상에 가서 팔아보자. 그러면 알 수 있겠지."

하지만 그들은 내일 아침에도 이곳에 나와 나무 파편을 얼굴에 맞으며 일을 해야 한다는 것을 생각하고 라이다가 말했다.

"내일 아침에도 이 통나무를 쪼개야 하는데?"

"그러니까 아버지 몰래 아침 일찍 팔고 오는 거야. 만약 보석이 아닌 평범한 돌이라면 그냥 던져버리고, 정말로 보석이 맞는다면…."

해로프는 손에 들고 있는 신기한 돌을 마치 방금 태어난 갓난아기를 품에 안고 있는 것처럼 조심스럽게 끌어안으며 말을 멈추었는데 라이다가 해로프가 하려던 말을 이어서 했다.

"보석이면 우리는 엄청난 부자가 되는 거지!"

파프는 그들의 대화를 들으며 한심하다는 듯 고개를 저었다. 그들은 점심이 되자 배가 고파 아까 잠시 쉬었던 나무 그늘 밑에서 해로프가 아침에 가지고 온 주먹밥을 한 개씩 입에 넣었다. 다들 배가 고팠는지 아무 말 없이 허겁지겁 먹기 시작했다. 해로프는 양쪽 볼에 밥을 가득 채운 채 말했다.

"일단 아버지에게는 비밀이야. 이것을 아신다면 분명히 가져가실 것이 뻔하거든."

라이다도 고개를 끄덕였다.

그때 뒤에서 익숙하고 굵은 목소리가 들려왔다.

"뭐가 뻔하다고?"

그들 뒤에서 하프가 출렁이는 뱃살을 만지며 서 있었다. 하프는 그들이 일하고 있지 않은 것을 보고 조용히 그들에게 다가왔다. 사실 하프는 그의 몸집 때문에 조용히 오지 않았지만 해로프와 그의 친구들은 그들이 발견한 보석에 너무 집중하고 있어서 하프의 발걸음 소리를 듣지 못했다. 해로프는 자신의 손에 들고 있는 것을 재빠르게 주머니에 넣으려 하다가 땅으로 떨어뜨렸고 재빠르게 다시 주워 주머니에 넣었다.

"내일도 열심히 일한다고 말하고 있었어요!"

해로프는 마치 세 살 먹은 꼬맹이가 들어도 어색한 말투로 아버지에게 억지웃음을 보이며 말했다. 파프는 이럴 줄 알았다는 듯 말없이 하늘만 바라보고 있었고 라이다는 험한 산속에서 거대한 야생 곰을 마주친 것처럼 서 있는 하프를 보고 놀랐다.

"주머니에 있는 거 가지고 와. 다 봤어 해로프."

하프는 벌에 쏘인 것 같은 두꺼운 손바닥을 해로프 앞으로 내밀었다.

"이런."

해로프는 라이다와 파프의 눈치를 보며 어쩔 수 없이 주머니에서 그들이 발견한 보석을 하프의 손바닥에 살포시 올려두었다. 하프는 해로프가 손바닥 위에 올려둔 보석 안에 소용돌이처럼 돌아가고 있는 검은 연기를 자세히 보았다.

그런데 하프가 보석 안에서 움직이고 있는 검은 소용돌이를 한참 보더니 그것을 바닥에 내던지며 마치 돌아가신 그의 할아버지를 길에서 마주친 것처럼 얼굴이 창백해졌다. 해로프는 하프의 손에서 내던져진 보석을 빠르게 주웠다.

"그것을 당장 버려! 아니면 땅속 깊이 묻어서 아무도 찾지 못하도록 해!"

해로프는 아버지가 고작 손바닥만 한 돌멩이 하나에 소스라치게 무서워하는 것을 보고 어리둥절했고 그 옆에 있던 라이다와 파프도 해로프와 같은 반응을 보였다.

"아버지 갑자기 왜 그러세요?"

파프도 하프의 두 눈동자가 이리저리 흔들리자 조용히 말했다.

"아저씨 괜찮으세요?"

파프와 해로프는 하프가 마치 죽을병에 걸린 사람이 된 것처럼 걱정스럽게 쳐다보았다.

"블레드…. 블레드야!"

"네? 뭐라고요?"

해로프는 자꾸만 아버지가 자신이 발견한 보석을 보며 겁을 먹은 채 알아들을 수 없는 말을 하자 뜨거운 태양 빛에 더위를 먹은 것이 분명하다고 생각했다. 해로프는 자신이 들고 있는 보석을 다시 한번 들여다보고 도대체 어떤 것에 하프가 무서워하는지 살펴보았지만, 그 이유를 전혀 찾지 못했다. 해로프가 땅에 떨어진 보석을 다시 주워 올리자 하프가 떨리는 목소리로 최대한 침착하게 말했다.

"해로프 내 말 들으렴. 그건 너희들이 생각하는 보석이 아니야. 그러니 지금 나한테 주거나 아니면 아무도 모르는 땅에 깊숙하게 묻어두렴. 그 영혼석은 절대 이 세상에 다시는 나오면 안 되는 거야."

"영혼석이요? 그게 뭔데요. 아버지 지금 이상해요!"

하프는 계속 떨리는 목소리로 해로프가 들고 있는 보석 안에서 움직이고 있는 검은 연기를 바라보았고 이제는 그의 얼굴이 하얀 대리석처럼 변해 있었다.

"알겠어요."

해로프는 일단 아버지가 정말 무서워하자 들고 있던 보석을 옆으로 살짝 던져버렸다. 그때 정체를 알 수 없는 보석은 단단한 바위에 부딪혀 균열이 생겼다.

"이제 버렸어요. 이따가 라이다와 파프와 같이 땅속 깊은 곳에 묻어둘 테니 너무 걱정하지 마세요."

"그럼 부탁한다. 그 누구도 다시는 찾을 수 없도록 깊이 묻어줘."

라이다는 하프를 빨리 돌려보내기 위해 말했다.

"아저씨 그건 저희에게 맡겨주세요. 그러니 이젠 안심하고 가셔도 돼요. 저희는 오늘 할 일이 많이 남았거든요."

하프는 마치 일주일 동안 심한 몸살감기에 걸린 사람처럼 몸을 덜덜 떨며 돌아갔다.

"아저씨 조금 이상한 거 같지 않아? 저 고상하게 빛나고 있는 보석을 보고 무서워하다니 정말 특이하다니까?"

라이다는 거대한 판다 같은 몸집의 하프가 조그마한 보석을 보고 마치 골목에서 고양이를 만난 생쥐처럼 도망가는 것을 이해할 수 없었다. 파프는 해로프가 내던진 보석을 주워 그 안에 있는 하프가 보고 놀란 검은 연기를 자세히 들여다보았다. 그리고 파프는 조용히 말했다.

"하프 아저씨는 이 안에 들어 있는 검은 소용돌이를 보고 놀라셨어. 불길하게 움직이고 있는 검은 연기는 내가 봐도 기분이 썩 좋지 않아."

라이다는 파프가 하프의 말대로 정말 반짝거리는 보석을 땅속 깊이 묻을까 봐 다급하게 말했다.

"파프 설마 너도 지금 하프 아저씨처럼 겁먹은 거야? 고작 그 돌덩이 하나에?"

해로프는 항상 자신감이 넘치고 활기차던 아버지가 그렇게 놀란 모습과 창백한 모습을 태어나서 처음 봐서 얼떨떨했다.

"정말 안에 검은 연기가 빙빙 돌고 있어."

해로프도 파프의 손에 들려 있는 초록빛의 보석을 자세히 보았고 정말 그 안에서 검은 연기가 이리저리 움직이는 것을 보고 말했다. 라이다는 파프와 해로프가 무언가에 홀린 것처럼 보였다. 라이다는 빨리 보석을 팔아 부자가 되어 맛있는 음식과 사고 싶은 것을 모조리 사버리고 싶은 마음이 컸기에 조급해하며 해로프에게 물었다.

"해로프 너까지 왜 그래. 이건 우리를 부자로 만들어 줄 값비싼 보석이 확실하다고! 설마 하프 아저씨 말대로 땅속 깊이 묻어둘 생각은 아니지?"

해로프는 유심히 보석을 쳐다보다 입을 열었다.

"일단 내일 이것을 팔아버리고 아버지에게 아무도 찾을 수 없는 땅에 묻어두었다고 말하면 돼."

"역시 해로프! 나랑 잘 맞는다니까!"

해로프는 다시 자신의 주머니에 정체불명의 초록빛 보석을 집어넣고 남아 있는 통나무를 쪼개기 위해 다시 창고 앞으로 갔다. 라이다와 파프도 해로프를 따라 아직 많이 남아 있는 통나무들을 빠르게 쪼개기 시작했다.

해로프는 아버지가 엄청나게 무서워하는 모습이 머릿속에서 잊히지 않았고 그의 친구들도 모두 그 생각을 하고 있는지 오후엔 다들 대화 없이 장작 패는 소리만 들려왔다. 이제 점점 뜨겁게 비추던 태양이 서서히 지평선 아래로 내려갈 때 해로프와 그의 친구들은 창고 안에 있던 많은 양의 통나무들을 전부 다 쪼개어 놓았다. 해로프는 텅텅 빈 창고 속을 보고 한숨을 내쉬며 말했다.

"이렇게 많던 것을 오늘 우리가 다 해냈어!"

라이다는 마치 지구 한 바퀴를 돌고 온 사람처럼 힘없이 말했다.

"너무 힘들어. 집에 들어가면 바로 잠들 것 같아."

라이다는 몸에 힘이 다 빠져나간 듯 척추뼈가 없는 오징어처럼 허리를 구부리며 말했다. 파프도 양쪽 허리에 두 손을 올리고 태양이 서서히 내려가는 모습을 보며 숨을 내쉬었다. 그들은 나무 파편으로 엉망진창이 되어버린 옷을 털며 집으로 돌아가기 시작했다. 라이다는 해로프가 몰래 보석을 땅에 묻은 것은 아닌지 그의 주머니를 확인했다.

"해로프, 그거 아직 잘 있지?"

해로프는 자신의 주머니를 눌러 둥글게 튀어나온 것을 라이다에게 보여주었다.

"물론이지."

파프는 해로프와 라이다의 뒤로 걸어가며 주머니 안에 들어 있는 보석이 수상하다고 느꼈고 만약 비싼 보석일지라도 가지고 싶은 마음은 들지 않았다.

검은 연기

"저 왔어요."

테라피는 종종걸음으로 방에 들어가는 해로프를 보며 말했다.

"우리 아들 왔니? 얼른 씻고 오렴. 할 말이 있어."

그는 집 안에 들어가자마자 향긋한 음식 냄새를 맡으며 배가 더 고파졌고 주머니에 있는 보석을 들키지 않도록 최대한 평소와 같은 표정을 지으며 들어갔다. 해로프는 방에 들어가자마자 주머니에서 초록빛 보석을 베개 속 깊이 숨겨놓았고 부엌으로 나왔다. 그가 방을 나가자 초록빛 보석 안에서 움직이고 있던 검은 연기는 마치 믹서기에 갈리는 사과처럼 빠르게 돌기 시작했다.

"해로프 정말 영혼…. 아니 이상한 돌을 발견했다는 아버지의 말이 사실이니?"

테라피는 하프의 눈치를 보며 말했다.

"정말 보석 같았어요!"

"그건 지금 어디에 있고?"

해로프는 자신의 거짓말이 들키지 않도록 하려고 일부러 음식을 욱여넣으며 말했다.

"아버지가 말한 대로 땅속 깊은 곳에 묻어놨어요."

"다시는 그 돌을 꺼내면 안 돼. 그 누구에게도 그 보석을 발견했다고 말해도 안 되고."

"네 어머니."

사실 해로프는 어머니 테라피에게는 집으로 보석을 가지고 왔다고 말하려고 했지만, 그의 어머니까지 자신이 가지고 온 보석을 마치 흉측한 흉기라도 되는 것처럼 생각해 거짓말을 했다. 그는 음식이 입으로 들어가는지 코로 들어가는지도 모르게 먹은 다음 빨리 방으로 들어갔다. 그리고 부모님에게 보석을 들키지 않도록 오늘 밤은 보석을 이불 밖으로 꺼내면 안 되겠다고 생각했다.

해로프는 마치 거북이가 등껍질 안에 들어간 것처럼 이불을 덮고 은은하게 빛나고 있는 보석을 바라보았다. 그리고 해로프는 보석 안에서 아까보다 더 빠르게 움직이고 있는 검은 소용돌이를 보았다.

"내일 아침에 바로 팔아버릴 거니까 내 거짓말도 들키지 않을 거야."

 해로프는 혹여나 부모님이 갑자기 방에 들어올 수도 있다고 생각하여 잘 때도 품에 안고 자야겠다고 생각했다. 해로프는 오늘 고된 일을 하고 와서 그런지 눈을 감고 일 분도 채 되지 않아 깊은 잠에 빠질 수 있었다.

 그런데 조용한 새벽이 되자 해로프 품 안에 있는 보석 속의 검은 소용돌이는 점심에 떨어지며 생긴 균열 사이로 천천히 밖으로 나오기 시작했다. 그 모습은 마치 뱀이 먹잇감을 포착한 것처럼 천천히 해로프의 방 안으로 꾸물거리며 나왔다.

 침을 흘리며 자는 해로프는 아직 자신의 방 안에서 어떤 일이 일어나고 있는지 알지 못할 정도로 깊이 자고 있었고 초록빛 보석 안에서 있던 검은 소용돌이는 순식간에 해로프의 방을 마치 하얀 우유 속에 갈색의 에스프레소를 넣은 것처럼 검은 연기로 가득 채웠다.

 해로프의 방을 가득 채운 기괴한 검은 소용돌이는 그 안에서 마치 당장이라도 소나기가 내릴 것처럼 어두컴컴한 먹구름 같았다. 그때 검은 소용돌이 속에서 늑대같이 날카로운 눈매의 빨간 눈동자가 나타났다. 오랜 잠에서 깨어난 듯한 그 시뻘건 눈을 깜빡였고 뒤이어 그 소용돌이 속에서 팔과 말라비틀어진 나뭇가지처럼 얇은 손가락까지 튀어나왔다. 그 손가락은 무서운 마치 악덕한 마녀처럼 길고 날카롭게 튀어나와 있었다. 소용돌이에서 다리는 나오지 않았고 어디든지 날아다닐 수 있을 것처럼 보였다. 빨간 눈동자는 그 후 한참 동안 해로프의 방 안을 두리번거리기 시작했다.

검은 소용돌이는 침대에서 세상모르게 자는 해로프를 발견해 한동안 뚫어지게 쳐다보았고 그에게 다가가 속삭였다.

"이 귀여운 친구가 나를 오랜만에 세상 밖으로 나올 수 있도록 했군. 너도 나처럼 이 세상을 어둠으로 지배할 힘을 가지고 싶었구나."

검은 형체의 목소리는 마치 깊은 동굴 속에서 말하는 것처럼 오싹했고, 그의 목소리는 해로프 방 안에 메아리처럼 울렸다. 빨간 눈의 검은 연기는 해로프가 자신을 일부러 이 세상 밖으로 나오게 했다고 생각해 자신과 같이 이 세상을 지배하겠다는 의미로 생각했다. 해로프를 바라보던 검은 연기는 그를 자신의 꼭두각시 역할을 해줄 수 있는 사람으로 선택하고 잠에 빠져 있는 해로프의 몸속으로 다가갔다.

"네가 나를 세상 밖으로 불렀으니 나의 꼭두각시가 되어줘야겠다."

검은 먹구름은 그 말을 하고 해로프의 가슴 속으로 빨려 들어가듯 침투하기 시작했다. 잠을 자고 있던 해로프는 검은 연기가 자신의 몸속으로 들어오기 시작하자 갑자기 심장이 빠르게 뛰고 온몸에 식은땀이 나기 시작하며 결국 감겨 있던 두 눈을 번쩍 떴다. 그리고 그는 지금 앞에 일어나고 있는 일을 보고 소리쳤다.

"이…. 이게 뭐야!"

해로프는 검은 연기가 자신의 가슴 속으로 빨려 들어가고 있는 것을 보고 깜짝 놀라 침대 옆으로 굴러떨어졌다. 그 때문에 해로프의 몸속으로 빨려 들어가고 있던 검은 소용돌이는 꼭두각시가 되어줄 해로프의 몸속에서 다시 밖으로 나왔다. 검은 소용돌이 속 빨간 눈동자는 결국 떨리고 있는 해로프의 눈동자와 정면으로 마주쳤다. 해로프는 바로 앞에 빨간 눈동자를 보고 마치 온몸에 전기가 통하는 듯 떨렸고 얼굴이 창백해졌다.

"이건 악몽이야!"

해로프는 재빨리 꿈에서 깨어나기 위해 오른쪽 손바닥으로 자신의 뺨을 강하게 때렸다. 하지만 뺨을 후려쳐도 앞에 있는 빨간 눈동자가 사라지지 않자 계속 때려보고 반대쪽 손으로 때려봐도 악몽에서 빠져나올 수 없었다.

그런 해로프를 빤히 쳐다보고 있는 검은 소용돌이는 앞에서 자신의 얼굴을 때리고 꼬집고 있는 그에게 기괴한 목소리를 내며 말했다.

"꼬마야 지금 이게 꿈이라고 생각하니?"

"말도 하잖아?"

해로프는 빨간 눈동자를 보고 겁에 질려 방 끝까지 기어갔다.

"내가 너의 영혼으로 들어가는 것을 영광으로 생각하고 가만히 있으렴, 꼬마야."

검은 연기는 다시 해로프의 몸 안으로 들어가기 위해 그의 가슴 쪽으로 가까이 갔고 심장 속으로 다시 빨려 들어가기 시작했다. 그때 해로프는 검은 소용돌이가 몸속으로 들어오는 것을 보고 재빠르게 몸을 옆으로 굴렸다. 그리고 겁에 질린 표정으로 말했다.

"그게 무슨 소리예요! 세상을 어둠으로 지배한다는 생각은 해본 적이 없다고요! 제가 당신을 일부러 깨운 것도 아니에요!"

해로프는 마치 장난감을 빼앗긴 어린아이처럼 눈물을 흘리며 악몽에서 깨어나고 싶어 했다.

"네가 일부러 나를 세상 밖으로 나오게 한 것이 아니라고? 그렇다면 내가 정중하게 제안하지. 나와 함께 이 세상을 어둠으로 가득 찬 우리의 세상으로 바꾸어 보자고, 꼬마야."

"싫거든요! 그러니까 빨리 제 방에서 나가주세요! 그리고 다시 한번 말하지만 지금, 이 상황이 꿈이라면 제발 깨어날 수 있게 해주세요!"

해로프가 마치 주변에 날벌레가 있는 것처럼 자신의 팔을 휘휘 젓자 검은 소용돌이는 눈을 질끈 감고 말했다.

"이 녀석도 말이 통하지 않는구나, 어쩔 수 없이 내가 강제로 너의 몸에 들어가는 수밖에 없겠어."

검은 연기가 말하자 해로프의 두 팔은 갑자기 두꺼운 끈으로 묶이면서 몸을 움직일 수 없게 되었다. 해로프는 자신의 몸을 마치 가위가 눌린 것처럼 움직일 수 없자 소리쳤다.

"제발 살려주세요!"

"시끄러운 녀석! 금방 조용하지 못해?"

검은 소용돌이는 해로프의 심장 속으로 다시 빨려 들어가기 시작했다. 그때 해로프 방에서 나는 큰 소리를 듣고 달려온 그의 부모님이 마치 불도저가 철거하려는 건물을 밀어버리는 것처럼 방문을 부수듯이 강하게 열었다.

그들도 해로프의 방 안에 가득 차 있는 검은 연기를 보고 깜짝 놀랐다. 하프와 테라피는 하얗게 질려 있는 아들의 얼굴을 보며 동시에 소리쳤다. 그들은 검은 연기의 정체가 무엇인지도 알고 있는 듯 보였다.

"블레드…."

테라피는 해로프가 주저앉아 있는 쪽으로 달려갔다.

"해로프!"

테라피는 검은 소용돌이가 해로프의 심장 속으로 빨려 들어가고 있는 것을 보고 자신의 몸으로 막았다. 해로프의 몸속에 거의 다 들어간 블레드는 테라피의 방해에 이번에도 해로프의 심장에 들어가지 못하고 몸 밖으로 다시 나왔다.

"또 누가 나를 방해하는 거야!"

하프는 해로프의 방 안을 가득 채우고 있는 검은 소용돌이 속 새빨간 눈동자를 보며 말했다.

"블레드가 맞았어."

"내 이름을 기억해 주는 이가 있었군. 너도 한때는 아름다웠던 몬프크리의 사람이었나?"

하프는 블레드의 목소리를 듣자 온몸에 소름이 돋았다. 그는 침을 크게 삼키고 용기 내 소리쳤다.

"우리 선조들이 평화롭게 살던 몬프크리를 모두 불태워 폐허로 만든 블레드! 허튼짓할 생각 하지 말고 다시 영혼석 안으로 들어가!"

블레드는 자신에게 명령하는 하프의 말에 화가 치밀어 올랐지만, 그의 눈이 심하게 떨리고 있는 것을 보고 능청스럽게 대답했다.

"몇십 년 동안 갇혀 있던 나보고 다시 이 답답한 곳에 들어가라고? 내가 얼마나 오랫동안 영혼석에서 나오기만을 기다렸는데."

"해로프 손끝 하나라도 건드리기만 해봐!"

블레드에게 소리친 하프의 손은 떨리고 있었다.

"내 말을 듣지 않는다면 어떻게 되는지 몬프크리에서 살아봤다면 너도 잘 알 것 같은데 설마 잊어버린 건가?"

그때 블레드는 새벽이 끝나가고 아침의 태양이 떠오를 것처럼 보이자 시간이 없다는 것을 느꼈고 재빠르게 해로프의 몸속으로 다시 들어가기 시작했다. 해로프는 이번에 더 빠르게 자신의 몸속으로 들어오는 검은 소용돌이를 보자 머리가 터질 듯 아파졌고 눈앞이 어지러워져 시야가 흐려지고 숨도 잘 쉬어지지 않았다. 그때 하프가 자신의 거대한 몸을 던져 해로프에게 들어가는 블레드의 검은 연기를 막기 시작했다. 화가 난 블레드는 하프에게 가까이 다가갔다.

"이제는 말로 하지 않겠다."

블레드는 하프의 목을 조르기 시작했고 그 모습을 보고 있던 테라피가 그에게 뛰어가려 했지만 이미 검은 연기가 그녀의 발목을 묶고 있는 상태였기에 움직일 수 없었다. 하프는 블레드의 손이 조여오자 점점 숨이 막혔고 얼굴은 금방이라도 터질 듯이 붉어졌다. 그의 두 손으로 블레드의 날카로운 손가락을 붙잡으며 간신히 말했다.

"우리 해로프 건들지 마!"

"아버지!"

　단단한 검은 연기에 몸이 묶여 있는 해로프는 목이 조이고 있는 아버지를 보며 어떻게 해서든 빠져나오기 위해 자신의 몸을 이리저리 흔들었고, 하프는 의식을 잃은 듯 고개를 힘없이 떨구고 말았다. 그때 햇빛 한 줄기가 해로프 방의 창문으로 들어와 블레드를 비추자 블레드는 마치 눈에 모래가 들어간 것처럼 고통스러워하며 재빠르게 하프에게서 손을 떼고 창문 밖으로 나갔다. 이후 블레드는 하늘에 거대한 먹구름을 만들어 내더니 프상크 마을에 천둥소리가 울려 퍼지기 시작했다. 마을 사람들은 갑자기 먹구름이 생기고 심상치 않은 소리가 나자 모두 집 밖으로 나왔다.

"불이야! 불이 났어!"

　거대한 소리에 프상크 마을 사람들 전부 집 밖으로 나와 위에 있는 먹구름을 보았고, 블레드가 만든 거대한 먹구름 속 내려치는 두꺼운 천둥 벼락에 맞은 프상크 마을의 집들은 불에 타오르기 시작했다.

"그래! 바로 이 소리야 내가 듣고 싶었던 사람들이 고통스러워하는 소리!"

라이다와 파프도 거대한 소리에 잠에서 깨서 하늘 위에 빨간 눈동자가 보이는 거대한 먹구름을 쳐다보며 자신들이 어제 발견한 보석 속에 들어 있던 검은 연기라는 것을 한꺼번에 알아차릴 수 있었다. 검은 소용돌이가 밖으로 나가자 묶여 있던 몸이 풀린 해로프는 재빨리 불에 타고 있는 프상크 마을의 나무들을 보며 집 밖으로 뛰어나와 소리쳤다.

"차라리 내 몸속으로 들어가 블레드! 제발 프상크 마을에 있는 나무만은 태우지 말아줘!"

"처음부터 그렇게 나오셨어야지. 우리 같이 폐허가 된 몬프크리로 가서 그 영혼석을 영원히 없애버리자고."

블레드는 해로프를 자신의 꼭두각시로 만들기 위해 다시 그가 서 있는 방향으로 빠르게 날아가기 시작했다.

해로프는 자신에게 날아오는 블레드의 검은 소용돌이를 보았다. 하지만 해로프는 이번엔 피하지 않고 눈을 질끈 감았다. 그는 온몸이 떨려왔지만 자신 때문에 프상크 마을이 전부 불에 타버리는 것을 보고만 있을 수는 없었다. 라이다는 해로프의 쪽으로 빠르게 날아가는 흉측한 검은 소용돌이를 보며 소리쳤다.

"안 돼!"

집에서 나온 파프도 그 모습을 보자마자 해로프를 구해주기 위해 무작정 맨발로 뛰어가며 생각했다.

"저건 보석 속에 들어 있었던 검은 소용돌이잖아!"

파프는 눈을 감고 서 있는 해로프에게 뛰어가면서 자그마한 돌덩이들을 밟아 발에 상처가 났지만, 그는 전혀 아픔을 느낄 겨를이 없었고 그저 해로프가 죽는 것은 아닌지 그를 구하기 위해 전속력으로 달려나갔다. 블레드는 이제 해로프 코앞까지 날아왔고 그의 심장으로 들어가려 했다. 해로프는 블레드가 자신의 몸속으로 들어가는 느낌이 들자 눈을 감고는 양쪽 볼에 눈물을 흘리고 있었다.

"나 때문에 일어난 일이야. 그러니 내가 책임져야 해!"

해로프는 프상크 마을이 불에 타는 것을 막기 위해 자신의 목숨을 바치기로 한 그때 그의 몸속으로 빨려 들어오던 블레드가 갑자기 고통스러워하며 해로프의 몸에 들어가지 못하고 두 손으로 자신의 새빨간 눈을 가리기 시작했다.

"눈을 뜰 수가 없어! 분명히 먹구름을 만들어 햇빛을 막았는데 어째서 태양 빛이 내 눈을 찌르고 있는 거야!"

저 멀리서 한 남자가 거울을 들고 희미하게 새어 나온 태양 빛을 블레드의 두 눈에 비추고 있었다.

몬프크리의 비밀

 블레드가 고통스러워하며 빨간 눈을 감아버리자 프상크 마을의 하늘을 뒤덮고 있던 먹구름은 점점 사라지기 시작했고 블레드는 멀리 달아났다. 그가 순식간에 사라지자 프상크 마을에 아침이 왔음을 알리는 태양이 서서히 보이기 시작했다. 해로프는 블레드가 자신의 몸속으로 들어오는 느낌이 들지 않자 살며시 눈을 떴고 앞에는 헐떡이며 숨을 고르고 있는 파프가 보였다.
 "이게 무슨 일이야?"
 "나도 모르겠어."
 파프는 숨이 차게 맨발로 달려와 자신의 발에 상처가 난 것을 이제야 알아차렸다.

"네가 나를 구해준 거야?"

"그건 아니야."

"그럼 그 끔찍한 먹구름하고 검은 소용돌이는 어디로 간 거야?"

"저 사람이 너를 구한 거 같아."

파프는 허리를 숙이며 숨을 헐떡이면서도 거울을 들고 있는 사람을 향해 팔을 들어 손으로 가리켰다. 그 사내는 저 멀리서 해로프를 향해 달려오고 있었다. 라이다도 먹구름이 사라지자 바로 해로프에게 달려왔고, 다친 곳은 없는지 그의 몸 전체를 훑어보았다. 해로프는 가까이 다가온 그의 친구들에게 고개를 숙이며 말했다.

"어제 우리가 발견한 보석은 어제 아버지가 말했던 것처럼 땅속 깊은 곳에 묻어둬야 했어. 그 안에 있던 저 흉측한 검은 소용돌이가 우리 마을을 불태웠고, 아버지의 목을 졸라서 죽이려고까지 했어."

"뭐라고?"

파프는 어제 자신이 그 보석 속에 들어 있는 검은 연기를 보고 들었던 안 좋은 느낌이 맞았다고 생각했다. 그리고 이제 검은 소용돌이가 세상 밖으로 나와 앞으로 더 위험한 일들이 일어날 수 있다고 생각했다. 해로프의 오른손에는 어제와 다르게 텅 비어 있는 초록빛의 보석만 쥐어져 있었다. 그때 거울을 들고 해로프의 목숨을 구해준 사람이 가까이 다가와 말했다.

"몸은 괜찮니?"

거울을 들고 있는 그의 몸은 마치 단단한 돌덩이들이 몸 안에 들어가 있는 것처럼 탄탄한 근육으로 둘려 있었고 특히 어깨에는 마치 둥근 코코넛이 들어 있는 것처럼 근육이 튀어나왔고 그는 머리카락이 없어 햇빛에 빛이 반사되고 있었다. 그의 팔과 얼굴에는 과거에 누군가에게 긁힌듯한 흉터가 곳곳에 남아 있었다. 그는 검은 소용돌이를 몰아냈던 커다란 거울을 들고 해로프에게 더 가까이 다가왔다.

"가까이에서 보니 괜찮은 것 같아 다행이네."

"저를 구해주신 분인가요?"

그는 해로프의 말에 뒷머리를 긁적이며 말했다.

"뭐 그렇다고 할 수 있지?"

"정말 고맙습니다."

"아니야 당연히 해야 할 일이지."

해로프는 이제야 프상크 마을 곳곳에 심겨 있던 나무 대부분이 검게 타버려 쓰러져 있는 것을 볼 수 있었다. 해로프는 그 상황을 보고 모두 자신 때문에 일어난 상황이라고 생각해 고개를 들 수 없었다. 그리고 그는 번쩍 고개를 들며 소리쳤다.

"아버지!"

해로프는 블레드에게 목이 졸려 쓰러졌던 하프가 생각났고 헐레벌떡 집 안으로 뛰어 들어갔다. 해로프 주변에 있던 라이다와 파프 그리고 해로프를 구해준 남자도 해로프의 집 안으로 따라 들어갔다.

"아버지!"

해로프는 쓰러져 있는 하프를 보자 눈을 감고 있는 하프의 얼굴을 두 손으로 감싸며 울었다. 그 옆에서 걱정스럽게 하프를 바라보고 있는 테라피가 말했다.

"해로프, 다행히도 너의 아버지는 목숨은 잃지 않았어. 하지만 아직 의식이 돌아오시 않고 있어."

테라피 옆에는 프샹크 마을의 의사가 이미 해로프의 집에 와서 하프의 상태를 확인하고 있었다. 해로프와 그의 친구들은 하프가 죽은 것은 아니었기에 한시름 놓을 수 있었다.

"감사합니다."

해로프는 힘없이 주저앉았고 지금까지 일어난 악몽 같은 상황을 도저히 이해할 수 없었다.

"영혼석 때문에 일어난 상황 맞죠?"

해로프는 거울을 들고 서 있는 남자에게 말했다.

"그렇다고 볼 수 있지. 그리고 나의 이름은 프샨이야. 내가 지금부터 천천히 네가 가지고 있는 아름답게 보이는 보석이 얼마나 위험한 것인지, 또 그 안에 있는 더러운 검은 연기의 정체가 무엇인지 천천히 알려줄게."

해로프와 그의 친구들은 프샨이 하는 말을 듣기 위해 모두 침대에 걸터앉았다. 그러자 프샨은 해로프에게 지금 어떤 상황이 벌어진 것인지, 그리고 해로프가 가지고 있던 영혼석에 숨겨져 있던 비밀이 무엇인지 말해주려 거울을 바닥에 내려놓았다.

라이다와 파프도 해로프와 마찬가지로 자신들의 욕심 때문에 프샹크 마을이 불에 타버린 것을 보고 반드시 책임을 져야겠다고 생각했다. 테라피도 이미 영혼석의 비밀을 알고 있었지만 프샨의 옆에서 같이 들었다.

"너의 이름은 해로프, 맞지?"

"네 맞아요. 그리고 이 친구는 라이다고, 그 옆에 있는 친구가 파프예요."

"좋아 그럼 지금까지 어떤 일이 일어난 건지 말해줄게. 일단 너희들이 가지고 있던 보석은 50년 전 몬프크리라는 평화로운 왕국에서 만들어졌어. 그 왕국의 나이가 많은 왕이 점점 노쇠해지며 침상에 눕기 전까지 그의 아들들인 두 형제는 아버지의 자리를 대신해 많은 훈련을 받았지. 원래 장남인 형에게 계승되는 것이 당연하다고 모두가 생각하고 있었어. 그런데 무기를 다루거나 체력훈련에서 형보다 그의 동생이 더 뛰어난 재능을 보인 거야. 동생이 체력훈련을 할 때도, 그리고 다른 모든 상황에서도 형은 자신이 동생보다 항상 더 뒤처져 있다고 생각했지. 그때부터 뭐든지 잘하는 동생을 부러워하면서 질투하기 시작했어.

　형은 아버지의 빈자리를 반드시 자신이 차지해야겠다는 생각을 매일 하고 있어서 자신이 어떻게 하면 왕의 자리에 앉을 수 있을까 고민하고 처음에는 자신의 동생에게 배우려고 노력도 했어. 비록 동생에게 배우는 것이 자존심이 상하는 일이라고 생각했지만 그래도 자신보다 더 좋은 실력을 갖추고 있다는 동생에게 배울 수밖에 없다고 생각했지. 동생도 그런 형의 부탁에 자신이 훈련하면서 가지고 있는 습관과 항상 하는 좋은 생각들을 말해주었지."

 해로프는 프샨의 말에 푹 빠져들었고 라이다와 파프도 프샨의 말을 신중하게 듣고 있었다. 프샨은 잠시 숨을 거르고 말을 이어갔다.

 "하지만 계속 동생을 따라 해봐도 실력이 늘지 않고 자신이 뒤처지는 느낌과 왕국에서 미묘하게 동생과 자신을 비교하는 것에 엄청난 압박을 느낀 거야. 그러면서 형의 몸속에 있던 질투의 화신은 점점 몸집을 키워나가고 있었지. 그러다가 해서는 안 되는 생각까지 하게 된 거야."

 "설마…. 동생을…."

 "맞아, 형은 동생이 없었으면 좋겠다는 무서운 생각을 하기 시작한 거야. 그는 더욱 암울해지고 얼굴은 말라가며 점점 더 안 좋은 생각을 하게 되었어. 처음에는 동생이 없어졌으면 좋겠다는 생각을 할 때면 속으로 죄책감을 느꼈지만, 그 감각은 시간이 지나면서 점차 무뎌졌지. 그는 자신이 왕이 될 수 있는 수단과 방법을 더욱 고민했어. 지금 이대로 가다가는 자신보다 동생이 아버지의 빈자리를 차지하는 것은 시간문제라고 생각했고 결국 그는 동생을 죽이기로 마음먹은 거야."

 "네? 어떻게 형이…."

 "그게 무서운 거야. 해로프 그는 동생이 매일 훈련할 때 마시는 물에 독약을 타려고도 시도해 보았지만 실패했어. 이미 미쳐버린 형은 절대 하면 안 되는 행동을 결국 실행으로 옮기고 말았어. 동생을 몬프크리에 있는 폭포로 데려가 방심하고 있는 사이에 절벽 아래로 밀어버린 거지. 그리고 그는 점점 미쳐가다가 자신도 결국 동생을 죽였던 몬프크리 폭포에서 뛰어내리고 말았어. 하지만 그는 폭포 속에서 저주받은 영혼으로 다시 살아나 몬프크리 마을을 전부 불바다로 만들어 놓고 다른 마을까지 파괴하려 했어. 그때 몬프크리에 살던 정체 모를 마법사가 저주받은 형의 영혼을 봉인하기 위해 영혼석을 제작했고, 그가 죽은 몬프크리에 있는 폭포로 가서 그를 영원히 봉인시킨 거야."

"제가 가지고 있던 보석이 그런 의미가 있는 건 줄은 정말 상상도 못 했어요. 그럼 아까 영혼석에서 나온 검은 소용돌이가?"

"맞아 해로프 네가 들고 있는 돌이 영혼석이고 안에 있던 검은 소용돌이가 블레드야."

"이제 어떻게 하면 되는 거죠?"

"블레드를 세상 밖으로 나오게 한 네가 영혼석을 가지고 몬프크리로 직접 가서 다시 봉인해야 해. 세상 밖으로 나와버린 블레드는 빠른 속도로 세력을 키워 세상을 온통 어둠으로 지배할 거야. 그렇게 된다면 세상은…. 굳이 말해주지 않아도 알겠지?"

"모두 저의 책임이에요! 저 때문에 프상크 마을이 대부분 불에 타고 나무들도 모두 쓰러졌어요. 제가 몬프크리로 가서 반드시 블레드를 영혼석 속에 집어넣을 거예요!"

해로프는 자신의 욕심 때문에 돌이킬 수 없는 상황이 일어났다고 생각했다. 그는 블레드의 횡포를 막기 위해 자신이 목숨을 걸고 직접 블레드를 봉인하기로 했다. 하지만 새벽에 마주쳤던 블레드의 빨간 눈동자를 떠올리니 다시 온몸에 소름이 돋았다. 그때 해로프 옆에 앉아 있던 라이다가 불쑥 입을 열었다.

"저도 해로프와 같이 갈게요."

프샨의 말이 끝나자 라이다는 한 치의 고민도 없이 말했다. 라이다의 말을 듣고 가만히 있던 파프도 무언가를 결심한 듯 고개를 끄덕이며 말했다.

"저도 함께 가도록 하겠습니다. 블레드가 밖으로 나온 것은 저의 책임도 있어요."

해로프는 숙이고 있던 고개를 들어 그의 친구들의 얼굴을 한 번씩 바라보았다.

"라이다, 파프."

그 후 해로프는 고민 없이 여정에 함께하겠다는 친구들의 말에 눈물을 글썽였고 라이다는 그런 해로프를 바라보며 같이 눈시울이 붉어지기 시작했고, 파프는 해로프가 눈물을 글썽이며 자신을 보고 있는 시선을 일부러 피하며 말했다.

"난 그저 내가 한 실수를 만회하려고 할 뿐이야."

"좋다. 그럼 나까지 포함해서 네 명의 몬프크리 원정대가 만들어졌어!"

그때 혼자 곰곰이 생각하고 있던 해로프가 주먹을 불끈 쥔 프산을 보고 말했다.

"그런데 우리는 지금 가지고 있는 것이 아무것도 없어요. 최소한 무기라도 있어야 하는 거 아니에요?"

해로프는 자신이 프샨처럼 단단한 근육과 힘을 가지고 있는 것도 아니었고 엄청나게 강력한 무기를 가지고 있는 것도 아니었기 때문에 막상 어떻게 해야 할지 막막했다.

"그건 걱정하지 마, 얘들아. 내가 너희에게 아주 딱 맞는 무기들을 줄 테니까."

라이다는 자신에게 무기를 준다는 그의 말에 약간 기대하는 말투로 말했다.

"무기요? 어디에서요?"

프샨은 다시 자신의 뒷머리를 긁으며 말했다.

"나는 프샹크 마을 입구에 있는 동그랗고 노란 지붕이 있는 집에서 살고 있으니 내일 너희들이 찾아오렴. 그리고 이제 긴 여정이 될 수 있으니 오늘 밤 가족들과 인사를 해두렴. 알겠지?"

프샨은 자리에서 거울을 들고 일어났다.

"그럼 내일 아침까지 가도록 할게요."

프샨은 해로프와 그의 친구들에게 그들이 찾은 초록빛 보석의 비밀을 모두 말해주었고 이제 목숨을 걸고 떠날 준비를 해야 하므로 해로프의 방에서 나갔다. 프샨이 방에서 나가자 해로프는 아직 눈을 뜨지 못한 하프를 보며 말했다.

"전부 내 욕심 때문에 생긴 일이야."

해로프는 두 손으로 자신의 머리카락을 마치 절벽에서 떨어지지 않으려고 끝을 잡고 있는 것처럼 꽉 쥐며 영혼석을 집으로 가져온 것을 후회했다. 파프는 그런 해로프의 어깨에 조용히 무심하게 손을 얹으며 다가가 말했다.

"우리가 다시 그 사악한 녀석을 영혼석 안으로 직접 넣으면 되잖아. 어차피 우리 때문에 일어난 일, 다시 우리가 책임지고 해결하면 돼."

파프는 머리를 숙여 좌절하는 해로프에게 말했다. 해로프는 파프의 덤덤한 말에 다시 고개를 들었고 이왕 이렇게 된 거 자신의 손으로 봉인을 하기로 했다. 라이다도 자리에서 일어나며 해로프에게 물었다.

"그럼 내일 아침까지 모이라고 하셨지?"

"맞아."

"그럼 새벽에 해로프 너의 집 앞에서 만나 같이 가자. 나도 우리 고모와 고모부에게 긴 여정을 떠나기 전에 인사하고 올게."

해로프는 침을 꿀떡 삼킨 채 주먹을 불끈 쥐며 말했다.

"그럼 오늘은 모두 가족들과 인사하고 내일 새벽에 우리 집 앞에서 만나서 프샨의 집으로 같이 가자."

파프도 고개를 살짝 끄덕였고 해로프의 방을 나가 그의 집으로 돌아갔다. 파프가 방을 나가자 뒤이어 라이다도 해로프와 인사하며 그의 집으로 돌아갔다.

그의 친구들이 모두 돌아가자 해로프는 옆에 있던 테라피를 부둥켜안았고 그녀도 해로프를 한동안 아무 말 없이 안아주기만 했다. 그리고 해로프는 아직 눈을 뜨고 있지 못하는 아버지 하프의 두꺼운 손을 두 손으로 잡고 그의 가슴에 얼굴을 파묻으며 말했다.

"죄송해요. 아버지의 말을 듣지 않아서 이런 상황이 벌어졌어요. 정말 죄송해요…."

그 모습을 보고 있던 테라피는 해로프를 꽉 안으며 떨리는 목소리로 말했다.

"엄마가 바라는 것은 하나야. 네가 다치지 않고 너에게 주어진 중요한 임무에 성공하고 다시 여기로 돌아오는 것. 그것뿐이면 돼. 엄마는 항상 너를 기다리고 있을 테니 용감하게 갔다 오렴…."

작별인사

파프는 집에 들어가자마자 할머니가 흔들의자에 앉아 뜨개질하는 모습을 보았다. 그의 할머니는 청력이 좋지 않았기에 아직 파프가 집 안에 들어온 것을 모르고 있었다. 파프는 뜨개질에 집중하고 있는 할머니 옆에 말없이 서서 무언가를 만들고 있는 할머니를 한참 바라보고만 있었다.

"할머니! 저 왔어요!"

그는 큰 소리로 말했다. 할머니는 그제야 하고 있던 뜨개질을 멈추고 손자가 온 것을 알 수 있었다.

"파프, 들어왔구나."

"저 당분간 떠나야 해요."

할머니는 그의 말을 잘 듣지 못한 듯 고개를 쑥 내밀었다.

"뭐라고 했니?"

"이제 한동안 집에 못 들어온다고요!"

파프는 그 말을 하고 계속 자신의 가슴속 깊은 곳을 누군가 찌르고 있는 것처럼 이상한 기분을 느꼈다. 그리고 자신의 마음이 흔들리는 것을 숨기기 위해 일부러 평소보다 더 크게 소리 내 마음을 다잡으려고 했다.

"당분간 집에 안 들어온다고? 해로프와 같이 떠나기로 했구나?"

할머니도 이미 영혼석 안에서 블레드가 다시 세상 밖으로 나왔다는 소식을 알고 있었다. 사실 그의 할머니는 손자 파프가 해로프와 같이 떠난다는 것도 예상하였다. 흔들의자에 앉아 있던 할머니는 무거운 몸을 천천히 일으키며 아무 말 없이 방으로 들어갔다.

파프는 자신이 당분간 집을 떠난다는 말에 할머니가 화가 나신 것은 아닌지 생각했고 할머니가 방에서 나올 때까지 움직이지 않고 기다렸다. 잠시 뒤 파프의 할머니는 손에 무언가를 들고 다시 나왔는데, 바로 할머니가 손수 만든 새하얀 목도리였다. 목도리는 두꺼운 실로 이어져 있었고 중간중간에는 실이 삐져나와 만약에 누군가에게 파는 것이라면 아무도 사지 않을 것 같았다.

"이거 가지고 가거라."

할머니는 슬며시 목도리를 내밀었다.

"지금 여름이에요!"

"가지고 가래도….."

할머니는 목도리를 받지 않으려고 가만히 서 있는 파프에게 다가가 힘없는 손으로 파프의 손에 그 엉성한 목도리를 쥐여주었다. 파프는 할머니가 가까이 왔을 때 맡은 할머니 특유의 향기가 너무 좋았다. 아무리 그에게 좋은 향이 나는 향수나 꽃을 준다고 해도 이 할머니의 향기가 너무나도 좋았다. 그는 어쩔 수 없이 목도리를 손에 쥐었다.

"감기 조심해야 한다."

할머니는 고개를 올려 파프의 두 눈을 지그시 바라보았다. 그가 할머니의 얼굴을 이렇게 자세히 본 것은 이번이 처음이었다. 머리는 하얀 실처럼 순백색이었고, 지금 보니 얼굴 곳곳에는 구겨진 종이처럼 많은 주름이 보였다. 그 모습을 본 파프는 울컥거리는 감정을 참으려고 일부러 할머니의 시선을 피했다. 그리고 그의 마음과는 반대로 단호하게 말했다.

"제가 다시 돌아올 때까지 여기에 있으셔야 해요."

할머니는 말없이 고개를 끄덕이며 파프를 살포시 안았다. 그의 눈에서 눈물 한 방울이 마치 습기 가득한 나뭇잎에서 이슬 한 방울이 떨어지는 것처럼 툭 떨어졌다. 파프는 태어나서 처음으로 할머니를 오랫동안 안아보았고 할머니의 금방이라도 부러질 것 같은 연약한 등을 만져주었다. 할머니는 파프의 귀에 대고 말했다.

"할머니가 하늘로 가기 전까지는 돌아와야 해."

할머니의 장난스러운 말투를 들은 파프는 말했다.

"어떻게 그런 말을 하실 수가 있어요! 금방 돌아올 거예요."

파프는 할머니와 인사를 나누고 할머니에게 눈물을 흘리는 모습을 보여주기 싫어 서둘러 집 밖으로 나왔다. 할머니가 준 목도리로 눈을 꽉 누르며 눈물샘을 틀어막았다. 그 목도리에서도 할머니만의 좋은 향기가 났고 이 향기를 영원히 잃어버리고 싶지 않았다.

라이다도 해로프의 집에서 나와 지금까지 키워준 고모와 고모부에게 몬프크리로 떠나기 전 마지막 인사를 하기 위해 들어갔다. 라이다는 사실 해로프가 두려워하는 것과는 반대로 이제부터 일어날 일들이 너무나 재미있을 것 같다고 생각해 설레는 마음이 더 컸다.

마침 고모의 집으로 들어가니 불이 켜진 방 틈으로 불빛이 새어 나오고 있었다. 역시 방 안에서 그의 고모와 고모부의 대화 소리가 들려와 문을 열려고 문고리를 잡았는데, 라이다는 살짝 열린 문틈으로 들려오는 그들의 대화 소리를 듣고 발걸음을 멈췄다.

"그 문제투성이가 이제 떠나서 얼마나 좋아요?"

"그러니까요. 지금까지 우리가 많이 참고 고생했잖아요. 이제 라이다는 한동안 멀리 떠나니까 걱정할 필요 없겠네요."

"라이다가 쓸데없이 적극적이어서 다행이네요. 해로프를 따라서 가지 않았다면 우리가 더 힘들어질 뻔했잖아요."

"이따가 라이다가 떠나기 전에 인사하러 오면 그때까지만 아쉬운 척을 해주면 좋을 것 같아요."

라이다는 살짝 열린 문틈으로 그들의 모든 대화를 엿듣고 있다가 잡고 있던 문고리를 조용히 다시 놓을 수밖에 없었다. 그는 방 안에서 들려오는 대화 소리를 듣고 누군가 자신의 뒤통수를 때린듯한 느낌을 받았다. 아니 분명히 그것보다도 더욱 큰 충격을 받았다. 라이다는 그들에게 자신이 집에 들어온 것을 들키지 않기 위해 조용히 뒷걸음질 치며 집 밖으로 나왔고 초점 없는 눈으로 달리기 시작했다.

"어떻게 나한테 그럴 수가 있어!"

라이다는 그동안 키워준 고모와 고모부에게 감사함을 전하러 왔다가 감동의 눈물이 아닌 배신의 눈물을 흘렸다. 다시는 이곳에 돌아오지 않을 것이라는 다짐, 그리고 지금까지 자신을 정말 부모처럼 키워준 사람들에게 또다시 버려졌다고 느끼는 배신감을 느끼며 어디로 가는지 모르지만 밤새도록 하염없이 달렸다.

라이다의 고모와 고모부는 방을 나오면서 현관문이 열려 있는 것을 보았고, 라이다가 자신들이 한 대화를 모두 엿들었다는 것을 뒤늦게 알아차렸다. 그들은 서로를 쳐다보고 빨리 문밖으로 나가 라이다를 찾아 잘 타이르려고 했지만, 라이다는 이미 보이지 않았다.

라이다는 자신이 어디로 가는지도 모르고 무작정 뛰었다. 그리고 그는 심장이 터져버릴 때쯤 멈춰 가까이 있는 적당한 크기의 바위 위에 앉았다. 그는 정말로 믿고 좋아했던 사람들에게 다시 버려졌다는 생각 때문에 오늘 밤은 도저히 잠을 잘 수 없었다.

약속했던 새벽이 다가왔을 때 해로프의 집 앞에서 파프가 일찍 나와 먼저 기다리고 있었다. 뒤이어 해로프도 나왔다. 해로프는 파프의 손에 들려 있는 목도리를 보고 말했다.

"엉망진창으로 만들어진 목도리는 왜 가지고 온 거야. 설마 이 날씨가 춥다고 느껴지는 거야?"

"할머니가 만들어 주신 거야. 나도 가져오기 싫었다고."

해로프는 할머니가 직접 만들었다는 말을 듣고 당황하며 말했다.

"다시 보니까 아주 따뜻해 보이네. 아직 뜨거운 여름이긴 하지만 언젠가 쓸데가 있겠지."

그런데 해로프의 집 앞에서 만나기로 한 약속 시각이 지났는데도 라이다의 모습은 보이지 않았다.

"라이다가 왜 오지 않지?"

"그 겁쟁이는 갑자기 무서워서 숨어 있겠지."

"그건 아닐 거야. 라이다는 우리와 같이 떠나고 싶어 했다고."

"그 겁쟁이를 언제까지 기다려 줘야 해. 프샨도 우리를 기다리고 있을 거야."

"조금만 더 기다려 보자."

이제 프샨과 약속했던 시간이 점점 다가오고 해로프는 라이다가 올 때까지 조금만 더 기다려 보자고 했다. 하지만 라이다를 계속 기다려 봐도 그는 나타나지 않았고 이제 그들도 이제는 시간을 지체할 수 없었다.

"그 녀석은 무서워서 집에 숨어 있는 게 분명하다니까?"

그때 해로프는 라이다가 멀리서 뛰어오는 것을 보았다.

"저기!"

해로프는 뛰어오는 라이다를 보고 손을 높이 들어 흔들었다. 라이다는 자신에게 아무 일 없었다는 듯이 밝고 환하게 웃으면서 달려오고 있었다. 그는 최대한 자신이 울었던 얼굴을 들키지 않으려고 일부러 밝게 웃었다.

"늦어서 미안해 얘들아. 고모와의 작별인사가 나도 모르게 늦어졌어. 이제 프샨의 집으로 가자!"

그렇게 해로프와 그의 친구들이 모두 모이자 해로프는 웃으며 말했다.

"좋아. 지금 가도 늦지 않을 거야!"

해로프는 고개를 돌려 한동안 못 볼 자신의 집을 쳐다본 다음 몸을 돌렸다. 그때 테라피가 집 밖으로 나와 그들에게 마지막 인사를 해주었다.

"몬프크리로 향하는 위대한 원정대여! 꼭 임무를 완수하고 돌아오기를!"

파프는 손에 들고 있는 목도리를 보며 자신에게 주어진 임무를 완수하고 돌아오겠다는 다짐을 했다. 라이다는 상처는 완전히 잊고 이제부터 일어날 일들에 대해서만 생각하려고 했다. 그렇게 그들은 해로프의 집에서 점점 멀어져 갔다.

프샨의 비밀창고

"프샨의 집이 어디라고 했더라?"
"우리 마을의 끝에 있는 노란색 지붕이라고 하셨어."
"저기 노란색 지붕이다!"
해로프는 프상크 마을 끝에서 노란색 지붕을 찾았고 곧장 그곳으로 갔다. 프샨은 미리 밖으로 나와 그들을 기다리고 있었다. 해로프는 혹시 늦게 와서 프샨이 화가 난 것은 아닌지 조심스럽게 걸어갔다. 프샨은 해로프의 예상과는 반대로 환하게 웃으면서 그들을 맞이했다.
"프샨, 우리가 너무 늦은 건 아니죠?"
"조금은 늦었지만 그럴 수 있지. 어서 들어오렴."

그의 집은 하얀 벽으로 전부 덮여 있는 작은 집이었다. 지붕에는 노란색 둥근 지붕이 덮여 있었다. 집 앞에 있는 조그마한 마당에 피어 있는 알록달록한 꽃들이 해로프와 그의 친구들에게 인사를 하는 듯 바람에 살랑이며 흔들리고 있었다. 프샨은 자신의 집으로 그들을 안내했다. 그의 집 안에 들어서자 해로프는 놀랄 수밖에 없었다. 집 안에는 사람이 아무도 살지 않는 것처럼 물건이 아무것도 없다고 할 정도로 텅 비어 있었다.

"여기가 정말 집이 맞아요?"

"아무것도 없어서 놀랐니? 이제 그 이유를 알 거야 날 따라오렴."

프샨은 닫혀 있는 방문을 열고 그 안으로 들어갔다. 그의 방 안에는 아주 오래된 것처럼 보이는 두꺼운 책들이 먼지가 덮인 책상에 많이 쌓여 있었고 그 외에는 역시 아무것도 없었다.

"이곳에서 저희한테 무기를 주신다고요? 설마 여기에 있는 두꺼운 책을 들고 다니라는 것은 아니죠?"

해로프는 프샨이 자신에게 무기를 준다고 말해서 멋진 칼을 들고 있는 상상도 해보았지만 생각했던 무기들은커녕 쌓여 있는 책뿐인 방을 보자 실망했다.

"설마 내가 거짓말을 했다고 생각하니?"

프샨은 많은 책이 끼워져 있는 책장 앞에 섰다.

"그럼 들어갈 준비는 됐지?"

"들어갈 준비라니요?"

해로프와 그의 친구들은 프샨이 알아들을 수 없는 말을 하자 서로를 쳐다보며 그를 이상하게 쳐다보았다. 프샨은 그들의 의미심장한 표정을 보고 발꿈치를 들어 책장 높은 곳에 있는 먼지가 쌓인 두꺼운 책 한 권을 힘겹게 뽑았다.

"이제 문이 열리니 살짝 뒤로 물러나렴!"

프샨이 높이 꽂혀 있던 두꺼운 책을 빼내니 갑자기 거대한 책장이 양쪽 옆으로 갈라졌고, 그 사이 바닥에는 네모난 문이 있었다. 프샨이 들고 있는 두꺼운 책을 갈라진 책장 사이에 있는 문 가운데에 놓자 문이 열리는 '철컥'하는 소리가 들렸다. 이 모습을 바라보던 해로프와 그의 친구들은 입에 파리가 들어가도 모를 정도로 입을 크게 벌리며 그 상황을 보고 있었다.

"이곳으로 들어갈 거야."

프샨은 이미 놀란 그들의 표정을 보며 마치 크리스마스에 선물을 주는 산타의 기분을 느낄 수 있었다. 그는 먼저 바닥에 있는 문으로 다가갔다. 해로프는 프샨의 뒷모습을 보며 말했다.

"프샨, 이 속에는 무엇이 있을지 벌써 기대돼요!"

해로프는 프샨에게 실망스러웠던 마음이 앞에 숨겨져 있던 문을 보고 한순간에 사라졌다. 프샨은 바닥에 있는 문을 마치 뚜껑을 열듯 위로 올려 열었다. 문 안쪽에는 어두워서 아무것도 보이지 않았지만, 지하로 내려가는 계단이 희미하게 보였고 그 끝은 보이지 않았다.

그때 프샨이 계단에 한 발자국 내딛자마자 지하로 이어지는 계단의 양쪽 벽에서 마치 한밤중에 가로등처럼 빛이 나오기 시작했고 프샨은 만족하는 듯 고개를 끄덕였다. 해로프는 밝아진 지하 속 계단을 보며 심장이 쿵쾅거리기 시작했다.

"이제 차례대로 나만 따라오면 돼. 하지만 계단에서 굴러떨어지지 않으려면 바닥을 유심히 보면서 와야 할 거야. 오래된 계단이기 때문에 부서진 계단도 있거든."

프샨이 먼저 계단을 밟으며 지하로 내려가자 해로프와 파프, 그리고 라이다가 차례대로 내려갔다. 모두가 지하 계단 속으로 내려오자 프샨은 문을 열었던 두꺼운 책을 라이다에게 건네주며 말했다.

"라이다. 이것을 맨 위에 있는 계단에 올려주겠니?"

라이다가 프샨에게 받은 두꺼운 책을 맨 위에 있는 계단에 올려두자 양쪽 옆으로 벌어졌던 책장이 다시 닫히고 지하로 통하는 네모난 문도 천천히 닫히기 시작했다. 아직 해로프는 자신이 보고 있는 것들이 믿기지 않는 듯 고개를 흔들었다.

"이제 밑으로 내려갈 테니 잘 따라오렴."

해로프는 끝이 보이지 않는 계단 밑으로 프샨을 따라 넘어지지 않도록 조심히 내려가기 시작했다. 지하 계단의 통로는 해로프가 간신히 들어갈 수 있을 정도로 좁았고, 프샨은 살짝 허리를 구부리며 불편한 자세로 내려갔다. 해로프와 파프도 프샨만큼은 아니지만, 허리를 살짝 숙이며 좁은 통로에 부딪히지 않기 위해 조심히 갔다. 몸집이 그들보다 훨씬 작은 라이다는 허리를 구부릴 필요가 없었고, 그저 길가에서 솜사탕 가게를 발견한 어린

아이처럼 설렌 표정으로 그들의 뒤를 따라 내려갔다.

그들은 지하로 내려간 지 얼마 지나지 않아 계단의 끝이 보였다. 해로프는 지하로 내려갈수록 그곳에 쌓여 있는 먼지 때문인지 이상한 냄새가 풍겼지만, 기분 나쁠 정도로 불쾌하지는 않았다. 해로프는 저 아래에 계단의 끝과 하나의 문을 발견하자 속삭였다.

"저기에 문이 보인다."

계속 밑으로 내려가니 썩은 나무로 만들어진 듯한 이끼가 껴 있는 문이 있었고 프샨은 문을 힘차게 밀어 열었다.

"나의 비밀창고에 온 것을 환영한다. 어서 들어가렴!"

프샨의 지하창고는 마치 엄청나게 깊은 동굴 속으로 들어온 것 같았다. 이곳에는 프샨의 방에 있던 두꺼운 서적들보다 더 많은 책이 곳곳에 있었고 천장에는 거미줄이 잔뜩 있었지만, 거미는 보이지 않았다. 이곳 주변에는 기울어져 있는 의자와 한쪽 다리가 없는 책상과 같이 쓸모없어 보이는 잡다한 잡동사니들도 어질러져 있었다.

"여기가 나의 창고야 이곳에서 너희들에게 딱 맞는 무기들을 나눠줄게."

프샨은 잡동사니가 쌓여 있는 창고 구석으로 가더니 그 안을 한참 뒤적거리며 무언가를 열심히 찾기 시작했다. 라이다는 기대에 찬 목소리로 해로프에게 말했다.

"해로프, 넌 프샨이 어떤 무기를 줄 거 같아? 난 용감한 전사들이 사용하는 것처럼 멋진 칼을 주실 거라고 생각해."

해로프도 라이다와 마찬가지로 프샨이 어떤 멋진 무기를 자신에게 건네줄지 기대하고 있었다.

"엄청난 걸 주실 것 같아."

파프는 지하창고가 추운 것인지, 아니면 먼지가 너무 많아서인지 할머니가 주신 목도리를 목에 감아 코까지 올렸다. 그때 프샨은 지저분하게 쌓여져 있는 잡동사니 안에서 그들에게 줄 무기를 찾고 소리쳤다.

"여기에 있었구먼!"

해로프와 그의 친구들은 프샨이 자신들에게 줄 무기를 찾았다고 소리치는 것을 듣고 모두 어떤 멋진 무기를 들고 올지 기대했다. 하지만 프샨은 멋있는 칼과 화살 같은 무기는 들고 오지 않았고, 금방이라도 부러질 듯한 얇은 나뭇가지 세 개를 들고 왔다.

"자 너희들을 위한 아주 강력한 무기다. 내가 이것까지 꺼내게 될 줄은 몰랐지만, 이제는 꺼내야 할 때가 왔다고 내가 확실하게 말할 수 있지."

프샨이 들고 있는 가느다란 나무 막대기는 한겨울에 잎사귀가 다 떨어져 내린 나무의 가지처럼 생기 없이 말라비틀어져 있었다. 길이는 해로프의 팔뚝 길이였고, 너무나도 얇아서 무기라고 하기엔 겨울에 생긴 고드름으로 쳐도 나무 막대기가 부러질 것처럼 보였다. 해로프와 그의 친구들은 동시에 서로를 쳐다보았고 눈빛으로 다 같은 생각을 하고 있다는 것도 알 수 있었다. 이

얇은 나무 막대기는 정말로 쓸모없어 보였다. 라이다는 웃으면서 프샨에게 다시 나무 막대기를 건네주었다.

"프샨, 이런 장난은 이제 우리한테 너무 유치하다고요. 이제는 정말 용감한 전사들이 쓰는 칼을 가져다주시든지 아니면 우아한 궁수들이 사용하는 활도 좋아요!"

라이다가 나무 막대기를 다시 내밀며 말하자 해로프와 파프도 나무 막대기를 프샨에게 다시 내밀었다. 프샨은 다시 실망스러워하는 그들의 표정을 보며 말했다.

"하긴 이 가느다란 막대기를 겉모습으로 보기만 하면 그럴 수 있지. 나도 처음에는 이 엄청난 능력을 갖춘 트리드를 무시했었지. 이것의 이름은 트리드야. 이제부터 너희들이 잊어버리지 않고 소중히 다뤄야 할 무기가 될 거야. 그리고 트리드가 너희들이 위험에 빠졌을 때 구해줄 거야."

프샨은 다시 그들의 손을 밀었고 어쩔 수 없이 트리드를 잡은 해로프는 혹시나 부러지는 것은 아닌지 조심히 이리저리 돌려보며 가느다란 막대기를 자세히 살펴보았다. 막대기의 끝부분이 날카롭지도 않아서 무언가를 찌를 수도 없어 보였다. 파프도 자신이 이런 것을 가지고 험난한 여정을 떠나러 간다는 상상을 하니 당장이라도 쓰레기통으로 넣어버리고 싶었다. 그때 라이다가 프샨에게 불평하듯이 말했다.

"프샨, 설마 이런 것을 가지고 블레드와의 싸움에서 이길 수 있다고 생각하시는 것은 아니시죠?"

"너희들이 블레드와 마주친다면 트리드는 더욱 필요하게 될 거야."

"그럼 장난이 아니라 정말 이 막대기를 가지고 몬프크리까지 가야 한다고요?"

해로프는 옆에 세워져 있는 거울에 서서 트리드를 들고 서 있는 자신의 모습을 보니 정말 형편없다는 것을 느낄 수 있었다. 트리드를 들고 있었기 때문에 거울 앞에 서 있는 자신의 모습이 더욱 볼품없어 보였다. 이 모습으로 싸우러 간다고 말하면 그 어떤 사람도 비웃을 수밖에 없는 모습이었다.

프샨은 실망하는 그들과는 반대로 트리드를 들고 있는 세 명의 몬프크리를 향한 원정대가 이제야 진정한 전사처럼 보였다.

"모두 허리춤에 트리드를 넣어둬. 그리고 트리드를 절대로 잊어버리지 말고 잘 간수해야 할 거야. 너희들이 지금 무시하는 트리드의 능력을 나중에 알게 되면 아마 깜짝 놀랄 수도 있을 거니까."

그렇게 말하고 프샨도 자신의 무기를 챙기는 듯했다. 프샨도 당연히 트리드를 사용할 줄 알았지만 프샨은 해로프에게 준 것과는 달리 반짝거리고 절대 깨지지 않을 것 같은 단단한 망치를 집어 들었다. 해로프와 그의 친구들은 프샨이 자신만 멋진 무기를 챙기는 것을 보고 인상을 찌푸리며 말했다.

"프샨! 저희도 칼이나 도끼같이 그럴싸한 무기를 주세요."

해로프는 자신에게는 쓸모없어 보이는 트리드를 쥐여주고는 혼자만 멋있는 망치를 챙기자 갑자기 기운이 빠졌다. 프샨은 그들의 눈빛을 보고 변명하듯이 대답했다.

"그런 무서운 눈으로 바라보지 말아줘. 너희들의 가지고 있는 트리드가 나의 망치보다도 더욱 강력한 힘을 가지고 있으니까."

해로프와 파프 그리고 라이다는 나란히 깨진 거울 앞에 서서 트리드를 들고 있는 서로의 모습을 보니 웃음이 터져 나왔다. 하지만 어쩔 수 없이 프샨을 믿고 허리춤에 트리드를 마치 검사가 칼집에 칼을 넣는 것처럼 넣었다.

"자 이제 그럼 정말로 떠나야 할 모든 준비는 끝난 것 같구나. 위대한 몬프크리를 향하는 전사들이여 모두 준비되었나?"

자신의 망치를 높이 올려 자신감 넘치게 말하는 프샨의 행동에 해로프와 그의 친구들은 혼자 신이 난 것 같은 프샨을 바라보았다. 아무 호응이 없던 와중에 해로프는 프샨의 말을 믿고 트리드를 허리춤에 끼워둔 채로 말했다.

"그래 우리는 무기도 생겼고, 이제 남은 건 몬프크리로 가서 블레드를 영원히 영혼석에 봉인하는 거야!"

프샨은 그런 해로프를 보고 흐뭇한 미소를 지었다. 라이다도 자신의 무기가 전혀 마음에 들지 않았지만 그래도 이제부터 어떤 재밌는 일이 일어날지 기대되기 시작했다. 파프는 어떤 생각을 하고 있는지 모를 표정으로 천천히 다시 계단 위로 올라가는 문으로 걸어가고 있었다. 그들은 다시 계단을 올랐다. 얼마 지나지 않아 계단 맨 위에 라이다가 놓았던 책을 다시 집어 들었고 굳게 닫혀 있던 문이 열리고 책장도 다시 양쪽으로 갈라지면서 그들은 책장 사이로 다시 나왔다. 해로프가 라이다에게 책을 건네받아 처음에 꽂혀 있던 그 자리에 의자를 밟고 올라가 다시 잘 꽂아두었다. 그렇게 프샨의 지하창고가 숨겨진 방은 다시 먼지 쌓인 평범한 서재로 돌아왔다.

이제 몬프크리로 향하는 원정대는 무기를 가지고 프샨의 지하창고가 있는 방에서 나왔다. 나와보니 태양이 가장 높이 떠 있는 점심이 되었고, 떠나기 전 프샨의 집에서 간단하게 소시지와 달걀로 배를 채웠다. 프샨은 자신의 가방에서 중간 부분이 지워진 아주 많이 낡은 지도 하나를 꺼낸 후 입에 달걀 하나를 집어넣으며 몬프크리로 가는 방향을 생각했다. 지도에는 그들의 마을인 프상크 마을의 그림과 오른쪽 맨 위쪽 먼 곳에 그들이 가야 하는 몬프크리가 그려져 있었다. 하지만 중간 부분은 오래되어 지워진 듯 아무것도 보이지 않았다.

"이 지워진 부분은 어떻게 가야 하죠?"

"그건 아직 나도 잘 모르겠구나. 일단 몬프크리 쪽으로 올라가 봐야지."

프샨은 자신의 손으로 이마를 한번 쓰다듬으며 곰곰이 생각했다. 몇 분이 지나자 프샨은 방향을 정했는지 손가락으로 한곳을 짚었다.

"우리는 오늘 해가 지기 전까지 레이후 마을로 갈 거야. 그러려면 빨리 출발해야겠어."

그들은 프샨의 말에 서둘러 남아 있는 음식을 입에 욱여넣고 그의 집 밖으로 나왔다. 레이후 마을로 가기 위해선 일단 언덕 위에 있는 호두나무 숲을 통과해야 했다. 해로프는 프상크 마을을 돌아보며 이제 정말 떠난다는 것이 실감 났으며 기대되는 마음과 불안한 마음을 가진 채 프상크 마을에서부터 점점 멀어지기 시작했다. 이제 몬프크리로 가는 원정대의 모습은 프상크 마을에서 보이지 않았고, 언덕을 넘어 호두나무 숲속으로 들어갔다.

숲속의 눈동자

몬프크리 원정대가 이제 호두나무 숲속으로 깊이 들어왔고 오후가 돼가며 뜨거운 태양은 점점 가라앉기 시작했다. 호두나무에 매달려 있는 단단하고 둥근 호두들이 햇빛을 가려줘서 원정대는 그나마 시원한 공기를 맞으며 나아갈 수 있었다. 그때 해로프의 머리 위로 호두가 하나 떨어졌다.

"아야!"

해로프는 단단한 호두에 맞은 정수리를 손바닥으로 살살 문질렀다. 프샨은 머리를 만지고 있는 해로프를 보며 말했다.

"괜찮니? 여기는 호두가 많아서 머리를 조심해야 할 거야."

그러면서 프샨은 땅에 떨어진 호두 몇 개를 주머니에 쑤셔 넣었다. 그런데 그때 해로프는 풀숲에서 자신을 바라보고 있는 눈동자와 눈이 마주쳤고 그 눈동자는 해로프와 마주치자마자 재빨리 숲속으로 사라졌다. 해로프는 걸음을 멈추며 말했다.

"누군가 우리를 감시하고 있어."

해로프의 말을 들은 프샨과 그의 친구들은 해로프가 손으로 가리킨 곳을 보았고 그곳에는 거대한 호두나무와 널브러진 덩굴들만 보였다. 라이다는 아무것도 보이지 않자 해로프를 보며 말했다.

"해로프, 잘못 본 거 아니야?"

"분명히 늑대같이 무서운 눈동자가 나하고 분명히 눈을 마주쳤어."

"거대한 호두나무밖에 보이지 않는데? 프샨, 목적지까지 가려면 얼마나 더 걸어야 해요?"

"나도 정확히는 잘 모르겠지만 아마 지금 속도로 걷다 보면 해가 지기 전에 레이후 마을에 도착하기 힘들 거야. 그러니까 조금만 더 속도를 높여보자."

그때 해로프는 다시 뒤에서 자신을 계속 노려보고 있는 듯한 기분 나쁜 느낌이 들었다. 따가운 시선이 자신을 보고 있는 느낌을 참아보려고 해도 뒤통수에서 지끈지끈한 느낌이 계속 들었고 결국 다시 걸음을 멈추며 자신이 걸어온 길 뒤쪽과 주변을 자세히 살펴보았다. 하지만 이번에도 그 주변은 살랑거리는 호두나무들과 이름 모를 꽃들뿐이었고 자신을 감시하고 있는 눈동자는 없었다. 해로프의 행동에 덩달아 두려워진 라이다가 말했다.

"해로프, 또 왜 그래. 누가 우리를 감시하고 있는 것 같아?"

"아…. 아니야."

해로프는 불쾌한 느낌을 최대한 참기로 했고 그 이후로도 날카로운 시선이 느껴졌지만 다른 동료들에게 피해를 주지 않기 위해 그냥 앞으로 나아갔다. 그들은 한참을 앞으로 나아가며 이제 발바닥이 욱신거리기 시작했고 다리에서는 피가 통하지 않는 듯한 느낌이 들었다. 그때 이번에는 프샨이 갑자기 멈춰 섰다.

"프샨! 무슨 일이에요!"

파프는 갑자기 멈춘 프샨의 뒷모습을 보며 말했다.

"프샨, 혹시 해로프처럼 누군가가 계속 우리를 감시하고 있는 것처럼 따가운 시선이 느껴지기라도 하는 거예요?"

라이다는 갑자기 하늘을 올려다보는 프샨에게 말했다. 프샨은 호두 나뭇잎들 사이로 검은 먹구름이 다가오고 있는 것을 보았다.

"먹구름이 우리 쪽으로 오고 있어."

뒤따라오던 그들은 프샨의 반갑지 않은 소식에 어떻게 해야 할지 몰랐다.

"그러면 이곳에 비가 내릴지도 모른다는 얘기잖아요. 그러면 잠시 비를 막아줄 곳을 찾아서 그칠 때까지 기다렸다가 가는 건 어때요?"

프샨은 해로프의 말에 대답하지 않고 계속 하늘을 쳐다보다가 일반적인 먹구름과는 다른 것임을 알아차렸다.

"지금 하늘을 덮고 있는 먹구름은 단순히 비가 내리는 먹구름이 아니야 블레드가 영혼석 밖으로 나왔을 때 프상크 마을에 생겼던 것과 같은 불길한 느낌이야."

"그게 무슨 소리예요?"

다가오는 먹구름은 마치 갯벌에 파도가 밀려들어 오듯 맑은 하늘을 검게 뒤덮으면서 몬프크리 원정대가 있는 곳을 향해 서서히 다가오고 있었다. 프샨은 해로프에게 말했다.

"해로프, 혹시 아직도 누군가 우리를 계속해서 감시하고 있다는 느낌이 들고 있니?"

"네, 사실 지금도 무언가가 저희를 바라보고 있는 시선을 느끼고 있어요."

"너의 느낌이 지금 몰려오는 먹구름과 연관이 있을 수도 있겠어. 지금 벌써 블레드는 자신의 힘으로 어둠의 세력을 만들기 시작했고, 우리를 찾아 영혼석을 빼앗으려고 저주받은 영혼들을 보냈을 수도 있어. 먹구름의 위치를 보면 그들은 이미 우리 가까이 있고, 아마 너를 감시하고 있는 것도 그들일 수도 있어."

"네? 그럼 저 불쾌하고 새카만 먹구름이 블레드가 보낸 검은 영혼들이고, 우리 주변에 있다는 뜻이에요?"

"그자는 이미 우리가 생각하고 있는 것보다 더 많은 검은 영혼들을 만들어 내고 있고 그 속도는 내 예상보다 빠른 것 같아."

뒤에서 그의 말을 듣고 있던 라이다는 갑자기 몸을 떨며 겁에 질린 듯 몸을 감싸며 말했다.

"그럼 이제 어떻게 해요? 숨는 것도 이미 늦은 건가요? 아니면 여기에서 우리는 영혼석을 빼앗기는 거예요?"

"이 겁쟁이 녀석아 조용히 해!"

겁에 질려 있는 라이다에게 파프가 소리쳤다.

"지금 숨어봤자 이미 늦었어! 블레드가 우리한테 몇 명을 보낸 건지는 모르겠지만 이미 우리를 감시하고 있을 거야. 블레드의 저주받은 검은 영혼들과 마주친다면 한 가지 방법밖에 없어."

프샨은 한숨을 내쉬며 말했다.

"한 가지 방법이요? 그게 뭔데요?"

"그들과 정면으로 맞서 싸우는 것. 그 방법뿐이야."

해로프는 프샨이 먹구름을 바라보며 말하고 있는 방법을 듣고 자신도 심장이 떨리기 시작했다. 이제 그들에게 블레드의 불길한 먹구름은 더 가까이 다가와 있었다. 하늘을 덮고 있는 먹구름을 본 프샨은 자신의 망치를 꽉 쥐었다.

"내가 너희들에게 나누어 준 트리드를 이제 꺼내!"

해로프와 그의 친구들은 프샨의 단호해진 말투에 가느다란 트리드를 꺼내어 손에 쥐었다. 손에 쥐고 있는 금방 부러질 것 같은 트리드로 싸울 생각을 하니 해로프의 두려움은 점점 더 커져만 갔다.

몬프크리 원정대가 긴장하고 있는 사이에 먹구름은 멈추지 않고 순식간에 그들의 머리 위를 덮어버렸고, 마치 깊은 밤이 찾아온 듯 어두워졌다. 해로프는 주변이 어두워지자 온몸이 갑자기 추워지며 몸은 더 심하게 떨리기 시작했다. 그리고 그는 호두나무 숲에 들어오면서부터 느끼던 날카로운 시선들의 느낌이 점점 더 심해졌다.

그때 해로프는 뒤쪽에 있는 호두나무 사이에서 무언가가 움직이는 소리를 들었다. 이번에는 해로프뿐만 아니라 다른 동료들도 그 수상한 소리를 들었다. 해로프는 손까지 떨려왔지만 들고 있는 트리드를 마치 검객이라도 된 것처럼 소리가 나는 곳을 향해 겨누고 있었고, 어떤 움직임이 보일 때까지 기다렸다. 그렇게 한동안 정적이 흐른 후 다시 다른 방향에서도 부스럭거리는 소리가 들려왔다. 해로프는 다시 소리가 나는 쪽으로 몸을 돌려 트리드를 꽉 쥐었다. 긴장하지 않던 파프도 주변이 어두워지며 정체불명의 소리가 들리자 긴장한 듯 식은땀을 흘리기 시작했다. 그때 라이다가 소리쳤다.

"저기 눈동자!"

라이다는 나무 사이에 있는 노란 눈동자와 마주쳤고, 라이다가 가리킨 곳에는 늑대처럼 생긴 사납고 짐승이 그들을 노려보고 있었다. 마치 그 노란 눈동자는 먹이를 찾고 있는 배고픈 늑대처럼 원정대에게 시선을 고정하고 있었다.

"저기도 있어!"

식은땀을 흘리기 시작한 파프도 다른 방향에서 똑같이 생긴 노란 눈동자를 보았다. 이제 그들 주변에 정체를 알 수 없는 짐승들이 그들을 둘러싸기 시작했다. 그 괴물들은 원정대를 향해 천천히 다가오고 있었다.

"프샨, 저 녀석들이 우리한테 오고 있는 거 맞죠?"

"맞아. 지금부터 정신 똑바로 차려야 해!"

해로프와 그의 친구들은 손을 떨며 트리드를 간신히 잡고 있었다. 풀숲에 숨어 있던 괴물들은 침을 흘리며 풀숲 밖으로 나와 모습을 드러냈다. 짐승들은 원정대를 모든 방향에서 둥글게 포위하며 중심으로 쪼여오고 있었다. 그들의 몸은 아주 까만 검은색이었고 머리는 혐오스럽게 두 개씩 달려 있었다. 몸통에는 창 같은 기다란 것들이 이미 몇 개씩 박혀 있었다.

"저…. 저게 뭐야!"

해로프는 살면서 처음 보는 혐오스러운 괴물들을 보고 몸 전체에 소름이 돋았다. 그는 목소리를 떨며 말했다.

"프샨, 이제 정말 어떡하죠?"

그때 그 괴물들은 원정대를 향해 달려오기 시작했다. 그러면서 점차 다리가 보이지 않을 정도로 더 속도를 올리더니 해로프가 서 있는 곳을 향해 한 마리가 높이 뛰어오르기 시작했다. 프샨을 제외한 해로프와 그의 동료들은 등골이 오싹해지며 얼어붙고 말았다.

"모두 트리드를 허공에 강하게 휘둘러 봐!"

해로프는 다급한 프샨의 소리를 듣자마자 자신의 오른손에 들고 있는 가느다란 트리드를 허공에 휘둘렀다. 라이다는 뛰어오른 괴물의 얼굴을 보자 겁에 질려서 결국 그 자리에 주저앉았다.

"난 틀렸어!"

혐오스럽게 생긴 괴물들은 이제 날카롭게 뻗은 이빨을 보였다. 해로프가 들고 있던 트리드를 휘두르고 보니 트리드는 가느다란 나무 막대기에서 단단한 활로 변해 있었다.

"해로프 활시위를 당겨!"

하지만 이미 괴물이 가까이 온 상태에서 활시위를 당기기에는 늦었다. 그것을 보고 프샨이 빠르게 해로프 앞으로 뛰어오른 짐승의 머리를 강하게 후려쳤다. 한 마리가 뛰어오르자 남아 있는 네 마리의 짐승들도 동시에 원정대를 향해 뛰어오르기 시작했다. 파프는 주저앉은 라이다에게 소리쳤다.

"라이다 빨리 일어나!"

하지만 라이다의 영혼은 이미 나가 있었고 그는 두 손으로 양쪽 귀를 막고 있었으며 눈을 질끈 감고 있었다. 그런 그에게 파프의 소리는 들리지 않았고 그저 자신이 끔찍한 괴물에게 먹히는 것에 대한 두려움만 느끼고 있었다.

그때 해로프 방향으로 또 다른 한 마리가 뛰어올랐다. 해로프는 재빠르게 눈을 질끈 감고 트리드의 활시위를 당겼다. 잠시 뒤 해로프는 천천히 눈을 떴고 자신에게 날아오던 괴물의 몸통에 화살 두 개가 더 박혀 있는 것을 보았다. 화살에 맞은 괴물은 해로프의 바로 앞에서 눈을 뜬 채로 발버둥 치고 있었다.

파프는 해로프를 보고 활시위를 당겼고 활에서는 두 개의 화살이 생겨나 침을 흘리며 뛰어오른 괴물에게 빠르게 날아갔다.

파프 주변에 날아오른 괴물의 몸통에 두 개의 화살이 정확히 꽂혔다. 그 괴물도 바로 그 자리에 힘없이 떨어지며 얼마 동안 앓는 소리를 내다 죽어버렸다. 해로프는 이제 자신이 가지고 있는 트리드에서 화살이 나간다는 것을 알아냈고 다시 활시위를 당겼다.

그러자 또 다른 방향에서 날아오던 괴물을 맞추었고 그 괴물은 날아오다 해로프의 활에 맞아 해로프 옆으로 굴러떨어졌다. 뒤이어 파프와 프샨이 남은 두 마리를 그들이 가지고 있는 망치와 트리드로 죽이며 순식간에 몬프크리 원정대를 물어뜯으려고 하던 짐승들은 모두 그 자리에서 죽어버렸다. 얼마 동안 정적이 흘렀고 프샨이 그 정적을 깨며 말했다.

"모두 무사한 거지?"

"네 다행히 아무도 다치지 않았어요."

해로프는 자신이 들고 있는 트리드를 이리저리 돌리며 말했다.

"이거 정말 신기해요!"

프샨은 이제야 트리드의 능력을 알아차린 해로프에게 미소를 보였다. 파프도 트리드가 신기한지 자세히 살펴보았다. 라이다는 긴박했던 상황이 끝난 줄도 모르고 아직 바닥에 주저앉아 귀를 막고 마치 억지로 눈물을 짜려고 하는 사람처럼 눈을 감고 있어서 상황이 어떻게 되고 있는지 전혀 알 수 없었다.

해로프는 그런 라이다를 발견하고 달래주기 위해 가까이 다가갔다. 파프는 겁쟁이 같은 라이다의 행동이 한심하다고 생각한 나머지 그를 바라보며 고개를 저었다. 프샨도 라이다에게 다가가며 해로프에게 말했다.

"이제 트리드의 능력을 믿을 수 있겠지?"

해로프는 프샨의 말에 격하게 고개를 끄덕이며 대답했다.

"이제는 절대로 트리드를 잃어버리지 않을 거예요."

트리드는 어느새 다시 가느다란 나뭇가지로 다시 돌아와 있었다. 하늘 위에 푸른 하늘을 덮고 있었던 검은 먹구름도 점차 없어지며 다시 밝은 햇빛이 그들을 비춰주기 시작했다. 해로프는 라이다의 어깨를 어루만져 주며 말했다.

"라이다, 이제 괜찮아 눈을 떠봐."

라이다는 자신의 몸을 누가 건드리자 깜짝 놀랐지만, 눈을 떠보니 해로프인 것을 알았고 그는 주변에 널려 있는 괴물들의 시체를 보았다. 파프는 그런 라이다를 보며 말했다.

"저런 겁쟁이는 애초에 같이 오면 안 됐는데."

해로프는 라이다의 등을 토닥여 주며 안심시켜 주었다. 라이다는 해로프의 따스한 손길 덕분에 마음에 편해졌는지 귀를 강하게 누르고 있던 두 손도 떼어냈다. 그는 글썽이는 눈으로 해로프를 쳐다보았다.

"어떻게 된 거야?"

"그야 우리가 다 물리쳤지! 별것도 아니었어!"

해로프는 일부러 자신감 있게 소리치며 라이다의 두려움을 가라앉게 해줬다. 사실 해로프도 아직 몸이 떨리고 있었다. 라이다는 자신이 괴물들의 먹잇감이 되지 않았다는 것에 점차 떨리던 몸이 진정되기 시작했다. 프샨은 라이다가 괜찮아진 것을 확인하자 쓰러져 있는 짐승들에게 다가가 확실하게 죽었는지 발로 툭툭 건드려 보았고 모두 죽었다는 것을 확인하자 다시 라이다에게 다가왔다.

"이제는 괜찮아졌니?"

"네…."

"다음번에는 그냥 주저앉아 버리면 용감한 몬프크리 원정대가 될 수 없어."

"죄송해요."

라이다는 스스로 생각해도 겁쟁이 같은 자신의 모습을 다시는 보이지 않겠다고 다짐했다. 그는 이제 목숨을 잃는 한이 있더라도 동료들과 함께 싸우기로 다짐했다. 해로프는 그런 라이다에게 트리드를 꺼내며 말했다.

"아 참! 라이다, 내가 트리드의 비밀을 알아냈어!"

"그게 뭔데?"

"이것을 휘두르면 활로 변한다고!"

"설마."

"정말이야!"

파프는 멀리에서 있다가 해로프가 자신을 바라보자 마지못해 고개를 끄덕였다. 해로프는 아까와 같이 활로 변한 트리드를 라이다에게 보여주기 위해 나무 막대기를 휘둘렀다. 그런데 트리드는 아무 반응을 보이지 않았다. 해로프는 트리드가 아까처럼 변하지 않자 몇 번이고 계속해서 휘둘러 보았지만 트리드는 꼼짝도 하지 않았다.

"뭐야 이거 왜 그래. 아까는 한 번에 변했는데?"

라이다는 그런 해로프를 멀뚱히 쳐다보기만 했고, 해로프의 모습을 보고 있던 프샨은 그에게 말했다.

"지금 네가 아마 천 번을 더 휘두른다고 해도 변하지 않을 거야. 네가 들고 있는 나무 막대기는 스스로 판단할 수 있어서 일반적인 상황일 때에는 그 어떤 마법사가 온다고 하더라도 트리드를 변하게 하기는 힘들 거야."

해로프는 프샨의 말을 듣고도 라이다에게 트리드가 변하는 모습을 보여주기 위해 몇 번이고 더 휘둘러 보았지만 결국 변하지 않았다. 프샨은 하늘을 바라보며 말했다.

"이번에는 운이 좋게 싸워서 이겼지만, 블레드가 계속 만들어 내는 검은 영혼들은 다시 우리를 추격할 거야. 시간 없으니 어서 움직이자!"

배불뚝이 숙소

몬프크리 원정대는 처음으로 맞이한 큰 고비를 넘기고 지친 몸을 이끌며 마침내 옹기종기 모여 있는 작은 집들을 발견했다. 몇몇 집들은 굴뚝에서 연기가 모락모락 피어나고 있었다. 해로프는 계속 눈이 감기며 절대 걸을 수 없을 정도로 다리에 힘이 풀려 쓰러질 것 같을 때 레이 후 마을을 발견하고 말했다.

"저기 드디어 사람들이 보여요!"

라이다는 두 팔을 위로 쭉 뻗으며 말했다.

"드디어 잠을 자고 음식도 먹을 수 있겠어!"

그들은 레이후 마을 입구에 가까이 다가왔고 마을 사람 중 몇몇은 마을로 들어오는 네 명의 몬프크리 원정대를 멀리서부터 구경하고 있었다. 레이후 마을에 있는 집들은 모두 똑같이 회색 벽돌로 지어져 있었고 지붕의 색깔만 달랐다. 원정대는 드디어 레이후 마을에 들어서자마자 잠을 자고 먹을 것을 먹을 수 있는 휴식처를 찾기 시작했다.

해로프는 지금 걷고 있는 길 주변에서 맛있는 냄새를 풍기는 식당이 보여 당장 그곳으로 들어가고 싶었지만, 지금은 휴식을 취하고 싶은 마음이 더 강했기 때문에 레이후 마을 안에 있는 숙소를 찾기 시작했다. 그들이 두리번거리고 있을 때 멀리서 배가 터질 듯이 불룩 튀어나온 한 아저씨가 한 손에 술병을 들고 해로프에게 가까이 다가와 말을 걸었다.

"혹시 몬프크리로 향하는 원정대 아니시오?"

해로프 앞에서 걸음을 멈춘 그 남자는 담배를 오랫동안 피워 온 듯 걸걸한 목소리를 내며 말했다. 꿀렁이는 남자는 몬프크리로 가는 해로프와 그의 동료들이 이곳에 올 것을 이미 알고 있는 듯했다. 해로프는 가까이 다가온 남자를 보니 그의 배가 금방이라도 터져버릴 듯한 물풍선처럼 살이 쪄 있었다.

그의 얼굴은 눈코입만 제외하고 모두 지저분한 수염으로 덮여 있었다. 길게 늘어진 턱수염은 아리따운 소녀의 머리처럼 묶여 있었고 그의 왼손에는 포도주로 보이는 보랏빛 술병이 들려져 있었다. 해로프는 다가온 남자를 보며 말했다.

"맞아요. 저희가 몬프크리로 가는 원정대입니다. 어떻게 아셨나요?"

그는 술병을 하늘 위로 치켜들면서 말했다.

"과거에 세상을 어둠과 화염으로 지배하려던! 끔찍한 블레드의 영혼이 깨어났다는 소문은 이미 여기 레이후 마을까지 퍼졌으니 당연히 알고말고! 내 이름은 브가스라네."

그의 겉모습을 보고 해로프와 그의 동료들은 같은 마음으로 그를 피하고 싶었시만, 그에게 하루 묵을 수 있는 숙소가 어디에 있는지는 물어봐야 했다. 그런데 그 배불뚝이 남자 브가스는 그것을 또 어떻게 알고 먼저 말했다.

"자네들의 모습을 보니 잠시 쉴 곳이 필요할 것 같은데 마침 내가 여기 근처에서 숙소를 운영하고 있으니 그곳에서 잠시 쉬는 것은 어떤가?"

해로프는 사실 브가스가 운영하는 숙소는 가고 싶지 않았지만 어쩔 수 없이 너무 피곤했기 때문에 브가스가 말한 대로 했다. 해로프는 프샨의 얼굴을 보았고 프샨도 마지못해 동의하는 듯이 고개를 살짝 끄덕였다.

"좋아! 다들 잘 따라오렴!"

브가스는 앞장서서 거침없이 걸어가기 시작했고 가는 도중에 레이후마을에 사는 사람들이 해로프 일행을 거리에서 웅성거리며 구경하고 있었다. 해로프는 사람들이 자신을 보면서 말하는 소리 중에 이런 말을 들었다.

"겨우 저들이 무섭고 악랄한 블레드를 다시 영혼석 안으로 집어넣는다고? 전혀 믿음직스럽지 않은데?"

또 다른 사람이 소리쳤다.

"용감한 몬프크리의 전사들이여!"

해로프는 많은 사람의 시선 속에서 걷다 보니 회색 벽돌과 굴뚝이 있는 작은 집 앞에서 브가스는 걸음을 멈추었다.

"도착했네."

브가스가 걸음을 멈춘 곳 앞에는 이층집이 있었다. 보아하니 일 층은 아마 술집인 것으로 보였다. 숙소의 간판에는 "오늘만 살자!"라고 쓰여 있었다. 해로프와 그의 동료들은 그곳에 들어가는 것이 썩 마음에 들지 않았지만, 힘든 몸으로 걸을 수 없어 마지못해 브가스가 초대한 곳으로 들어갔다.

브가스는 이미 문을 열고 들어오라는 듯 손짓을 하고 있었다. 해로프는 그래도 오랜만에 실내에서 휴식할 수 있다는 것에 감사하며 들어갔다. 술집 같은 숙소 안으로 들어가자 다양한 나라에서 만든 것 같은 비어 있는 술병들이 바닥뿐만 아니라 찬장 안에도 놓여 있었다. 장식으로 해놓은 것 같지는 않고 아마 브가스가 다 마신 것을 자랑하려고 모아둔 것 같았다. 한쪽 벽에는 오래돼 보이는 칼과 화살 그리고 녹슨 은색 투구도 매달려 있었다. 브가스는 들어가자마자 집이 무너질 듯이 크게 소리쳤다.

"손님들 입장이요!"

해로프 일행은 어쩔 수 없이 브가스의 숙소에 들어간 그때 몬프크리 원정대가 지나왔던 호두나무 숲속에서 검은 두건으로 온몸을 뒤덮고 있는 두 형체가 그들이 브가스의 집으로 들어가는 것까지 감시했다.

해로프는 브가스를 따라 들어간 곳이 술병으로 가득한 것을 보고 말했다.

"저희는 술집이 아니라 오늘 밤 잘 수 있는 숙소를 찾고 있었어요. 죄송하지만 다른 곳으로 가야겠습니다."

브가스는 뒤로 몸을 돌리려던 해로프의 손을 잡고 말했다.

"아! 여기 일 층은 내가 운영하는 술집이지만 이 층은 숙소를 운영하고 있으니 다들 안심하시게나."

브가스는 무거운 몸을 움직여 이 층으로 올라가는 나무 계단 쪽으로 걸어갔다. 브가스가 한 발자국 내딛자 계단은 금방 부러질 것처럼 아래로 움푹 파이면서 삐걱대는 소리가 심하게 들려왔다. 해로프는 혹시나 계단이 부러질 수 있다고 생각해 조심스럽게 올랐다.

"자 오늘은 여기에서 묵으면 다들 편안하게 쉴 수 있을 거야."

브가스가 말한 대로 이 층으로 올라와 보니 작지만 해로프와 동료들이 들어가기에는 충분한 다락방이 하나 있었다. 그곳엔 작은 창문으로 붉은 노을이 보였고 바닥에는 하얀 먼지가 쌓여 있었다. 화장실 한 개와 그 옆에는 오랫동안 사용하지 않은 듯한 이불이 넉넉하게 쌓여 있었다. 라이다는 자기 생각보다 열악한 숙소 환경에 브가스에게 말했다.

"이곳에 몇 년 동안 사람이 오지 않았던 것 같아요."

하지만 이미 다른 곳을 다시 찾아볼 시간과 체력이 없는 원정대는 잠을 잘 수 있는 공간이 있다는 것에 감사해야 했다. 해로프는 내일 아침 일찍 이곳을 떠나기로 생각하고 오늘은 어쩔 수 없이 이곳에 머물기로 했다. 급한 대로 프샨은 자신의 어깨를 짓누르던 짐들을 내려놓았다.

"이불은 필요하면 더 가져다줄 수 있으니 언제든지 말하고 조금만 기다리고 있으면 내가 맛있는 저녁을 준비해 주겠어. 내가 음식 솜씨 하나는 기가 막히거든. 그리고 오늘은 기분이 좋아서 자네들이 여기서 하룻밤 보내는 것에 대한 값은 받지 않도록 하겠네!"

라이다는 값을 받지 않겠다는 브가스의 말에 신이 났다. 해로프는 브가스의 말을 듣고 고개를 숙이며 말했다.

"오늘 쉴 수 있는 공간을 마련해 주셨는데 그 값을 받지 않으시다니 정말 감사합니다!"

"그거야 뭐 별거 아니지. 어차피 밥 먹을 때 숟가락 몇 개 더 놓으면 되는 거잖아? 그런데 자네가 블레드의 영혼을 직접 봉인하러 갈 사람인가?"

해로프는 브가스의 갑작스러운 질문에 고개를 끄덕이며 대답했다.

"네 맞아요."

"그럼 지금 영혼석도 가지고 있겠네?"

"네 가지고 있어요. 꼭 몬프크리까지 영혼석을 가져가서 블레드가 다시는 나오지 못하도록 봉인할 거예요."

브가스는 해로프가 영혼석을 가지고 있다는 소리를 듣자 의미심장한 웃음을 지어 보였다. 그의 웃음은 덥수룩한 수염에 가려져 아무도 보지 못했다.

"자신감을 보니 충분히 해낼 것 같구나. 그럼 이따 저녁 준비가 다 되면 부를 테니 모두 잠시 쉬면서 기다리고 있게나."

브가스가 내려가자 라이다는 먼지가 쌓여 있는 바닥인데도 불구하고 그 위에 두 발을 뻗고 누웠다. 잠시 뒤 브가스는 물과 간단하게 먹을 수 있는 땅콩과 아몬드를 담아 왔다. 해로프와 그의 동료들은 여기까지 오면서 긴장했던 몸의 힘이 서서히 풀리는 듯 졸음이 몰려오기 시작했다. 하지만 지금 그들의 몸은 젖은 수건처럼 땀에 흠뻑 젖은 상태였기 때문에 먼저 깨끗하게 씻어야 했고, 라이다는 씻기 귀찮아 보였다.

"그냥 자고 싶어."

파프는 그런 라이다를 보며 말했다.

"그럼 내가 너의 땀 냄새를 참으면서 오늘 자야 한다는 거야?"

"너 뭐라고 했어!"

한동안 붙지 않았던 이 둘의 불씨는 지금 서로 예민한 상황에서 다시 붙어버렸다. 해로프는 둘 사이에 서서 한숨을 내쉬며 말했다.

"그만해! 우리는 힘들게 여기까지 왔잖아. 오늘은 그냥 서로 기분 좋게 쉬는 것은 어때? 그리고 라이다, 우리는 오랜 기간 걸어왔기 때문에 지금 네가 깨끗하게 씻지 않고 그냥 잔다면 심한 감기에 걸릴 수 있어. 그러니 귀찮더라도 몸을 깨끗이 하고 자는 건 어떨까? 파프도 힘들어 지친 라이다를 조금 이해해 줬으면 좋겠어."

라이다는 파프보다 작은 몸집에도 전혀 주눅 들지 않았고 오히려 파프의 눈을 뚫어지듯이 쳐다보았고 파프는 그런 라이다가 가소롭다는 듯이 눈을 피하지 않았다. 해로프는 그 둘의 눈에서 나오는 불꽃을 중간에 서서 간신히 막을 수 있었다. 프샨은 라이다와 파프가 신경전을 벌이는 동안에 벌써 몸을 상쾌하게 씻고 나왔고, 그가 씻고 나오자 어깨부터 팔로 이어지는 근육들이 더욱 선명하게 드러났다. 프샨은 몸이 한결 가벼워진 듯 웃으며 말했다.

"몸이 가벼워졌어! 이제 거의 눈꺼풀이 내려앉아 누우면 금방이라도 잠들 것 같아!"

해로프도 프샨이 나온 뒤 씻고 나와 몸이 찢어질 듯이 기지개를 켜며 말했다.

"프샨, 저도 몸이 깃털처럼 날아갈 것 같아요."

움직이기 귀찮아하던 라이다까지 깨끗하게 모두 깨끗이 씻었고, 땀으로 젖은 옷들은 브가스가 전부 가져가 깨끗하게 빨아준다고 했다. 그러면서 브가스는 해로프 일행이 오늘 밤에 입을 새로운 옷도 가져다주었다.

해로프는 브가스의 친절에 처음 봤을 때 그를 이상한 사람으로 판단한 것에 대해 속으로 미안한 마음이 들 정도로 브가스는 몬프크리 원정대를 최대한 정성스럽게 대접해 주었다. 브가스는 그들의 젖은 옷가지들을 빨기 위해 가지고 가면서도 수염 속에 덮인 입에서 의미심장한 웃음을 보였다.

 몬프크리 원정대는 모두 잠이 몰려왔지만 일 층에서 맛있는 냄새가 이 층까지 올라오고 있었기에 잠을 잘 수 없었다. 그들의 기다림 끝에 브가스는 일 층에서 걸걸한 목소리로 소리쳤다.

 "저녁 시간이다! 어서 내려오게!"

 주황빛의 노을이 마을을 뒤덮고 있을 때 브가스가 준비한 맛있는 음식 냄새가 몬프크리 원정대를 미치게 했고 그들은 배가 너무나도 고팠기 때문에 브가스가 저녁을 먹으라는 소리를 듣자마자 재빠르게 내려갔다. 해로프는 삐걱거리는 계단을 순식간에 내려가며 식탁에 놓인 음식들을 보며 그저 입안에서 분수처럼 뿜어져 나오는 침들을 계속해서 삼킬 수밖에 없었다. 식탁에는 거대한 닭고기가 한 마리도 아닌 몇 마리가 접시 위에 먹음직스럽게 구워져 있었고, 그 옆에도 금방 눈이 내린 산처럼 보이는 밥이 커다란 접시에 담겨 있었다. 원정대는 모두 빠르게 식탁에 앉았다.

 "자자 흥분하지 말고 모두 배불리 먹고 편하게 쉬다가 가라고!"

 해로프는 브가스가 어떤 이유로 아낌없이 주는지 몰랐지만, 지금은 배가 너무 고팠기 때문에 허겁지겁 먹기 시작했다. 프샨은 양손에 닭 다리를 집어 번갈아 가며 뜯고 있었고 라이다도 다리 하나를 집어, 마치 양치하는 것처럼 게걸스럽게 먹기 시작했다. 그 와중에도 파프는 닭가슴살 부분을 포크로 잘라내어 스테이크를 먹는 것처럼 아주 천천히 음미하며 먹었다. 브가스는 그들이 먹고 있는 모습을 보고 식탁 의자에 앉으며 말했다.

"입맛에는 맞으시나 다들?"

브가스도 그제야 한입 베어 물고, 허겁지겁 먹기 시작한 그들에게 말했다.

"나의 음식 솜씨는 아주 훌륭하기로 자네들의 마을까지 소문날 정도니까 아마 입맛에는 맞을 거야."

브가스 말은 정말 사실이었다. 적당히 부드럽게 잘 구워진 닭고기의 육질과 소금과 후추로만 양념했지만 정말 완벽한 맛이었다. 해로프는 저녁을 먹으면서 지금만큼은 자신이 세상에서 제일 행복하다고 생각했다.

"정말 맛있어요!"

해로프는 흐뭇한 눈빛으로 바라보고 있는 브가스를 보며 앉은 채로 고개를 숙여 감사의 표시를 했다. 그런데 브가스는 급하게 먹고 있던 해로프의 안주머니를 바라보면서 이번에도 자신만 아는 희미한 미소를 보였다. 그리고 그는 갑자기 식탁에서 일어났다.

"아 참, 내가 아주 중요한 것을 잊어버렸구나!"

브가스는 먹다 말고 갑자기 일어나더니 처음 만났을 때 들고 있었던 술병을 들고 와 식탁에 올려놓았다. 브가스는 술병을 막고 있는 코르크 마개를 가볍게 한 손으로 집어 뺐다. 해로프는 그의 묘기 같은 마개를 빼는 모습에 감탄했고 브가스는 술병을 열고 와인 잔을 다섯 개 가지고 와 각 병에 조금씩 따르기 시작했다. 하지만 술은 한 번도 먹어본 적 없는 해로프는 신중하게 술을 따르고 있는 그를 보며 말했다.

"근데 아서씨 저는 술을 한 번도 마셔보지 않았는데요?"

"그래?"

브가스는 해로프의 말에 잔에 따르던 술병을 다시 세우며 멈췄다. 그는 잠시 생각하는가 싶더니 다시 술병을 기울여 술을 따르기 시작했다.

"그럼 더 좋지! 이번 기회에 이 맛있는 포도주를 처음 마시는 거잖아. 나는 이 포도주를 처음 마셨을 때의 그 느낌을 아직도 잊을 수가 없어. 한번 마셔보렴."

브가스는 앞에 앉아 있는 네 명에게 포도주가 들어 있는 잔을 놓았고 마시라는 듯 손짓했다. 해로프도 브가스의 말에 포도주의 맛이 궁금해졌고 한 모금 마셔보기로 했다. 파프와 라이다도 해로프와 마찬가지로 술을 마시는 것은 이번이 처음이었고, 프샨은 가끔 혼자 마실 때도 있었지만 브가스가 지금 건네준 이 포도주는 처음 보는 술이어서 맛이 궁금했다. 그렇게 모두가 포도주잔을 들었다.

"빨리 들이켜서 최상의 맛을 느껴봐."

브가스는 해로프와 그의 친구들이 포도주잔을 들고 주저하자 빨리 마시라는 듯이 재촉했고, 결국 모두 동시에 컵을 들어 술을 목구멍으로 한 번에 들이부었다. 해로프는 그 포도주를 마시고 술이 내려가는 목구멍에 엄청난 뜨거움을 느꼈다. 모두가 브가스가 건넨 포도주를 한 잔 마신 후 하나같이 표정을 찌푸렸고, 어지러워지는 느낌이 들었다. 브가스는 그들의 그런 모습들을 보며 호탕하게 웃었다.

"어때! 목이 타들어 가다가 끝 맛에 나는 은은한 포도의 향기가 끝내주지 않나?"

라이다는 마시자마자 포도주잔을 내려놓으며 말했다.

"다시는 안 마실 거예요!"

프샨은 한 잔 더 마셔보고 싶은 듯 브가스에게 잔을 내밀었고 파프는 포도주를 마시고 아무 반응 없이 포도주잔을 내려놓았다.

"이걸 마시면 오늘 밤 아주 기분 좋게 깊은 잠을 잘 수 있을 거야."

브가스도 자신의 잔에 다시 술을 가득 채워 한 번에 그 많은 양의 포도주를 입속으로 퍼부었다. 해로프는 그런 브가스를 마치 서커스를 보는 것처럼 신기하게 입을 벌리며 바라보았다. 브가스가 차려준 음식을 먹으며 밤이 깊어졌고 자정이 될 때까지 그들은 많은 대화를 나누었다. 사실 대화라기보다 브가스의 어렸을 적부터 지금까지 인생의 이야기가 대부분이었다. 그리고 브가스는 해로프에게 있는 영혼석에 대해 계속 궁금해했다.

"해로프, 혹시 자네가 가지고 있는 영혼석을 한번 볼 수 있을까?"

"당연하죠!"

해로프는 자신의 안주머니에서 영혼석을 조심히 꺼내 식탁에 올려두었다. 영롱한 초록빛 보석은 식탁 위의 전등 빛에 비쳐 마치 이제 막 결혼하는 신부의 목걸이로 사용될 정도로 반짝였다.

"내가 한번 만져봐도 되겠나?"

"물론이죠!"

브가스는 왼손에 아직 술이 남아 있는 포도주잔을 들고 있었고, 오른손으로 해로프가 건네준 영혼석을 집었다. 그는 해로프에게 건네받은 영혼석을 이리저리 돌려가며 식탁 위에 있는 전등 불빛에 비추어 더 자세히 살펴보았다. 해로프와 그의 동료들도 전등 빛으로 이렇게까지 자세히 영혼석을 들여다보는 것은 이번이 처음이었다. 모두가 반짝이고 있는 영혼석의 모습에 한동안 눈을 뗄 수가 없었다. 브가스는 영혼석 중간에 살짝 균열이 있는 것까지도 보았다. 브가스는 유리잔 속의 포도주를 전부 들이켜며 천천히 말했다.

"이곳에서 블레드가 다시 세상 밖으로 나왔군. 나도 어렸을 적에는 몬프크리에서 용감하게 싸우는 기사가 되는 것이 꿈이었는데…."

"몬프크리의 기사가 되는 것이 꿈이셨어요?"

"그래 나도 지금은 폐허가 돼버린 몬프크리에서 듬직한 기사가 되는데 꿈이었어. 하지만 블레드의 잔인한 횡포 때문에 지금 사는 레이후 마을로 도망쳐 왔고, 지금까지 살고 있는 거야. 저 벽에 걸려 있는 투구와 화살도 전부 내가 어렸을 때 사용했던 것들이야."

브가스는 영혼석을 한참 보더니 다시 해로프 앞에 내려놓았다.

"내가 너무 말을 많이 했나. 이제 시간이 늦었으니 올라가서 모두 편하게 자게나."

배불리 먹은 해로프와 그의 동료들은 다시 이 층으로 올라갔다. 그들은 오랜만에 배가 터지도록 먹어서 그런지 속이 더부룩했지만 기분은 좋았다. 라이다는 두꺼운 이불 위에 앉아 말했다.

"브가스 아저씨는 정말 좋은 분이신 것 같아. 난 저 아저씨가 비록 못생기긴 했지만 좋아졌어."

프샨과 해로프는 라이다의 말에 동의하는 듯 고개를 끄덕였고 파프는 말없이 이불 위에 누웠다.

달빛이 작은 창문을 통해 그들이 누워 있는 곳을 비춰주었고, 몬프크리 원정대는 자리에서 누운 지 얼마 지나지 않아 모두가 깊은 잠에 빠져들었다. 프샨은 뱃고동 소리만큼 방이 울리도록 코를 골았지만 해로프와 그의 친구들은 깊은 잠에 빠져 아무도 그 소리에 깨지 않았다.

새벽에 일어난 일

 자정이 지나고 조용한 새벽이 되자 브가스는 몬프크리 원정대가 깊은 잠에 빠지기만을 기다렸다. 사실 그는 아까부터 자신이 생각하고 있던 계획을 어떻게 성공적으로 실행할지 기다리며 속삭였다.
 "내가 준 포도주를 마시고 나면 깊은 잠에 빠지게 될 거야. 그때 내가 영혼석을 훔쳐서 내다 팔면 엄청난 부자가 돼 있겠지!"
 브가스는 사실 해로프를 처음 만났을 때부터 영혼석을 노리고 있었다. 지금 브가스가 바라는 것은 해로프가 영혼석을 그의 안주머니에 넣어놓고 자고 있거나, 손에 쥐며 자고 있지 않기를 바랐다.

"아무리 소중한 물건이어도 잘 때는 분명히 밖에다 내놓고 잘 거야."

브가스는 어떻게 영혼석을 가져와야 할지 곰곰이 생각하며 새벽이 더 깊어지기를 기다렸다. 잠시 뒤 브가스는 모두가 잠들었는지 확인하기 위해 발뒤꿈치를 들고 천천히 이 층으로 올라갔다. 그의 예상대로 몬프크리 원정대는 모두 깊은 잠에 빠져 있었다. 그래도 그는 원정대가 깊이 자는 것이 확실한지 확인하기 위해 계단에 서서 누워 있는 그들을 차례대로 살펴보았다.

브가스는 자신의 숨 쉬는 소리마저 들리지 않게 하려고 숨을 약하게 내쉬었고 계단을 모두 올라와 해로프가 깊은 잠에 빠져 있는 곳까지 조용히 도착했다. 브가스는 들키지 않도록 그들이 자는 것이 맞는지 한 명씩 눈을 바라보았고 이제 그의 생각을 행동에 옮기기 시작했다.

먼저 캄캄한 밤이라 시야가 잘 보이지 않았기에 주의 깊게 주변을 둘러봐야 했다. 브가스는 생각보다 너무 어두워서 자신의 음흉한 계획을 그만두어야 하나 생각할 때 해로프의 머리 바로 위에서 달빛에 비쳐 반짝이는 영혼석을 발견했다. 브가스는 덩그러니 놓여 있는 영혼석을 보자마자 갑자기 심장이 빠르게 뛰기 시작했고 자신의 심장 소리가 커서 혹시나 그들을 깨울까 봐 두 손으로 심장을 부여잡았다.

조심스럽게 한 걸음 내딛을수록 브가스의 심장은 더욱 쿵쾅거렸고 한편으로는 영혼석을 팔아 엄청난 부자가 될 수 있겠다는 마음도 커졌다. 브가스는 일 분에 한 걸음씩 내디디며 아주 천천히 영혼석이 놓여 있는 곳으로 갔다. 한 걸음 앞으로 발을 내디디면 그들이 잠에서 깬 것은 아닌지 살펴보고 다시 한 걸음 걸어가고를 반복했다.

그는 어느새 이 층에 올라온 지 한 시간이 지났고 드디어 해로프의 머리 위까지 오게 되었다. 그는 숨을 참고 조심스럽게 영혼석을 집어 들었다. 이제는 그것을 다시 들고 내려가기만 하면 되었다. 브가스는 누워 있는 네 명이 깊이 잠들었음을 다시 확인했고 이 층에 올라왔던 것과 같은 방법으로 아주 천천히 계단을 내려가기 시작했다.

'삐걱!'

그때 브가스는 자신도 모르게 오래된 계단을 무심코 밟아버린 것이다. 그는 너무 놀라 영혼석을 떨어뜨릴 뻔했다. 그는 그 자리에서 일 분 동안 마치 위대한 인물의 동상처럼 영혼석을 들고 가만히 서 있었다. 브가스는 천천히 고개만 뒤로 돌려 혹시나 자신의 모습을 본 것은 아닌지 뒤를 돌아보았고 다행히 원정대는 깊은 잠에 빠져 있는 듯 보였다. 브가스가 계단을 하나씩 내려올 때마다 입가의 미소는 더욱 커졌다.

배불뚝이 브가스는 계단을 전부 다 내려오기 전까지 긴장을 풀 수 없었고, 마지막 계단까지 아주 조심스럽게 발을 내디며 마침내 일 층으로 내려왔다. 그는 마지막으로 다시 위쪽을 쳐다보며 혹시 누가 잠에서 깨어난 것은 아닌지 확인했다. 이 층에서 아무 소리도 들리지 않자 브가스는 다리에 힘이 풀려 그 자리에 주저앉았다.

브가스는 지금 그 자리에서 크게 소리를 지르며 크게 환호하고 싶은 마음이 들었지만, 간신히 참으며 영혼석이 손에서 떨어지지 않도록 조심히 일어나 식탁에 앉으며 아주 조용히 속삭였다.

"모든 게 끝났어. 이제 내일 아침이 오기 전에 팔아버리면 난 평생 돈 걱정을 하지 않고 마음대로 술을 사 먹을 수 있을 거야!"

브가스는 초록빛의 영혼석을 두 손으로 꽉 쥐어보며 자세히 바라보았다. 그런데 그때 계단에서 한 남자의 목소리가 들려왔다.

"그것을 팔려고요?"

브가스는 그 목소리가 들려오자 너무나도 놀라 의자 옆으로 굴러떨어졌고 계단에서 자신을 보고 있는 해로프를 보았다.

"어떻게…."

"방금 그 영혼석을 아침이 오기 전에 팔아버린다고 하셨죠?"

"자고 있지 않았어?"

"아저씨가 아무리 천천히 움직인다고 해도 이미 올라오실 때부터 깨어 있었어요."

브가스는 계단에 서 있는 해로프를 보자 마치 꿈속에서 무서운 귀신을 본 것처럼 기겁하며 그대로 얼어붙고 말았다.

"지금까지 영혼석 때문에 저희에게 아낌없이 맛있는 음식을 대접해 주신 거였어요?"

해로프는 계단을 내려와 얼어붙어 있는 브가스에게 다가갔고 그의 손에 들려 있는 영혼석을 집어 들었다. 브가스의 커다란 손에서 힘없이 영혼석이 빠졌다. 브가스는 그저 돌아가신 할머니를 바라보듯이 해로프에게서 눈을 떼지 못하고 있었다.

브가스는 해로프의 눈을 바라보더니 갑자기 해로프의 발목을 잡고 엎드리며 그 자리에서 흐느끼기 시작했다. 브가스는 자신이 절대로 해서는 안 되는 행동을 한 것 같다고 뒤늦게 생각했고 그의 눈물이 해로프의 발등에 떨어지기 시작했다.

"해로프, 한 번만 용서해 줘! 영혼석을 보니 나도 모르게 이런 바보 같은 행동을 하게 된 것 같아. 어리석은 나를 한 번만 용서해 줄 수 있을까?"

해로프는 자신의 발목을 붙잡으며 흐느끼고 있는 브가스를 보며 가만히 서 있었고, 울고 있는 그가 정말로 반성하고 있다는 것을 느꼈다. 브가스는 저녁 식사 때의 활발하고 호탕한 아저씨의 모습이 없어지고 지금은 대역 죄인처럼 엎드려 해로프에게 사과를 하고 있었다.

그때 해로프는 자신의 발목을 붙잡고 있는 브가스의 손을 살며시 떼어내고 엎드려 있는 브가스 앞에 한쪽 무릎을 굽히며 앉아 그를 살포시 안아주기 시작했다. 브가스는 예상치 못한 해로프의 행동에 당황했다.

"아저씨, 제가 영혼석을 드려서 아저씨가 돈을 많이 벌어 부자가 된다면 몇 개라도 줄 수 있겠습니다. 하지만 이 영혼석이 없어지면 블레드의 사악한 저주는 이 세상을 전부 불태울 것이고 그에게 조종당하는 검은 영혼들이 모든 세상을 지배할 거예요. 그러니 이것만큼은 줄 수 없습니다. 하지만."

해로프는 자신의 주머니를 뒤적거리며 어머니가 프샹크를 떠나기 전에 쥐어준 금화 몇 개와 은화 몇 개를 주머니에서 모두 꺼내 브가스의 손안에 쥐여주었다. 브가스는 해로프의 그런 행동에 더욱더 자신이 한 행동을 후회하고 부끄럽게 생각하며 해로프의 두 눈을 바라보았다. 브가스의 얼굴이 터질 듯이 붉어져 있었다.

"이 정도면 많은 돈은 아니지만, 아저씨가 좋아하시는 술을 한동안 마음껏 살 수는 있을 거예요. 그리고 지금 일은 죽을 때까지 우리끼리만 아는 비밀이에요."

브가스는 다시 해로프에게 받은 금화와 은화를 돌려주려고 했지만 해로프는 그의 손을 밀며 받지 않고 일어났다. 그리고 해로프는 아무 일 없었다는 듯 하품을 하고 말했다.

"내일 아침에 깨워주세요!"

그렇게 해로프는 뒤를 돌아 다시 이 층으로 올라갔다. 브가스는 계단을 올라가는 해로프의 뒷모습만 말없이 바라보았다.

새출발

아침이 밝아오자 눈을 뜬 채로 새벽을 보낸 브가스는 아침 일찍 떠나야 하는 몬프크리 원정대를 깨웠고, 해로프와 그의 동료들은 지금까지 고된 날들을 보내고 오랜만에 실내에서 편안하게 휴식을 해서 그런지 모두 상태가 좋아 보였다. 해로프도 새벽에 부득이한 이유로 잠깐 일어났지만, 상태는 좋았다. 라이다는 눈을 비비며 말했다.

"더 자고 싶은데…."

파프는 라이다가 서둘러 일어나지 않자 말했다.

"그럼 너는 여기에 남아 있어."

일 층에서는 어제 저녁때와 같이 맛있는 향기가 올라오기 시작했고 그들은 이불을 정리한 순서대로 내려갔다. 해로프도 계단을 내려가면서 브가스와 눈을 마주치며 인사를 했고 브가스는 아직 자신이 새벽에 한 행동에 대해 부끄러운지 해로프의 눈을 피했다.

"아침은 간단하게 식빵과 달걀 스크램블이야."

해로프는 아침이라서 입맛이 없었지만, 다시 떠나야 할 힘을 비축해 둬야 했기에 억지로라도 먹어야만 했다. 프샨은 아침을 빨리 먹어치우고 이 층으로 다시 올라가 중간 부분이 지워져 있는 지도를 펼치며 그들이 가야 할 방향을 생각했다. 프샨은 자신이 방향을 잘못 정하면 모두가 힘들어지기 때문에 신중하게 지도를 살펴보며 어디로 가야 할지 방향을 고민했다.

해로프와 그의 두 친구도 식사를 마치고 브가스에게 감사의 인사를 한 후 이 층으로 올라가 트리드를 허리에 끼워 넣으며 다시 떠날 준비를 했다. 라이다는 다시 땀을 뻘뻘 흘리며 오랫동안 걸어야 한다는 생각에 벌써 어깨를 축 늘어뜨렸다. 그런 라이다를 보며 해로프가 말했다.

"라이다, 걱정하지 마. 지금 프샨이 우리가 올바른 방향으로 갈 수 있도록 지도를 보고 있으니까 힘을 내보자고!"

라이다는 해로프가 자신의 어깨를 한번 툭 치며 격려해 준 덕분에 조금이나마 기운을 차릴 수 있었다. 그때 프샨은 확실하게 방향을 정한 듯 소리쳤다.

"이렇게 가자!"

프샨은 지도의 한 곳을 가리키며 그들이 가야 할 목적지를 정했다. 프샨이 가야 할 장소를 결정했다고 말하자, 해로프는 다가와서 그곳을 보았다. 지도에서 프샨이 가리킨 곳은 레이후 마을과는 달리 집들이 그려져 있지 않았고 구름만 그려져 있었다. 프샨이 다음 목적지로 정한 곳으로 가려면 지도에 별이 그려져 있는 숲길 안으로 들어가야만 했고, 그 길을 통해 구름이 그려진 마을까지 가기로 했다.

"그럼 모두들 다시 떠날 준비가 됐겠지?"

"물론이죠!"

해로프는 자신의 트리드가 허리춤에 잘 있는지 확인했다. 그리고 그는 아래층으로 내려와 하루지만 휴식할 공간을 내어줬던 브가스와 마지막 인사를 했다. 브가스는 인사를 하러 내려오는 그들을 기다리고 있었고 터질듯한 살이 튀어나온 허리에 두 손을 올리며 말했다.

"짧은 시간이었지만 만나서 반가웠네. 다음에 기회가 된다면 다시 만나게 됐으면 좋겠네. 그게 언제가 될지는 모르겠지만."

프샨은 브가스와 악수하고 빈 술병이 가득한 곳을 뒤로한 채 문을 열었고 해가 높게 떠 있는 밖으로 나갔다. 하늘을 보니 구름 한 점 떠다니지 않았고 마치 푸른 바다가 하늘에 있는 것처럼 시원해 보였다. 그렇게 브가스는 라이다와 파프와도 악수하며 인사했고 마지막으로 해로프와도 악수했다. 해로프는 브가스의 눈을 보며 미소를 지었고 그에 화답하듯 브가스도 덥수룩한 수

염 사이로 미소를 지으며 해로프의 두 눈을 바라보며 악수했다.

"해로프, 네가 가지고 있는 빛나는 영혼석에 블레드를 넣어 절대 나오지 못하도록 해주렴."

"아저씨도 건강하세요. 그리고 어제 그 포도주…."

해로프가 포도주 얘기를 꺼내니 브가스는 자신이 그들을 깊은 잠에 빠뜨리기 위해 준비한 포도주가 생각나 고개를 떨구었다.

"그 맛이 계속 생각날 것 같아요! 목이 엄청나게 뜨거워지지만 끝에 나는 약간의 단맛! 다음에 제가 다시 이곳에 찾아온다면 이번에는 한 잔이 아닌 한 병을 마실 거예요."

브가스는 새벽에 해로프에게 받은 금화와 은화를 주머니에서 꺼내 다시 해로프에게 주려고 손을 내밀었다. 하지만 해로프는 브가스가 다시 주려고 뻗은 손을 다시 밀어내며 동료들이 기다리고 있는 밖으로 빨리 뛰어나갔다.

해로프는 열려 있는 문을 통해 손을 흔들어 인사했고 브가스는 몬프크리 원정대의 모습이 사라질 때까지 지켜보았다. 그들의 모습이 멀어져 보이지 않자 브가스는 손바닥에 있는 금화와 은화를 물끄러미 쳐다보며 언젠가는 해로프에게 은혜를 갚아야겠다고 다짐했다.

익숙한 실루엣

　몬프크리 원정대는 오랜만에 꿀맛 같았던 휴식을 뒤로 한 채 레이후 마을에서 멀어졌고 프샨이 결정한 방향으로 다시 나아가기 시작했다. 그들은 지도에 별이 그려져 있는 숲속으로 들어갔다. 해로프는 숲속으로 들어오면서 레이후 마을에 오기 전 호두나무 숲에서 만났던 블레드가 보낸 끔찍하고 더러운 괴물들이 다시 생각났고 이곳에서도 자신을 지켜보고 있을 수 있다고 생각해 저번보다 더 주의를 기울이며 걸어갔다. 라이다는 조심스럽게 말을 꺼냈다.
　"그 괴물들이 다시 나타나지 않겠지?"
　파프는 불길한 소리를 내뱉는 라이다를 보며 말했다.

"나타나면 또 숨어버리게?"

"그게 아니라 그냥⋯."

그들의 불씨가 다시 피어오르기 시작하자 해로프가 중간에 황급히 끼어들며 대화 주제를 바꿨다.

"그래도 저번보다 날씨가 덥지 않아서 좋은 것 같아 맞지?"

그때 프샨이 걸음을 멈추고 뒷걸음질 치며 해로프와 부딪치고 말았다. 해로프는 이번에 프샨이 장난을 치려고 일부러 멈춘 줄 알고 말했다.

"프샨 이런 장난은 유치하다니까요? 우리는 방금 숲길에 들어왔다고요."

하지만 해로프는 프샨의 입술이 파르르 떨리는 것을 보고 장난이 아니라는 것을 알아차렸다. 그리고 검은 두건을 두른 두 형체가 저 멀리에 서 있는 것을 보았다. 파프와 라이다는 서로를 노려보고 있다가 앞에 있는 두 형체를 보고 몸에서 나오던 열이 금방 식어버렸다.

"이곳에 들어오기까지 기다리고 있었다."

레이후 마을을 떠나 숲길로 들어선 지 얼마 되지 않았을 때 그들 앞에서 두 검은 형체는 몬프크리 원정대 앞에 모습을 드러내기괴한 목소리를 내며 말했다. 저번에 만난 머리 두 개 달린 괴물과는 달리 사람의 형체였다. 멀리서부터 서서히 해로프와 그의 동료들 앞으로 다가왔다. 두 명의 검은 영혼은 몸 전체가 검은 두건으로 휘감겨 있었다.

해로프는 그들의 기괴한 눈을 차마 바라볼 수 없었다. 블레드가 영혼석에서 나와 자신의 몸속으로 들어오려고 하던 기억이 다시 생각났고, 심장이 빠르게 뛰기 시작하면서 숨쉬기가 힘들어졌다. 프샨은 망치를 집어 들었고 라이다와 파프도 허리에 있는 트리드를 빼냈다.

두 명의 검은 영혼들은 저번에 만난 짐승들의 노란 눈동자와는 달리 새빨간 눈동자를 가지고 있었기에 더욱 잔인해 보였다. 그리고 앞에 서 있는 검은 영혼들은 해로프를 뚫어지듯이 바라보고 있었다. 검은 영혼들은 해로프의 가슴속 주머니에 영혼석이 있다는 것을 알고 해로프를 보며 말했다.

"우리 귀여운 동물들을 누가 다 죽여놓았나 봤더니 너희였구나."

그들의 목소리도 블레드처럼 멀리에서부터 해로프가 서 있는 곳까지 음산하고 낮은 목소리로 울리듯이 들려왔다.

"네가 가지고 있는 영혼석을 지금 우리에게 내어주기만 한다면 너희들의 목숨만은 살려주겠다. 하지만 우리의 말을 거역한다면 우리는 너희들을 고통스럽게 죽일 것이다."

해로프는 악랄한 검은 영혼들의 목소리를 듣자 두려운 블레드가 생각나 온몸에 소름이 돋았다. 프샨은 소리쳤다.

"영혼석을 절대로 줄 수 없으니 썩 꺼져라! 그리고 몬프크리로 다시 돌아가 블레드에게 조금만 기다리면 다시 영혼석 속에 영원히 들어가게 될 거라는 소식을 전해!"

프샨의 말을 들은 검은 영혼들은 서로를 보며 기괴한 웃음소리를 내었다. 그들의 빨간 눈동자는 점점 더 커지며 말했다.

"감히 블레드 님의 이름을 함부로 말하는 자가 있다니, 너희들은 그 죄로 여기에서 죽어야겠구나."

사악한 기운을 내뿜고 있는 검은 영혼들은 서로 한사람인 것처럼 동시에 같은 말을 하고 있었다. 그리고 그들은 원정대를 향해 가까이 다가오기 시작했다. 해로프는 자신의 안주머니에 깊숙이 들어 있는 영혼석을 뺏기지 않겠다는 다짐을 했고 트리드를 허공에 휘둘렀다. 트리드는 날카롭고 묵직한 칼로 변해 있었다. 칼날은 두꺼운 나무라도 한 번에 베어버릴 것처럼 날카롭고 칼끝이 뾰족했다. 파프도 뒤이어서 트리드를 휘둘렀고 그의 트리드도 해로프와 같은 칼로 변했다. 라이다는 숨지 않고 함께 싸우기로 했기에 해로프를 따라 트리드를 휘둘렀고 그의 트리드도 역시 칼로 변했다.

"설마 우리를 그 날카로운 칼로 베어버리려고 하는 것은 아니겠지?"

그들은 비아냥거리는 듯한 말투로 해로프와 그의 동료들이 가지고 있는 무기를 보고도 망설임 없이 해로프에게 가까이 오고 있었다. 천천히 다가오는 두 검은 영혼들은 유령처럼 다가와 더 오싹했다.

"지금이라도 항복하여 우리에게 영혼석을 던져준다면 뒤를 돌아 목숨만은 살려주겠다."

하늘에는 검은 먹구름이 이미 뒤덮여 있었다. 몬프크리 원정대는 순식간에 어두워진 하늘 때문에 검은 영혼들의 빨간 눈동자가 더 사납게 보였다. 해로프는 가까이 다가오는 그들을 보고 소리쳤다.

"영혼석은 절대 줄 수 없어! 다시 말하지만, 너희들을 이곳에 보낸 블레드한테 가서 이제 곧 봉인될 거라고 어서 말해!"

검은 영혼들은 말을 듣지 않는 해로프를 보고 화가 난 듯 눈이 아까보다 더 커졌고, 해로프가 서 있는 곳으로 속도를 높여 다가오기 시작했다. 그들의 손에도 검은색 연기로 만들어진 듯한 날카로운 칼이 그들의 손에서 생겨났다.

프샨은 검은 영혼들이 순식간에 다가와 해로프의 목에 칼을 뻗자 망치로 그의 칼을 내려쳤다. 하지만 검은 저주로 인해 만들어진 그들의 칼은 프샨의 망치를 관통하여 부러지지 않았다. 검은 영혼은 자신의 공격을 방해한 프샨의 몸을 두 동강 내기 위해 날카로운 칼을 휘둘렀고 프샨은 재빨리 움직여서 그들의 공격을 피했다. 그때 빈틈을 노리던 파프는 재빠르게 검은 영혼 중 한 명에게 달려갔고, 그의 몸통에 트리드를 찔러 넣었다. 파프에게 찔린 검은 영혼의 몸에서는 새카만 모래가 뿜어져 나오기 시작했다.

나머지 검은 영혼은 자신의 동료가 죽자 그를 찌른 파프를 더 거대해진 빨간 눈으로 바라보더니 갑자기 파프가 멀리 날아가 나무 기둥에 부딪혀 기절했다. 그 옆에서 파프가 검은 영혼을 찌른 모습을 보고 있던 라이다까지 무작정 달려가 칼을 휘두르려고 했지만, 그 역시 검은 영혼의 커진 눈을 쳐다본 순간 파프가 있는 방향으로 날아가 바위에 등을 부딪치며 그도 기절했다. 해로프는 그들을 보며 소리쳤다.

"라이다! 파프!"

나머지 검은 영혼은 해로프의 목에 다시 칼을 겨누었다. 프샨은 검은 영혼의 칼은 부러질 수 없다는 것을 깨닫고 해로프에게 칼을 겨누고 있는 검은 영혼의 머리를 내려치기 위해 달려갔고 검은 영혼은 기다리고 있었다는 듯 프샨의 망치를 피하며 프샨에게 자신의 칼을 다시 휘둘렀다. 프샨은 그의 공격을 피한 후 머리를 내려칠 생각이었지만 생각보다 칼의 속도가 빨라 어깨를 깊게 베이고 말았다. 프샨의 어깨에서는 피가 흥건히 흘러나왔고 이후 그는 엄청나게 고통스러운 듯 쓰러지며 어깨를 부여잡았다. 바로 그때 해로프는 방심하고 있는 검은 영혼의 몸통을 향해 트리드를 휘둘렀다.

프샨을 공격한 검은 영혼마저 몸에서 검은 모래가 쏟아져 나오기 시작했다.

"영혼석을 절대로 줄 수 없어!"

프샨은 참고 일어서려고 했지만, 도저히 움직일 수 없었다. 검은 영혼의 칼로 받은 상처는 더욱더 고통스러워졌다. 파프에게 몸통을 찔린 검은 영혼은 이제 형체가 모두 없어지고 검은 모래만 그 자리에 쌓여 있었다. 해로프가 트리드로 휘둘러 몸통을 벤 검은 영혼은 자신의 모습이 사라지기 전에 해로프를 죽이려고 했다.

"영혼석을 가져갈 수 없다면 너의 목숨이라도 가져가야겠다."

검은 영혼은 빠르게 해로프를 죽이기 위해 몸에서 쏟아지는 모래를 막으며 칼을 마구 휘둘렀고 해로프는 그가 휘두르는 칼을 재빠르게 피했다.

"쥐새끼 같은 녀석!"

해로프는 검은 영혼이 가지고 있는 칼이 부러질 수 없이 관통한다는 것을 알고 그의 공격을 피하다 허점이 보이면 그의 목을 베어버릴 생각이었다. 하지만 검은 영혼은 몸에서 점점 더 많은 검은 모래들이 쏟아져 나오자 미쳐버린 듯이 더 빠르게 칼을 휘둘렀다.

"해로프! 어서 도망가!"

프샨은 오른쪽 어깨에서 나오고 있는 피를 손으로 틀어막고 있었고 그의 손도 피로 물들어 있었다. 라이다와 파프는 아직 깨어나지 못하고 있었다. 해로프는 계속 검은 영혼의 공격을 피하며 틈을 노렸고 해로프를 죽이려는 검은 영혼의 몸에서 나오는 모래가 많아지며 해로프도 이제 그가 사라질 것을 알고 있었기에 조금만 더 시간을 벌어보고자 했다. 그런데 해로프는 미친 듯이 휘두르는 검은 영혼의 칼을 피하다가 그만 뒤로 넘어지고 말았고 검은 영혼은 그가 넘어진 틈을 타서 순식간에 날아와 해로프의 목에 날카로운 칼날을 댔다. 해로프의 목에서는 피가 살짝 흘러나왔다.

"드디어 잡았다."

해로프는 바로 앞의 새빨간 눈을 바라보자 블레드를 처음 봤을 때의 기억이 되살아나 숨이 잘 쉬어지지 않았고 몸은 엄청나게 떨리기 시작했다.

"이 멍청한 꼬마야 이제 빌어봤자 늦었어. 잘 가렴."

해로프는 눈을 감았고 양쪽 볼에 눈물이 흘러내렸다. 그런데 해로프를 죽이려던 검은 영혼이 갑자기 뒤로 힘없이 쓰러졌다. 쓰러진 검은 영혼의 몸통에는 기다란 화살이 박혀 있었고 그의 몸에서 검은 모래가 분수처럼 뿜어져 나오며 결국 검은 모래로 변해 해로프 앞에서 사라졌다.

해로프는 앞에 서 있던 검은 영혼이 자신을 죽이지 않자 슬며시 눈을 떴고 앞에 모래가 쌓여 있는 것을 보았다. 그리고 그는 저 멀리서 어디서 본 것 같은 낡은 투구를 쓴 누군가가 활을 들고 서 있는 모습을 보았다. 프샨도 검은 영혼의 심장을 명중한 화살이 날아온 곳을 힘겹게 숨을 내쉬며 쳐다보았고 멀리서도 그가 누구인지 단번에 알 수 있었다. 익숙한 실루엣은 해로프에게 달려왔다.

"브가스!"

멀리서 달려오는 거대한 형체는 머리에 맞지 않는 낡은 투구를 쓰고 해로프에게 달려오면서 손을 흔들었다. 브가스는 몬프크리 원정대가 떠나고 얼마 지나지 않아 숲 위에 검은 먹구름이 덮여가는 것을 보고 주저 없이 술집 벽에 걸려 있던 장비를 가지고 빠르게 달려온 것이었다.

"역시 내 화살 실력은 아직 안 죽었다니까?"

브가스는 해로프에게 가까이 다가왔다.

"아저씨가 어떻게."

"해로프, 내가 늦지 않았지?"

"브가스 아저씨가 저의 목숨과 영혼석을 구해주셨어요."

"뭐? 내가 그런 큰일을 했다고?"

브가스는 머리에 간신히 낀 작은 투구를 마치 포도주병에서 코르크 마개를 빼내는 것처럼 힘겹게 빼냈다.

"정말 감사해요."

"아니야 해로프 내가 너에게 더 많은 것을 배웠지…."

그때 브가스는 고통스러워하는 프샨을 발견했고 그에게 달려갔다. 브가스는 프샨의 상처가 심각한 것을 보고 그의 등에 프샨을 업었다.

"프샨이 어깨를 심하게 다쳤군. 어서 이곳에서 가장 가까운 마을의 의원으로 가야겠어."

브가스는 쓰러져 있는 라이다와 파프에게도 가서 그들의 몸을 흔들었다. 얼마 지나지 않아 그 둘은 깨어나 상황이 어떻게 되었는지 주저앉아 있는 해로프를 보았다. 브가스는 프샨을 힘겹게 일으켜 세웠고 모두에게 외쳤다.

"가까운 병원으로 갑시다."

프샨의 상처

"아저씨 병원까지는 얼마나 더 가야 해요? 프샨의 상태가 더 안 좋아지고 있어요!"

"조금만 더 가면 나올 거야. 그때까지 프샨이 버텨줘야 할 텐데."

프샨의 손에 묻은 피들이 마치 물이 빠져나간 갯벌처럼 굳어 갈라지고 있었지만, 다행히 어깨에서 나오던 피는 멈춘듯했다. 프샨은 어지러움 때문에 앞이 보이지 않았고 그의 얼굴은 마치 무서운 악몽을 꾸고 있는 것처럼 땀이 흐르고 있었다. 브가스는 업혀 있는 프샨이 정신을 잃지 않도록 계속 흔들어 주었다.

"조금만 더 버텨, 이제 다 왔으니까!"

브가스는 더 속도를 냈다. 프샨의 숨소리는 마치 칼에 찔린 곰이 서서히 죽어가는 것처럼 더 거칠어졌다. 해로프는 나무판자로 만들어진 마을이 있는 곳을 발견하며 다급하게 소리쳤다.

"저기 마을이 보여요!"

"저기가 힐리 마을이야!"

프샨의 상태는 디욱더 안 좋아시고 있었다. 마을 사람들은 다급하게 마을 안으로 뛰어 들어오는 몬프크리 원정대를 보았다. 해로프는 그 사람들의 눈을 쳐다보며 소리쳤다.

"병원! 병원을 찾고 있어요!"

해로프와 눈을 마주친 사람들은 마치 한 몸이 움직이는 것처럼 병원이 있는 쪽으로 손을 가리켰다.

"저기 같아요!"

파프는 사람들이 가리키고 있는 병원의 외관을 보고 의심하며 말했다.

"확실해?"

사람들이 가리키고 있는 곳은 마치 100년은 더 넘은 것 같은 작은 오두막이었고 강한 바람이라도 불면 오두막이 전부 날아가 버릴 것 같았다. 병원 같아 보이지 않았지만, 지금은 시간이 얼마 남지 않았다고 생각했기에 사람들이 알려준 장소 앞에서 나무판자로 만들어진 허름한 문을 두드렸다.

"저기요! 사람 있어요?"

삐걱거리고 무너질 듯한 문 안에서는 아무 소리도 들려오지 않았다. 해로프는 다시 문을 강하게 두드리려 했다. 그때 그 허름한 문이 천천히 열렸다. 문 안에 서 있는 사람은 백발의 할아버지로, 파프의 할머니와 같은 나이 정도로 보였다. 그 노인은 이 오두막처럼 바람이 불면 금방이라도 날아갈 것처럼 힘이 없어 보였다.

문을 열어준 할아버지는 프샨의 상태를 보고 들어오라는 듯 몸을 비켜주었다. 원정대는 들어가자마자 금방이라도 부서질 듯한 나무 의자에 앉았고 프샨은 몸을 축 늘어뜨렸다. 그의 눈은 초점이 없어 어디를 보고 있는지도 알 수 없었다. 해로프가 말했다.

"프샨, 조금만 더 참아줘요. 병원에 도착했어요."

그때 방에서 문을 열고 할아버지가 나와 말했다.

"여기로 어서 들어오게나."

브가스는 다시 프샨을 등에 업으며 할아버지가 말한 방으로 들어갔다. 그 안에는 할아버지의 부인처럼 보이는 할머니가 앉아 있었고 하얀 의사 가운을 입고 있는 것을 보니 의사인 듯했다. 진료실에 있던 할머니도 프샨의 어깨의 상처를 보자 진료실 안에 있는 작은 침상에 누우라고 손짓했고 브가스는 조심스럽게 프샨을 눕혔다.

"프샨이 거의 죽어가고 있어요."

해로프는 할머니 의사에게 애원하듯 말했다. 할머니 의사는 일단 프샨의 어깨에 있는 깊은 상처를 보고 고개를 저었다.

"어쩌다 이렇게 깊은 상처가 생겼을꼬."

"검은 영혼들과 싸우다 그들의 칼에 맞았어요."

"쯧."

할머니는 일단 상처에 소독하기 위해 서랍에서 손바닥 크기의 소독약을 꺼내더니 프샨의 어깨에 들이부었고 프샨은 극심한 고통에 눈을 부릅뜨며 소리를 질렀다.

"조금만 참으셔."

프샨을 보고 있는 해로프와 그의 친구들도 덩달아 인상을 찌푸렸다. 할머니 의사는 프샨의 큰 비명에도 놀라지 않고 침착하게 치료했다.

"프샨의 상태는 어때요? 설마 죽는 건 아니죠?"

라이다가 할머니 의사의 옷자락을 붙잡으며 말했다. 파프는 라이다가 쓸데없는 질문을 하자 화가 났다.

"너 그런 재수 없는 소리 할래?"

할머니 의사는 아주 침착하게 프샨의 상처를 유심히 보며 말했다.

"다행히도 생명에는 지장이 없단다. 꼬마야."

할머니 의사는 천천히 뒤를 돌아 책상 서랍을 뒤지더니 소독약보다 조금 더 커다란 하얀색 통을 들고 와 프샨의 어깨에 발라주기 시작했다. 다음으로 할머니는 하얀 붕대를 프샨의 어깨를 감기 시작했다.

"며칠은 움직이지 말고 이곳에서 쉬어야 할 거 같은데?"

"프샨이 여기에 입원해야 한다는 말씀이신가요?"

"지금 상태로 움직인다는 건 이 듬직한 사내를 죽이는 일이지."

할머니 의사는 나지막이 말하고 서랍 속에 하얀색 약통과 붕대를 넣은 후 낡은 의자에 앉았다.

"그렇다면 그렇게 해야죠."

브가스는 다시 프샨을 등에 업고 침상이 있는 맞은편의 방으로 들어가 그를 침상에 눕혔다. 프샨은 아직 숨을 거칠게 쉬고 있었지만 이제 땀은 흘리지 않았고 얼굴의 혈색도 아까보다 괜찮아 보였다. 그때 그들에게 문을 열어준 할아버지가 들어오며 말했다.

"자네들도 오늘 여기에서 하룻밤 묵고 가게나."

"그래도 될까요?"

"되고말고."

할아버지는 무심하게 말하고 천천히 방을 나갔다. 해로프는 프샨의 바위같이 단단한 손을 붙잡으며 말했다.

"프샨, 꼭 건강하게 일어나야 해요."

프샨은 잠이 들었는지 눈을 감고 있었고, 브가스는 해로프를 보며 말했다.

"검은 영혼들이 숲에서 너희들을 기다리고 있던 것 같아."

브가스의 말을 듣고 라이다가 고개를 끄덕였다.

"맞아요. 그 끔찍하게 생긴 악당들은 분명히 우리를 계속 감시하고 있었어요. 지금도 블레드가 보낸 영혼들은 어디선가 우리를 감시하고 있을 수도 있어요."

브가스는 라이다가 갑자기 불안해하자 고개를 저으며 말했다.

"아마 지금은 감시하고 있지 않을 거야. 그렇지만 시간이 지나면 다시 그들이 너희들을 다시 발견하겠지."

해로프는 눈을 감고 있는 프샨을 물끄러미 바라보기만 했다. 그때 할머니 의사가 그들이 있는 방에 마치 진흙에 빠진 사람의 걸음걸이처럼 느리게 들어오더니 푹 삶은 옥수수가 한가득 담겨 있는 바구니를 건네주었다.

"배고프다면 이거라도 먹으렴."

"감사합니다!"

그 할머니는 옥수수가 담긴 바구니를 건네주고 무심하게 방을 나갔다. 그렇게 그날 밤 원정대와 브가스는 허름한 병원에서 같이 밤을 보냈다.

다음 날 아침이 되자 누군가 활기차게 소리쳤다.

"어서 일어나자!"

해로프는 누가 나팔을 부는 것처럼 큰 소리가 귀에 들어오자 깜짝 놀라 눈을 떴다.

"프샨!"

프샨은 허리에 손을 올리며 해로프의 얼굴을 쳐다보고 있었고 밀가루를 묻힌 것 같았던 어제와는 다르게 얼굴의 혈색이 완전히 돌아와 있었다. 프샨은 의학으로도 증명할 수 없을 만큼의 믿을 수 없는 빠른 회복력으로 하루 만에 다시 정상적으로 돌아왔다.

해로프를 포함해 다른 동료들은 프샨의 놀라운 회복능력에 그저 놀랄 수밖에 없었다. 프샨은 자신의 목숨을 구해준 할머니 의사를 안아주며 감사의 인사를 전했고 다치지 않은 왼손으로 망치를 들어 병원 밖으로 나갔다.

"어제는 정말 감사했습니다."

할머니 의사는 프샨을 마치 신기한 고대 동물을 바라보기라도 하는 듯 부리부터 발끝까지 계속 훑어보았다.

"이런 경우는 내가 아흔까지 살면서 한 번도 보지 못했어. 정말 놀라워."

프샨은 어제와 다르게 방긋 웃으며 말했다. 해로프와 그의 동료들도 프샨을 치료해 주고 하룻밤을 내어준 할머니와 할아버지에게 허리를 숙여 인사했고, 다시 지도 속에 별이 그려져 있는 숲속으로 걸어갔다. 늙은 할머니 의사는 해로프의 손에 어제 먹었던 것과 같은 옥수수를 보자기에 싸서 손에 쥐여주었다.

"자네들의 중요한 임무가 꼭 성공적으로 완수되기를 기도하겠네."

프샨이 회복해 덩달아 기분이 좋아진 해로프가 해맑게 말했다.

"당연히 그래야죠!"

별 그림의 정체

 브가스는 지도에 별이 그려져 있는 숲길로 들어서자 몬프크리 원정대를 바라보며 말했다.
 "나는 다시 레이후 마을로 돌아가야겠어."
 해로프가 브가스의 두꺼운 팔목을 잡고 그의 두 눈을 보며 말했다.
 "아저씨가 우리의 목숨을 구해주셨어요."
 "당연한 일을 한 것뿐이야. 다음에 시간이 된다면 레이후 마을로 오게나. 그때는 포도주 한 병씩 마시자고!"
 "좋아요!"
 브가스는 원정대와 반대 방향으로 몸을 돌려 다시 레이후 마을로 돌아갔다. 원정대도 다시 그들이 가려고 했던 방향으로 발을 내딛기 시작했다. 해로프는 아무리 혈색이 돌아온 프샨이라도 하루 만에 회복이 됐다는 것이 아직도 믿기지 않았다.

"프샨, 어깨는 괜찮아요?"

"아직 욱신거리기는 하지만 참을 수 있어. 지금 그 녀석들이 나타나지 않기만을 기도해 봐야지. 해로프, 이 지도 좀 펼쳐줄래?"

해로프는 프샨 대신 두 손으로 지도를 펼쳤고 라이다와 파프도 모여 같이 보았다. 그들이 방금 갔던 힐리 마을이 지도에 아주 조그마하게 그려져 있었다. 해로프는 지도에서 별 모양의 그림이 그려져 있는 장소를 손으로 짚었다.

"그럼 우리의 위치는 이쯤 되겠네요."

"아마 그럴 거야."

"지도에 그려져 있는 별 그림은 무엇을 의미하는 걸까요? 우리 주변에 있는 것 같은데."

"그건 나도 잘 모르겠어."

라이다가 지도 속에 그려진 별을 보고 한참을 생각하더니 무언가를 발견한 듯 손뼉을 치며 말했다.

"반짝이는 보물들이 숨겨져 있는 곳 아니에요?"

파프는 라이다의 말을 듣고 한심하다는 듯 일부러 깊은 한숨을 크게 내쉬었다.

그들은 프샨이 무리하면 안 된다고 생각했기에 속도를 늦추며 길을 걸었다. 프샨은 검은 영혼이 앞에 나타나지 않게 해달라고 하늘에게 간절히 부탁하고 있었다. 바로 그때 해로프가 발걸음을 멈추며 이상하게 생긴 나무를 가만히 보면서 서 있었다.

"프샨, 저 나무에 문이 달려 있어요!"

해로프는 나무 기둥에 있는 문을 발견했다. 그들은 해로프의 말을 듣고 빌길음을 멈췄다. 나무는 그들의 바로 오른쪽 십 미터 정도 떨어진 곳에 우둑하니 서 있었다. 해로프는 신기해서 그 문을 계속 보고 있었는데 프샨이 말했다.

"저곳이 지도에 별 그림이 그려져 있는 곳이야!"

라이다는 나무 기둥 속에 박혀 있는 문을 의심하며 말했다.

"하지만 블레드가 저곳에 숨어 있으면 어떡하죠?"

파프는 라이다가 겁을 먹고 떨리는 목소리로 말하자 프샨을 따라가며 말했다.

"하지만 저 문은 우리를 몬프크리로 들어가게 해주는 문일 수도 있어."

파프는 자신의 키만큼 높이 올라와 있는 덩굴들을 양손으로 헤집으며 알 수 없는 문 쪽으로 겁 없이 나아갔다. 나무 기둥에 박혀 있는 문은 파프의 절반 정도 되는 아주 작은 문이었고 그는 조심스럽게 문 앞에 다가가 작은 손잡이를 살짝 잡아당겼다. 파프가 문을 당기자 문이 삐걱거리며 열렸다. 파프는 문이 열린 좁은 틈으로 문 안쪽을 보았는데 아주 깜깜해서 아무것도 보이지 않았다. 파프는 자세히 보기 위해 있는 힘껏 문고리를 당겼고 문은 활짝 열렸다. 해로프와 라이다는 아직 문이 있는 곳으로 오지 못하고 지켜보고만 있었다. 파프는 문 안으로 머리를 집어넣고 안쪽을 두리번거리며 한참을 둘러보았다.

"모두 이리로 와봐!"

겁 없는 파프의 뒷모습만 바라보고 있던 해로프와 라이다는 정말 보물이라도 발견한 것 같은 그의 소리에 아주 천천히 다가갔다. 라이다는 그곳에 자기 생각처럼 숨겨진 보물이 있는 것은 아닌지 기대했다.

"여기 밑에 구멍이 뚫려 있어."

프샨도 파프에게 다가가 문 안쪽으로 머리를 집어넣고 구멍을 발견했다. 프샨은 지도를 꺼내 한 손으로 힘겹게 펼쳤다. 그는 지도에 있는 그림과 이 나무를 번갈아 보더니 말했다.

"여기가 지도에 그려져 있는 별 그림의 위치야!"

프샨은 지도를 모두가 볼 수 있도록 바닥에 내려놓았고, 정말 지도에 그려져 있는 별 그림 속 나무 그림과 이곳에 있는 나무가 똑같이 생겼다는 것을 모두가 알 수 있었다. 해로프는 정말 보물을 발견한 것처럼 말했다.

"정말 지도에 그려져 있는 나무와 똑같아요. 그런데 별 그림 밑에 이상한 선들이 그려져 있는데 이것은 무엇을 의미하는 걸까요?

해로프는 자신이 발견한 나무문에 신비로운 의미가 있다고 생각했다. 그때 어두운 구멍 속을 계속 보고 있던 파프가 말했다.

"저기 구멍 속에 길이 있는 것 같은데?"

프샨은 파프의 그 말을 듣고 지도를 보더니 조용히 말했다.

"지도에 희미하게 그려져 있는 선들이 의미하는 것은 나무문 안에 있는 구멍에 숨겨진 길을 의미하는 걸 거야."

라이다는 아직 나무 기둥 속에 있는 구멍으로 들어가는 것이 두려운 듯 떨리는 자신 없는 목소리로 말했다.

"하지만 저 수상한 구멍 속에 있는 길이 블레드가 미리 만들어 놓은 함정이면 어떡해요?"

"그건 아닐 거야. 이 지도에 그려져 있는 이상 아주 오래전부터 만들어진 문이라는 것을 알 수 있어."

프샨은 한 손으로 지도를 둘둘 말았고 분명히 이 구멍 속에 도움 되는 것이 있으리라 생각해 들어가 보기로 했다. 프샨은 파프가 서 있는 쪽으로 가까이 다가가 먼저 구멍 속으로 무작정 뛰어 들어 갔다.

구멍 속으로 뛰어내린 프샨을 보고 깊지 않다는 것을 보자 파프도 거침없이 뛰어내렸고 뒤에서 지켜보던 해로프와 라이다는 그들의 겁 없는 행동에 놀랐다. 해로프는 나무 기둥으로 다가가 고개만 내밀어 파프와 프샨이 뛰어내린 어두운 구멍 속을 보았다.

"해로프! 내 말 들리지?"

어두운 구멍 속에서 프샨의 목소리가 울렸다.

"네 잘 들려요."

"이곳으로 들어와 봐. 그렇게 깊지 않아."

라이다는 그저 해로프와 프샨이 말하고 있는 것을 지켜보고만 있었고 해로프가 라이다에게 나무 쪽으로 오라고 손짓하자 라이다는 어쩔 수 없이 그를 따라갔다. 나무 속 구덩이의 깊이는 일 미터 정도 되어 보였고 프샨은 구멍 속에서 허리를 숙이며 해로프와 라이다가 뛰어 내려오는 것을 기다리고 있었다. 해로프와 라이다는 프샨의 말에 눈을 꾹 감고 구멍 속으로 뛰었고 원정대 모두가 캄캄하고 좁은 구멍 속으로 들어왔다. 해로프는 아무것도 보이지 않자 답답함을 느끼며 말했다.

"다시 밖으로 나가면 안 돼요?"

해로프는 본인이 찾은 이상한 나무를 그냥 지나갔어야 했다는 생각을 구멍 속으로 들어와서 깨달았다. 하지만 프샨은 전혀 밖으로 나갈 생각이 없어 보였다.

"이 통로 끝까지 가면 우리를 도와줄 수 있는 무언가가 분명히 있을 거야."

그들 앞에는 몸을 간신히 집어넣을 수 있는 좁은 통로가 있었다. 그 통로는 너무 어두워서 바로 앞에 무엇이 있는지도 알아볼 수 없었다. 라이다는 자신의 몸집이 작은 것에 감사함을 느꼈다. 그는 몸집이 작아서 허리를 숙이지 않아도 됐다. 라이다를 제외하고 그들 모두가 허리를 숙여서 좁은 통로에 들어가야 했고, 파프는 덤덤하게 프샨의 뒤를 따랐다. 프샨은 앞이 잘 보이지 않자 고민하다가 좋은 생각이 난 듯 걸음을 멈추며 뒤따라오는 해로프와 그의 친구들에게 말했다.

"모두 트리드를 꺼내봐."

그들은 프샨의 말에 허리에 있던 트리드를 뽑았다. 해로프가 프샨의 뒷모습을 보며 말했다.

"혹시 이 트리드가 통로를 밝게 비춰줄 횃불로도 변할 수 있나요?"

"바로 그거야!"

트리드를 들고 있는 그들은 좁은 통로에서 휘둘렀다. 그런데 정말 나무 막대기의 끝부분에서 작은 불꽃이 피어오르기 시작했다. 트리드에서 피어나온 희미한 불빛에 얼굴을 가까이 가져다 대도 열기가 느껴지지 않았다. 해로프는 작은 불꽃이 피어오른 막대기를 자세히 보며 말했다.

"트리드는 위급한 상황에만 변하는 것 아니었어요?"

"너희들이 들고 있는 트리드가 지금 상황을 아주 중요한 상황이라고 생각했나 봐. 일단 불이 켜졌으니 앞으로 가보자고."

지하 통로는 좁았지만 거대한 숲속의 땅속 깊은 곳이어서 그런지 그들을 감싸고 있는 벽에서 시원한 냉기가 뿜어져 나오며 그들을 덥지 않게 해주었다. 해로프는 이 답답한 통로에서 시원한 공기마저 없었다면 바로 몸을 돌려 다시 밖으로 빠져나갔을 것이다. 뒤따르던 라이다는 비밀스러운 통로에 대한 두려움이 점점 더 커지며 앞장서서 가고 있는 프샨에게 말했다.

"지하 통로가 지도에 그려져 있다는 것만으로 과연 믿을만한 곳일까요? 그리고 이곳에서 한 시간을 가야 하는지 아니면 일주

일을 가야 하는지 알 수 없잖아요. 설마 우리는 아무도 모르는 이 지하 통로에서 숨이 막혀서 죽는 것은 아니겠죠?"

해로프도 라이다와 마찬가지로 이 좁고 답답한 통로에 들어서면서부터 많은 불안한 생각들이 그의 머릿속을 채우기 시작했다. 프샨의 뒤에서 묵묵히 가던 파프가 뒤에 있는 라이다에게 말했다.

"이 겁쟁이 녀석아 조용히 하고 따라오기나 해."

앞장서고 있는 프샨도 라이다의 질문에 대답했다.

"분명히 우리가 빠져나갈 수 있는 구멍은 있을 거야 나를 믿으렴."

그들은 트리드가 비춰주는 불빛만 의지하며 무작정 앞으로 나아갔다. 아직 아물지 않은 상처의 고통을 어금니를 깨물며 참고 있는 프샨은 분명히 통로 끝까지 걸어가면 몬프크리로 직접 갈 수 있는 지름길이 나올 수도 있다고 기대했다.

라이다의 머릿속에는 다시 밖으로 나가고 싶은 생각뿐이었지만 혼자가 되는 것이 더 무서웠기에 어쩔 수 없이 따라갔다. 해로프도 통로의 끝이 보이지 않아 눈을 크게 뜨며 프샨의 뒤를 따라갔다. 파프도 묵묵히 견디고 있었지만, 땅속 깊이 있는 좁은 통로 속에서 한참 허리를 숙여 걸어간다는 것은 쉽지 않았다. 그들은 그렇게 약 삼십 분 정도 앞만 바라보며 이동했다. 그때 프샨이 좁을 통로에 울리도록 소리쳤다.

"저기 드디어 통로의 끝이 보인다!"

파프는 프샨의 반가운 소리에 고개를 들다가 위에 벽에 머리를 강하게 부딪쳤다. 그 모습을 보고 뒤따라오던 라이다는 웃음이 나오는 것을 간신히 참으며 말했다.

"파프, 많이 아프지?"

"아니? 살짝 부딪친 것뿐이야."

파프는 사실 뒷머리뼈가 깨진 것은 아닌지 생각할 정도로 아파졌다. 하지만 그는 라이다 앞에서 머리를 잡고 아파하는 모습을 절대로 보이기 싫었기에 참아냈다. 해로프도 이제 열 걸음 정도 가자 통로의 끝이 보인다는 것을 확실히 알 수 있었다. 그런데 프샨의 예상과는 다르게 거대한 방이 그들을 기다리고 있었다. 해로프는 밖으로 나가는 문이 아니라는 것에 실망하며 말했다.

"몬프크리로 직접 갈 수 있는 지름길은 아닌 것 같아요."

"일단 가보자고."

그들은 일단 통로의 끝을 향해 다가갔고 힘겹게 도착한 통로 끝에는 아주 거대하고 차가운 회색 돌로 둘러싸인 거대한 공간이 있었다. 그들은 모두 그곳에 들어서며 구부리고 있었던 허리를 폈다. 그리고 그들은 거대한 방을 둘러보기 시작했다.

"그래! 분명히 무언가 나올 줄 알았어."

프샨은 힘들게 건너온 통로 끝으로 들어오자 지도에 그려져 있는 별 그림의 정체가 바로 자신 앞에 있는 이 거대한 방이라는 것도 알아낼 수 있었다.

"어때 해로프 내가 이 통로 끝에 분명히 무언가가 있을 것이라고 말했지?"

해로프는 아직 실망감이 가라앉지 않은 듯 말했다.

"그런데 이곳에서 우리가 무엇을 얻을 수 있죠? 아무리 찾아봐도 지름길이나 보물 같은 것은 없어 보이는데요?"

"그건 지금부터 찾아봐야지."

프샨이 벽을 만지며 나긋하게 말하자 해로프는 당황했다.

"네? 그럼 이곳에서 무언가를 찾기 위해 더 있어야 한다고요?"

해로프는 숨이 막혀오는 이 답답한 지하 공간에서 빨리 벗어나고 싶은 마음뿐이었다. 파프는 통로에서 나오자마자 크게 숨을 들이마셨다. 라이다는 마치 놀이동산에 온 어린아이처럼 자신을 둘러싼 거대한 공간의 회색 벽을 만져보기도 하고 한 바퀴 돌아보며 어떤 비밀이 숨겨져 있는지 찾기 시작했다. 프샨도 천천히 벽을 돌고 있었는데 수상한 부분을 발견했다.

"다들 여기로 모여봐!"

해로프는 프샨이 서 있는 곳으로 갔다. 파프와 라이다도 해로프를 따라갔다.

"프샨 무슨 보물이라도 발견하셨나요?"

회색의 벽으로 이루어진 방을 한 바퀴 돌던 프샨은 한 부분만 하얀색으로 색깔이 다른 부분을 발견했다. 프샨은 그 부분을 자세히 들여다보며 말했다.

"여기를 봐. 이곳만 색깔이 하얀색인 것이 조금 이상하지 않아?"

"그러게요. 이곳에만 하얗게 칠해놓은 이유가 뭘까요?"

그들은 정말 보석이라도 발견한 것처럼 다른 벽의 색깔과 다른 그 부분만 집중적으로 쳐다보면서 그것이 무엇을 의미하는 건지, 아니면 아무 의미도 없는데 괜히 시간만 끌고 있는 것은 아닌지 생각하기 시작했다. 해로프가 벽을 밀어보기도 하고 툭툭 쳐보기도 했지만 아무런 반응이 없던 그때 팔짱을 끼고 흰색 벽을 유심히 바라보던 파프가 입을 열었다.

"해로프, 영혼석을 흰 부분 앞에 가져다 대봐."

해로프는 안주머니에서 영혼석을 꺼내 파프의 말대로 했다. 그러자 갑자기 영혼석과 벽의 하얀 부분에서 눈을 뜰 수 없을 만큼의 밝은 빛이 뿜어져 나오기 시작했다. 잠시 뒤 빛이 서서히 사라지자 원정대는 다시 눈을 뜰 수 있었다. 그런데 그들은 아까와는 전혀 달라진 벽의 모습을 보고 모두가 두 눈을 더 크게 떴다.

해로프는 지금 이곳이 조금 전과 완전히 다른 장소로 바뀌어 있는 것을 보고 눈을 어디에다가 두어야 할지 몰라 멍하니 서 있었다. 물론 라이다와 파프도 그와 똑같은 반응을 보일 수밖에 없었다. 표정 변화가 없던 파프도 지금 이 광경을 보고 입을 다물지 못했다.

해로프가 그 영혼석을 흰색 벽 앞에 가져다 놓았을 때 회색이었던 벽은 알 수 없는 이상한 고대 문자들과 의미를 알 수 없는 그림들로 가득 채워져 있었다. 그들은 다양한 그림들이 벽에 그려져 있는 것을 보고 순간 압도당했다. 벽의 색깔도 사막의 모래처럼 갈색으로 바뀌었고 알 수 없는 그림들은 천장까지 그려져 있었다.

"파프 어떻게 알고 있었어?"

"그냥 해보라고 한 거야."

파프는 그들을 둘러싸고 있던 벽이 완전히 변할 것이라고는 생각하지 못했다. 그때 프샨은 턱을 쓰다듬으며 말했다.

"그런데 이 그림들이 무엇을 의미하는지 모르잖아. 그러면 우리가 신기한 것을 발견했다고 해도 소용이 없어."

"맞아요. 우리는 지금 벽에 그려진 이상한 그림들이 무엇을 의미하는지 몰라요."

해로프와 그의 동료들은 다시 손으로 이마를 지그시 누르며 어떤 비밀이 숨겨져 있는지 다시 고민에 빠졌다. 결국, 그들은 다시 정적에 빠지며 각자 흩어져 벽에 그려진 그림들을 자세히 살펴보았다.

프샨은 가방에서 한 손으로 지도를 꺼내 다시 펼쳐보았고 분명히 이 지도 안에 힌트가 있으리라 생각했다. 그는 조심스럽게 지도를 펴고 다시 이 지하 통로부터 자신이 있는 이 공간이 희미하게 그려져 있는 부분을 들여다보았다. 하지만 계속 지도를 봐도 벽에 그려져 있는 그림들이 어떤 의미인지 알아낼 수 없었다.

"분명히 지도 속에 힌트가 있을 텐데…."

몬프크리 원정대는 각자 이리저리 돌아다니며 신비로운 그림들을 꼼꼼히 훑어보면서 이 그림들이 나타내는 것이 무엇인지 알아내기 위해 많은 시간을 보냈다. 지금 그들은 바깥의 상황이 아침인지 저녁인지, 그리고 비가 내리고 있는지 눈이 내리고 있는지도 모른 채 오로지 그들을 둘러싼 벽에 그려져 있는 그림들의 비밀을 찾아내고 싶었다.

라이다는 오랫동안 높이 있는 그림들을 올려다보느라 목이 부러질 듯이 아파왔다. 그런데 그가 쉬기 위해 고개를 내리던 순간 어디서 많이 본 것 같은 그림이 그의 눈앞에 스쳐 지나갔다. 라이다는 자신의 눈에 스쳐 지나간 그림을 보며 조용히 말했다.

"저 그림 어디에서 많이 본 것 같은데?"

라이다는 턱을 짚고 곰곰이 생각하며 자신이 지금 보고 있는 그림을 어디에서 보았는지 계속해서 기억해 내고 있는 도중에 갑자기 손뼉을 강하게 쳤다. 그 소리에 모두가 깜짝 놀라 라이다를 쳐다봤다.

"지도!"

라이다가 소리치자 조용히 생각하고 있던 파프는 라이다를 보며 소리쳤다.

"좀 조용히 할래?"

라이다는 파프의 말을 듣고도 마치 어려운 수수께끼의 비밀을 알아낸 듯 흥분하며 말했다.

"그게 중요한 게 아니야. 내가 비밀을 알아낸 것 같아!"

라이다를 제외한 모두가 그의 말을 듣고, 믿는 사람은 없었지만 일단 라이다가 자신감 있게 말하자 그가 서 있는 곳으로 가보긴 했다. 파프가 그에게 가면서 한마디 했다.

"너 장난치기만 해봐. 지금 그럴 기분 아니니까."

"장난 아니라고 파프! 네가 직접 와서 보라니까?"

라이다는 파프의 말에도 주눅 들지 않고 말했다. 해로프와 프샨은 확신에 찬 라이다의 말투가 평소와는 다르다는 것을 알았고 라이다가 발견한 그림의 비밀을 들어보기 위해 다가갔다.

"저기 저 위에!"

라이다는 짧은 손가락으로 자신이 본 것을 가리켰지만, 키가 작아 해로프는 그가 이 넓고 높은 벽의 그림 중에서 어디를 가리키고 있는지 정확하게 알 수 없었다.

"저기 내 키의 두 배쯤 되는 높이에 가로로는 내 키만 한 거리를 봐!"

해로프는 라이다의 말을 따라 눈동자를 옮겨갔다.

"익숙한 그림이 보이지 않아?"

파프는 깊은 생각에 빠져 있던 자신을 움직이게 한 라이다에게 화가 나기 시작했다. 해로프는 다시 뒤로 돌아가려고 했을 때 그의 시선에 익숙한 폭포 그림이 보이자 그 자리에 멈춰 섰다. 해로프도 라이다가 가리킨 것을 보고 소리쳤다.

"지도! 저건 지도에 그려져 있는 그림이랑 똑같아!"

라이다가 가리키고 있는 벽에는 그들이 가지고 있는 지도의 흐릿한 부분이나 지워진 부분도 선명하게 그려져 있었다. 프샨은 해로프의 말에 재빨리 지도를 가지고 와서 벽에 그려져 있는 그림과 번갈아 가며 바라보았고 해로프를 쳐다보았다.

"맞아…. 정말 맞아!"

프샨은 지도와 벽에 그려져 있는 그림을 번갈아 보기 시작했다. 라이다는 이제야 자신이 본 것을 그들이 알아차렸다고 생각했다.

"왜 나를 믿어주지 않는 거야!"

해로프는 라이다의 얼굴을 감싸안으며 말했다.

"미안해, 라이다. 넌 우리에게 꼭 필요한 존재야. 알지?"

해로프는 멋쩍은 웃음을 보이며 라이다에게 사과했다.

"파프 너는 나한테 사과 안 해?"

"내가 왜 사과해야 하는데, 누구라도 먼저 알아냈으면 좋은 거지."

"뭐라고?"

라이다와 파프는 땅속 깊은 곳에서도 싸움의 불이 붙을뻔했지만 해로프가 그들을 양쪽으로 밀어내며 중재했다.

"얘들아 그만해! 우리는 이제 이 그림의 비밀을 알아냈어. 이제 우리가 가야 할 곳의 방향을 정확히 알고 떠날 수 있다는 거야."

"그렇지 이제 우리가 해야 할 일은 이 지도의 지워진 중간 부분을 잘 외워서 밖으로 가야 한다는 거지."

그들은 라이다 덕분에 지도 중간 부분의 비밀을 찾아냈지만, 지도에 그 부분을 그릴 수 있는 도구가 없었기에 그들은 어쩔 수 없이 벽에 그려진 그림을 외워야만 했다. 그래서 그들은 약 한 시간 동안 지도의 지워져 있는 부분을 외우기 시작했다. 시간이 지나 프샨이 먼저 정적을 깼다.

"모두 다 외웠니?"

해로프는 자신 없는 말투로 대답했다.

"음…. 저는 어느 정도 외운 것 같아요."

파프는 다 외웠는지 프샨을 보고 고개를 끄덕였고 라이다는 손가락으로 이마를 누르며 아직 외우지 못한 것처럼 보였다. 프샨은 지도를 보며 잠시 생각하고 얼마 지나지 않아 방향을 정한 것 같았다.

"일단 우리가 가야 할 길은 정했으니 다시 밖으로 나가보자고."

해로프는 다시 통로로 들어가는 프샨에게 말했다.

"우리는 이제 어디로 가야 하는 거예요?"

"내가 전에 말했던 안개가 덮여 있는 마을까지 갈 거야. 그곳에는 아마 내 오랜 친구가 살고 있으니 우리를 반겨줄 거야."

해로프는 한 번도 들어보지 못한 마을로 간다는 프샨의 말에 일단 고개를 끄덕였다.

"우리가 여기에 몇 시간 있었는지 모르겠어요."

파프와 라이다도 해로프를 따라 밖으로 나가는 통로 속으로 다시 들어갔다.

정체불명의 할아버지

원정대가 모두 밖 나오자 태양은 서쪽으로 내려가고 있었다. 그들은 답답했던 깊은 땅속에서 나와 상쾌한 공기를 마시기 바빴다. 해로프는 몸이 찢어질 듯 기지개를 켜며 말했다.

"프샨, 안개로 뒤덮여 있는 마을까지 하루 안에 도착할 수 있을까요?"

"흠. 우리가 온 거리를 계산해 보자면 오늘 밤은 이 숲속에서 보내야 할 것 같아."

"그럼 그 마을이 어떤 곳인지는 잘 모르시죠?"

"나도 처음 가보는 거니까 일단 가봐야 알겠지?"

그때 라이다가 크게 하품을 하고 말했다.

"일단 이곳에서 잠시 눈을 붙이고 가는 것은 어때요? 제가 벽에 그려진 그림들을 해결해서 그런지 너무 피곤하네요."

라이다는 자신이 땅속에서 복잡한 문제를 해결했다는 것에 자신감이 넘쳐 있었다. 파프는 그런 라이다를 한심하게 쳐다보았다. 사실 해로프도 라이다와 같이 점점 눈이 감기고 있었다.

"라이다 말대로 여기에서 조금 쉬었다가 가는 건 어때요?"

해로프도 하품하며 말했다. 프샨은 사실 자신이 지도의 지워진 부분들을 잊어버릴까 봐 한시라도 빨리 앞으로 가고 싶어 했다. 하지만 눈이 반쯤 감겨 있는 라이다를 보고 휴식이 필요하다고 생각했기에 해로프의 제안대로 그들은 주변에 있는 커다란 나무를 찾아 그 나무 밑에서 나뭇잎을 깔고 잠시 눈을 붙이기로 했다.

"그럼 우리는 아침이 밝아오기 전에 떠나도록 하자."

"좋아요!"

라이다는 프샨의 말을 기다렸다는 듯 주변에 있는 나뭇잎들을 한가득 모아왔다. 원정대는 나뭇잎을 모아 자신만의 침대를 만들어 누웠다. 평온하고 조용한 오후에 누워 있는 해로프는 지금, 이 순간을 만끽했다.

그들은 자신만의 침대 위에서 깊은 잠에 빠졌다. 그런데 그때 저 멀리서 누군가가 원정대를 향해 다급하게 다가오고 있었다. 눈을 감고 있던 해로프는 수상한 인기척이 느껴지자 바로 소리가 나는 쪽을 긴장하며 쳐다보았다. 그는 혹시 블레드가 보낸 검은 영혼이 다시 나타난 건 아닌지 트리드를 꺼낼 준비도 했다.

해로프가 갑자기 자리에서 일어나자 다른 동료들도 차례대로 일어나 트리드를 잡고 있는 해로프를 보았다. 라이다는 눈을 비비며 말했다.

"트리드를 왜 들고 있는 거야?"

"쉿!"

해로프는 검지를 입에 가져다 대고 라이다는 그의 신호를 보고 입을 다물었다. 해로프의 불길한 신호에 라이다는 다시 그들이 나타난 것은 아닌지 불안해 해로프가 노려보고 있는 곳을 따라 유심히 보기 시작했다.

"누군가 우리한테 다가오고 있어."

해로프의 말에 일어난 프샨은 아직 어깨의 상처가 아물지 않아 싸울 수 없었기에 그들만은 아니길 빌었다. 해로프는 자신의 모든 신경을 귀에 집중했고 주변에서 무언가 움직이고 있는 소리가 얼마나 가까이에서 있는지 예측했다. 파프는 집중해서 듣고 있는 해로프를 보고 트리드를 잡았다.

"분명히 우리가 있는 곳으로 아주 천천히 오고 있어."

해로프가 작은 목소리로 속삭였다.

"점점 더 가까워지고 있어."

해로프는 천천히 다가오는 그 소리를 듣자 블레드가 보낸 험악한 괴물은 아니라는 것을 알 수 있었다. 이제 그들에게 가까이 다가오는 형체는 동료들에게도 보였고, 파프는 정체불명의 형체가 보이자 자리에서 일어나 트리드를 휘둘렀다. 그런데 트리드는 무기로 변하지 않았다. 해로프가 조용히 속삭였다.

"그 녀석들의 발걸음 소리는 아니야."

라이다는 겁에 질린 목소리로 속삭였다.

"그럼 더 끔찍한 녀석이겠지."

그때 프샨이 그 형체를 보고 해로프와 그의 친구들에게 말했다.

"모두 트리드를 내려놔."

불안한 라이다는 계속해서 트리드를 잡고 있었다.

"그 끔찍한 녀석들을 만나면 싸워야죠."

"우리한테 다가오고 있는 형체는 사람이야."

"사람이라고요?"

멀리서 보이는 그 사람은 멀리서 몬프크리 원정대가 자신을 바라보자 소리치기 시작했다.

"나쁜 사람 아닙니다! 평범한 늙은이라고요!"

라이다도 저 멀리서 느리게 다가오는 형체가 검은 영혼이 아니라는 것을 알 수 있었다.

"진짜 사람이잖아?"

파프는 다가오고 있는 정체불명의 사람을 보며 긴장을 놓지 않았다.

"그래도 아직 안심할 수 없어."

파프도 가까이 다가오는 형체가 분명히 블레드가 보낸 검은 영혼이 아님을 확실히 알고 있었지만 영혼석을 빼앗기 위해 오는 사람일 수도 있다고 생각했다. 다가오는 형체가 점점 더 가까워지면서 이제 그의 모습이 더욱 명확하게 보이기 시작했다.

그 사람의 모습은 마치 잘 성장하지 못한 나뭇가지처럼 마른 몸체의 노인이었고, 허름한 갈색 옷과 챙이 넓은 모자를 쓰고 탐험가 같은 모습으로 그들을 향해 다가오고 있었다. 그 노인은 점점 더 해로프 일행과 가까워질수록 금방이라도 쓰러질 듯 보였다. 해로프는 다가오는 노인을 보고 말했다.

"힐리 마을에서 봤던 할아버지 아니야?"

프샨은 고개를 저으며 말했다.

"그분은 아닌 것 같아."

새하얀 수염은 얼마 동안이나 자르지 않았는지 마치 백마의 꼬리처럼 하얗게 내려와 있었고, 그의 얼굴은 주름으로 가득했다. 그는 아주 오래된 나무의 뿌리로 만들어진 것 같은 지팡이를 짚고 힘겹게 해로프가 있는 쪽으로 오고 있었다.

해로프는 보기만 해도 쓰러질 듯한 할아버지를 보자 몸의 긴장이 풀렸다. 프샨도 할아버지를 보자 잡고 있던 망치를 내려놓았다. 파프는 아직 가까이 그 노인의 정체를 알 수 없었기에 트리드를 잡고 경계했다. 이제 해로프 바로 앞까지 온 할아버지는 힙겹게 입을 열었다.

"드디어 찾았군. 혹시 당신들이 몬프크리로 떠나고 있는 사람들이 맞습니까?"

그는 천천히 다가왔는데도 숨을 거칠게 내쉬며 말했다. 파프는 아무리 약해 보이는 노인이라고 해도 단호하게 말했다.

"맞는데요. 당신의 정체가 뭡니까?"

파프는 사실 앞에 서 있는 힘없는 노인을 보며 당연히 블레드가 보낸 검은 영혼이라고는 전혀 생각하지 않았지만, 그래도 그가 왜 이 산에 왜 올라온 것인지 물어보았다. 지팡이를 짚고 있는 노인은 그런 파프의 말에 알 수 없는 미소를 지으며 말했다.

"블레드가 보낸 검은 영혼은 절대 아니니 걱정하지 말게나. 나의 이름은 아드리아프라고 하네."

해로프는 자신의 이름을 밝힌 노인에게 물었다.

"그런데 이 숲속에는 왜 들어오셨나요? 이곳에는 무서운 짐승들이 갑자기 튀어나올 수 있으니 영감님께서는 다시 내려가시는 게 좋을 것 같아요."

"허허, 나를 걱정해 주다니 정말 고맙군. 하지만 난 길을 잃어서 여기까지 온 것이 아닌 자네들을 만나기 위해 이곳에 올라온 거네."

그를 자세히 바라보고 있던 프샨의 표정이 달라졌다.

"시간 끌지 않고 단도직입적으로 말하겠네! 나를 자네들과 몬프크리까지 같이 가도록 해주게나."

해로프는 아드리아프의 제안에 프샨의 눈치를 보며 말했다.

"네? 몬프크리까지 가신다고 하셨어요? 저희는 앞으로 힘난한 괴물들을 만날 수 있어요."

"그건 이미 알고 있네. 자네가 영혼석을 가지고 있는 해로프 맞지?"

"네 맞아요."

해로프와 그의 친구들은 지금도 힘들었지만 너무나 힘이 없어 보이는 영감과 같이 몬프크리로 가는 것에 세 명 모두 서로의 눈을 바라보며 같은 생각을 하고 있었다. 그때 프샨이 아드리아프에게 다가가며 말했다.

"저희와 함께해 주신다면 영광입니다."

"프샨!"

프샨의 돌발적인 수락에 해로프와 그의 친구들은 프샨을 미쳐 버린 사람을 바라보듯이 그의 눈을 쳐다보았다. 프샨은 그들을 보며 조용히 속삭였다.

"아드리아프 영감님이 우리와 함께하면서 분명히 많은 도움을 주실 거야."

"그렇게 말해주니 고맙네, 자네들도 나를 허락해 줄 수 있겠나?"

프샨이 해로프를 바라보며 고개를 끄덕이자 해로프는 어쩔 수 없이 고개를 끄덕였다. 라이다도 해로프를 따라 고개를 끄덕였다. 파프는 아드리아프가 라이다보다는 더 쓸모 있으리라 생각했기에 결국 찬성했다.

몬프크리 원정대는 갑자기 잠에서 깨어나 정체불명의 할아버지와 함께 다시 별이 그려진 숲길을 걷기 시작했다. 아드리아프는 걸음이 느렸기에 원정대는 전보다 더 천천히 걸어야만 했다.

라이다는 걸어가면서 해로프의 귀에 조용히 속삭였다.

"프샨은 왜 저런 할아버지를 허락한 거야? 우리의 속도가 더 느려졌다고!"

해로프도 아드리아프가 합류하면서 앞으로 나아가는 속도가 훨씬 느려졌다는 것을 느낄 수 있었지만 프샨이 강력하게 아드리아프의 합류를 허락한 이유가 있다고 믿었다. 그리고 해로프는 천천히 지팡이를 짚으며 뒤에서 따라오고 있는 아드리아프에게 가까이 다가갔다.

"저…. 영감님?"

"무슨 일인가?"

"혹시 영혼석에 대해 아시는 것이라도 있으신가요?"

"많은 것들을 알고 있어서 문제지."

"영혼석에 대해 많은 것들을 알고 있으시다고요? 혹시 제가 가지고 있는 영혼석을 가지고 싶으신 건 아니죠?"

"그런 마음은 전혀 없네."

해로프는 갑작스럽게 동행하게 된 노인에 대해 궁금한 것들이 많이 생기기 시작했다. 어떻게 아드리아프가 자신을 알고 있는지부터 영혼석에 대해 알고 있는 것까지 그에게 물어보고 싶은 것들이 많았지만 그는 해로프에게 나중에 기회가 된다면 모든 것을 말해주겠다고 약속했다.

프샨은 아드리아프가 어떤 사람인지 알고 있었기에 전보다 더 천천히 나아가는 것에 아무 말도 하지 않았다. 프샨은 오히려 아드리아프의 발걸음에 맞춰 더 천천히 나아갔다. 라이다와 파프는 이해할 수 없는 판단을 한 프샨이 미쳐 있다고 생각했다. 그들은 새벽에도 쉬지 않고 앞으로 나아갔다.

라이다의 실수

 어느새 동쪽에서 해가 떠오르고 있는 것이 보이기 시작했다. 해로프는 오랫동안 쉬지 않고 걸어온 아드리아프를 걱정했지만 의외로 지팡이를 짚고 있는 노인은 전혀 지치지 않은 모습이었다. 다른 동료들도 어제 많은 잠을 미리 자서 그런지 힘들어 보이는 사람은 보이지 않았고, 다들 앞으로 묵묵히 걸어나갔다. 그때 묵묵히 지팡이를 내디디며 걷고 있던 아드리아프가 말했다.
 "이제 곧 넓은 황야가 보일 거야."
 "지금 저희가 어디쯤 있는지 알고 계시는 건가요?"
 "대략 알고 있지."
 몇 분을 더 걸어가자 정말 아드리아프의 말대로 말라비틀어진 나무들이 곳곳에 널브러져 있는 넓은 황야가 펼쳐진 곳이 해로프의 눈에 들어왔다. 그는 넓은 황야가 이제 곧 나타날 것이라는 아드리아프의 말이 정확히 들어맞자 더욱 그의 정체가 궁금해졌다.

"정말 영감님 말대로 넓은 황야가 보여요!"

해로프는 노인에 대해 지금까지 가지고 있던 의심들이 한순간에 신뢰로 바뀌기 시작했고, 아드리아프가 안내하는 방향으로 따라간다면 지도 없이도 몬프크리까지 빠르게 갈 수도 있겠다는 희망이 생겼다.

이제 몬프크리 원정대 앞에는 오랫동안 걸어왔던 숲속의 나무들이 옹기종기 모여 있던 시야를 벗어나 나무 하나 없이 마치 사막 같은 울퉁불퉁한 드넓은 평야가 보였다. 라이다는 오랫동안 걸어온 숲속이 지겨웠던 모양인지 나오자마자 두 팔을 벌렸다.

"드디어 답답했던 숲속에서 나갈 수 있다니!"

해로프도 오랫동안 숲속을 걷다가 드디어 숨이 트이는 넓은 대지를 보니 몸이 가벼워졌다. 그때 아드리아프는 황야를 보더니 미간을 찌푸리며 말했다.

"황야에 들어서면 반드시 조심해야 할 것이 있어."

아드리아프가 갑자기 단호하게 말하자 모두가 그를 쳐다보았다.

"이 드넓은 대지에서 어떤 것을 조심해야 하나요?"

"이곳에서 한번 실수하면 아주 귀찮은 일이 일어날 수 있어."

해로프는 자신이 지금까지 힘들게 걸어온 숲을 벗어나 아무것도 없는 넓은 대지를 보자 위험한 일이 전혀 일어나지 않을 것 같았다.

"이렇게 안전해 보이는 곳이 어떻게 보면 더욱더 위험한 법이지."

"그럼 저희가 무엇을 조심해야 하나요?"

"그건 아주 간단해. 황야에 들어서면 절대로 크게 소리쳐서는 안 돼. 어떤 일이 있더라도 조용히 지나가야 해. 발걸음 소리까지 주의를 기울여야 하네."

파프는 아직도 의심스러운 아드리아프의 말이 믿어야 할지 몰랐지만, 그가 엄중하게 말하는 것을 보니 일단 그의 말을 따르기로 했다. 프샨은 아드리아프의 충고를 새겨들었다. 아드리아프가 먼저 그들 앞에서 넓은 황야로 걷기 시작했고, 그 뒤를 따라 해로프와 그의 동료들도 모두 황야에 들어섰다.

높이 치솟은 태양이 그들이 밟고 있는 땅을 아주 뜨겁게 데우고 있었다. 숲속에서는 그나마 나무의 풍성한 나뭇잎들이 태양빛을 막아주는 방패 역할을 해주었지만 지금 이곳에는 아무것도 없이 짧은 잡초들과 말라비틀어진 나무들이 불규칙적으로 놓여 있는 것 말고는 뜨거운 햇볕을 막을 방법이 없었다. 해로프는 땀이 흐르기 시작하자 답답했던 숲속으로 다시 돌아가고 싶어졌다.

"조용히 걷자. 조용히 걷자…."

라이다는 자신이 실수하지 않기 위해 반복해서 중얼거리고 있었다. 파프는 그의 소리를 듣고 말했다.

"라이다, 지금 네 소리가 더 시끄럽거든?"

파프는 큰 소리를 내지 않기 위해 자신의 감정을 최대한 억누르며 말했다. 라이다는 그런 파프를 보며 속삭였다.

"조용히 해!"

뜨거운 태양이 그들을 비추고 있어서 그런지 라이다와 파프는 숲에서보다 더욱 뜨겁게 서로를 쳐다보았다. 해로프는 그 둘에게 속삭였다.

"여기서 싸우면 위험한 일이 일어난다고 하셨으니까 둘 다 조용히 해."

아드리아프는 파프와 라이다가 싸우는 것에는 신경 쓰지 않았고 그저 조용히 지팡이를 짚으며 묵묵히 나아갔다. 그들은 걷다 보니 어느새 황야의 중간지점까지 무사히 왔다. 해로프는 숲속에서 온종일 걸었던 것보다 황야로 들어와 뜨거운 태양 아래에서 몇 시간 걷는 것이 더욱 힘들었다.

높은 하늘 위에서 그들을 보면 마치 개미가 줄지어 바닥을 기어다니는 것처럼 나란히 걸어가는 모습으로 보일 것이다. 그때 그들이 걸어가는 방향 쪽에서 독수리처럼 커다란 까마귀 한 마리가 하늘에 날아올라 그들의 머리 위를 지나갔다. 해로프는 거대한 까마귀를 보고 놀라 자신도 모르게 소리를 지를뻔했다. 하지만 라이다가 그만 실수를 저질러 버렸다.

"으악!"

라이다는 자신의 소리가 너무 컸다는 것을 뒤늦게 알아차렸으며 두 손으로 입을 틀어막았다. 모두가 걸음을 멈추고 라이다를 쳐다보았다. 몇 초 동안 마치 우주 속에 놓인 듯 정적이 흘렀다. 다행히 아무 일이 일어나지 않는다고 생각하고 있을 그때, 곳곳에 숨어 있었던 거대한 까마귀들이 시끄러운 소리를 내며 하늘 위로 날아올랐고 원정대가 서 있는 쪽으로 날아오기 시작했다. 아드리아프는 지팡이를 꽉 쥐며 날아오는 거대한 까마귀들을 바라보았다. 까마귀들의 눈동자는 노란색이었고 단번에 블레드의 저주에 걸린 까마귀들이라는 것을 알아낼 수 있었다.

"라이다! 큰 소리 내지 말라고 했지!"

파프는 라이다의 멱살을 잡아 올리며 소리쳤고 앞에 있던 프샨이 소리치며 명령을 내렸다.

"모두 트리드를 꺼내!"

해로프는 거대한 까마귀가 날카로운 부리로 찌를 듯이 날아오자 트리드를 꺼내 휘둘렀고 트리드는 윤기가 나는 활로 변했다. 해로프는 재빨리 날아오는 까마귀들에게 활을 겨누었다. 라이다와 파프도 해로프와 같이 정신없이 날아오는 까마귀들을 활로 겨누었다.

"지금 까마귀들을 향해 활시위를 당겨!"

프샨의 소리를 듣자 해로프는 바로 활시위를 당겼고 트리드에서 두 개의 화살이 날아가 해로프에게 오는 까마귀의 몸통을 적중시켰다. 이번엔 라이다도 자신의 실수를 만회하기 위해 활시위를 쉬지 않고 당겼다. 프샨은 오른쪽 어깨의 상처 때문에 왼손으로 간신히 망치를 들어 가까이 다가오는 까마귀들의 머리를 후려치기 시작했다. 그럴수록 어깨의 고통은 더욱 욱신거렸다. 아드리아프는 프샨 뒤에 서서 아무런 반응도 없이 지팡이를 짚고 계속해서 날아오는 까마귀들을 보고만 있었다.

"왜 이렇게 많은 거야! 계속 오고 있어!"

해로프는 팔에 근육 경련이 올 정도로 계속 활시위를 당겨보았지만 그를 향해 돌진해 오는 까마귀 떼의 행렬은 끝이 보이지 않았다.

해로프는 이대로 가다간 자신이 까마귀들의 먹이가 될 수도 있다고 생각했다. 트리드에서 두 개씩 나가는 화살로 까마귀들을 죽이고 있었지만, 까마귀들의 수가 줄어들지 않고 끊임없이 날아오자 해로프도 체력이 점점 떨어졌다. 계속 날아오는 거대한 까마귀들 때문에 몬프크리 원정대는 점점 뒤로 물러날 수밖에 없었고 날아오는 까마귀를 죽이면 바로 뒤에서 똑같이 생긴 까마귀가 다시 나타났다. 파프와 라이다도 쉼 없이 활시위를 당겼지만, 점점 그 속도는 느려졌다.

"프샨, 까마귀들이 끊임없이 나타나고 있어요!"

해로프는 까마귀 떼들이 무한대로 몰려오는 것을 막으면서 프샨에게 소리쳤다. 이미 소리를 크게 냈으니 이제 조용히 해야 할 필요는 없어졌다. 프샨도 자신의 망치로 달라붙으려고 하는 까마귀들을 계속 내리치고 있어 좋은 방법을 생각할 겨를이 없었다. 지금 그들의 모습은 마치 동굴 속에서 박쥐 떼에 공격당하고 있는 것처럼 보였다.

결국, 해로프는 거대한 까마귀들의 소용돌이 안에 갇히게 되었고 이제 화살을 쏠 수 없을 정도로 까마귀들이 아주 가까이 왔다. 해로프는 까마귀 무리가 자신의 주변을 둘러싸자 트리드를 휘둘렀다. 그랬더니 트리드는 작은 나무망치로 바뀌었고, 해로프는 주변의 까마귀들의 머리와 몸통 가리지 않고 휘둘렀다.

프샨은 아직 회복되지 않은 오른쪽 어깨의 상처가 계속해서 욱신거리며 통증이 더욱 커졌다. 그는 이 고통이 점점 심해진다는 것을 알았지만 바로 앞에 있는 까마귀들을 죽이기 위해 고통을 참으며 계속 내려쳤다. 그때 뒤에서 해로프의 비명이 들려왔다.

"저리 가!"

해로프 주변에서 날던 까마귀 한 마리가 그의 머리를 날카로운 부리로 찔렀다. 이후 그 까마귀는 해로프의 팔뚝에 내려앉아 계속 그의 몸을 쪼아댔다. 해로프는 그 자리에서 넘어지고 말았고 뒤이어 주변에 있던 까마귀들까지 해로프의 몸에 달라붙어 그의 몸 전체를 쪼아대기 시작했다.

그때 아드리아프는 이제 자신이 가만히 있을 수 없다고 생각했고 프샨 뒤에서 입을 움직이며 중얼거리더니 자신이 들고 있던 지팡이를 하늘 높이 올리고서 땅을 뚫을 듯이 내려찍었다.

아드리아프가 지팡이를 땅에 내려찍자 땅은 그 중심으로부터 거대한 파장이 멀리 퍼져갔다. 그러자 원정대를 공격하던 까마귀들은 자신이 날아왔던 방향 쪽으로 다시 방향을 틀어 도망가기 시작했다. 해로프에게 붙어 있던 까마귀들도 갑자기 하늘로 높이 올라가더니 날아왔던 방향으로 도망가기 시작했다.

"깍! 깍!"

시끄럽게 울어대던 까마귀들은 순식간에 사라졌다. 해로프는 이리저리 까마귀들을 몸에서 떼어내고 있다가 갑자기 도망가는 까마귀들의 모습을 바라보며 어떤 상황이 일어난 건지 파악되지 않았다.

"어떻게 된 일이에요? 까마귀들이 다 사라졌어요!"

해로프는 프샨을 보며 말했다. 프샨은 아직 눈을 감고 지팡이를 잡고 있는 아드리아프를 보며 말했다.

"아드리아프 영감님이 전부 해결해 주셨어."

해로프는 지팡이를 짚고 서 있는 아드리아프를 보았고, 파프는 까마귀들이 모두 도망가자 바로 라이다에게 달려가 그를 강하게 밀쳐 넘어뜨렸다.

"라이다 너 제정신이야? 네가 우리를 죽이려고 했어!"

"아니야! 정말 실수였다고!"

해로프는 얼굴이 금방 터질 것처럼 붉어져 있는 파프가 라이다를 밀쳐 넘어뜨리자 재빨리 그곳으로 달려갔다. 파프는 넘어진 라이다의 얼굴을 내려다보며 소리쳤다.

"너는 애초부터 여기까지 따라오지 말았어야 했어. 그냥 프상크 마을에 남아 있었어야 했다고! 블레드가 보낸 검은 영혼들보다 네가 우리를 더 위험하게 만들고 있는 거 알아?"

 라이다는 바닥에 넘어진 채 파프의 말을 들으며 눈물을 터트리기 시작했다. 라이다는 파프가 자신을 밀쳤지만, 그의 말이 전부 다 맞는 말이었기에 쉽게 일어나지 못했다.

 해로프는 넘어진 라이다 앞에서 다급하게 파프를 막았고, 프샨은 쓰러져 있는 라이다에게 다가가 몸을 일으켜 주었다. 아드리아프는 그저 까마귀들이 사라지고 해로프와 그의 친구들이 다치지 않았다는 것을 보고 안심했다.

 라이다는 일어나서도 고개를 들지 못했다. 파프는 마치 이제 곧 출발할 증기기관차처럼 씩씩거리며 넓은 황야를 걷기 시작했다. 그때, 아드리아프는 그들의 상태를 보고 너무 예민해져 있어 잠깐의 안식처가 필요하겠다고 생각하며 말했다.

 "이 친구들은 지금 무엇보다 뜨거운 햇볕에 지친 것 같군. 잠깐의 안식이 필요한 것 같아. 이대로 가다간 몬프크리까지 가기 전에 내부에서 먼저 분열이 일어나겠어. 내가 알고 있는 좋은 장소가 있으니 그곳으로 가서 이들이 편안해진 상태가 되면 다시 떠나는 것이 좋을 거야."

 "그렇게 하시죠."

 아드리아프는 걷는 방향을 왼쪽으로 틀었다. 프샨도 그의 뒤를 따랐다. 화가 나서 앞만 보며 걸어가던 파프도 다른 방향으로 가는 아드리아프를 보고 그를 따라갔고, 해로프는 울고 있는 라이다를 달래주며 그들의 뒤를 따라 걸어갔다.

아드리아프의 정체

뜨거웠던 태양은 정점을 찍고 다시 내려가기 시작했다. 프샨은 아드리아프의 뒤를 따라가고 있긴 했지만, 그가 갑자기 방향을 왼쪽으로 틀어버린 것을 이해할 수 없었다. 빨리 몬프크리로 가서 블레드가 그의 세력을 넓히는 것을 막고 싶었다.

"영감님 혹시 이곳으로 가면 무엇이 있나요?"

"연못으로 가는 중이네."

"연못이요?"

아드리아프는 따라오는 프샨이 자신의 선택에 의문을 가지고 있다는 것을 알아채고 그에게 천천히 설명해 주었다.

"프샨, 자네의 생각대로 빨리 몬프크리로 가는 것이 제일 좋은 방법일 수 있네. 하지만 저 두 친구의 뜨거운 열을 식힐 겸 우리도 조금만 쉬었다 가자고. 그것이 지금 몬프크리로 곧장 가는 것보다 분명히 더 빠르게 갈 방법이야. 그러니 지금은 나의 결정을 이해해 준다면 고맙겠네."

"아닙니다. 제가 생각이 짧았던 것 같아요."

해로프는 라이다와 파프 사이에서 걷고 있었다. 해로프는 아무 말도 하지 않고 프샨과 아드리아프가 어디로 가고 있는지도 모른 채 그냥 따라가기만 했다. 라이다는 파프가 자신에게 했던 말을 계속 떠올리며 고개를 숙인 채 걸어갔다. 이제 뜨거웠던 태양이 지평선 밑으로 가라앉기 시작했다. 시간이 지나 저녁이 되었을 때 그들은 하늘에 있는 달빛을 비춰주는 연못을 발견할 수 있었다. 아드리아프는 연못 옆에 천 년은 더 된 것 같은 커다란 나무에 기대앉으며 말했다.

"오늘 밤은 여기에서 보낼 거야."

해로프는 연못의 풍경을 보고 마치 화려한 웨딩드레스를 입은 예쁜 신부를 본 것처럼 눈을 뗄 수가 없었다. 동그란 연못에 가득 차 있는 물은 다이아몬드처럼 투명해 바닥이 훤히 보였고 그 속에서는 알록달록하고 작고 귀여운 물고기들이 무리를 지어 돌아다니고 있었다. 물결은 잔잔한 바람에 흔들리고 있었고, 연못 주변은 정말 고요했다.

그리고 나뭇잎이 무성한 나무들이 연못을 감싸고 있었고 거기에 매달려 있는 빨간 열매는 정말 먹음직스러워 보였다. 해로프는 연못을 보자마자 자신의 머릿속에 있는 두려운 생각들을 모두 말끔히 날려버릴 수 있었다. 프샨은 풍경을 바라보며 아드리아프에게 가까이 다가가 말했다.

"영감님 이런 곳도 알고 계시는군요. 이런 아름다운 곳을 그냥 지나칠 뻔했습니다."

해로프는 모든 것을 알고 있는 듯한 아드리아프에 대한 궁금증이 더욱더 커지기 시작했다. 화가 많이 났던 파프도 이제는 흥분이 가라앉았는지 연못 주변에 있는 나무 그늘에 누워 외롭게 떠 있는 달을 바라보고 있었고, 라이다는 아직 파프가 자신에게 했던 말을 되새기고 있었다. 시간이 지나 저녁이 되어 아드리아프는 천천히 일어나 깨끗한 연못으로 다가갔고 지팡이를 옆에 내려놓으며 연못의 물을 손으로 떠서 한 모금 마셨다.

"이 맛은 여전하군."

아드리아프는 연못에 비친 늙고 주름진 자신의 얼굴을 바라보며 쓸쓸한 미소를 지어보았다. 그때 해로프가 아드리아프에게 슬며시 다가와 옆에 앉았다. 아드리아프는 연못을 가리키며 말했다.

"해로프 너도 연못 물을 손으로 떠서 한번 마셔봐."

해로프는 아드리아프의 말을 듣고 두 손을 모아 연못의 물을 떠서 한꺼번에 들이켰다. 연못의 물이 목구멍으로 들어가자마자 브가스가 준 포도주와는 반대로 순식간에 해로프의 몸 전체를 시원하고 깨끗하게 만들어 줬다. 연못의 물을 마신 해로프를 보며 아드리아프는 연못에 비친 자신의 얼굴과 해로프의 젊은 얼굴을 바라보며 세월이 순식간에 흘렀다는 것을 느끼며 한숨을 내쉬었다. 노인은 자신의 가느다란 손으로 자신의 주름진 얼굴을 한번 쓰다듬었다. 해로프는 그런 아드리아프에게 다가와 조심스럽게 말했다.

"저…. 영감님 궁금한 게 있는데 물어봐도 되나요?"

"편하게 말해보렴."

아드리아프는 다시 주름진 손으로 연못의 물을 퍼서 마신 후 해로프를 바라보았다. 해로프는 아드리아프가 물을 마시고 다시 자리에 앉자 말하기 시작했다.

"아까 있었던 일 때문에…."

해로프는 주저하며 말했다.

"편하게 말해도 된단다."

해로프는 자세를 고쳐 잡고 말했다.

"영감님께서 지팡이로 땅을 내려찍자마자 까마귀들이 동시에 도망가 버렸잖아요."

"그거 말하는 거였니?"

"사실 영감님이 어떤 사람이었는지 궁금해요. 영감님은 제가 모르는 굉장한 힘을 가지고 있으신 건가요?"

아드리아프는 연못에 비치는 해로프의 울렁이는 얼굴을 바라보며 말했다.

"이제는 다 말해줘야겠군."

그는 자신의 품에 안겨 있는 지팡이를 이리저리 돌려가며 말을 이었다.

"일단 내 지팡이는 네가 가지고 있는 트리드처럼 신비한 능력이 있어. 나도 네 나이 때쯤에 이것을 받고 지금까지 가지고 있는 거야. 이제는 없어서는 안 될 지팡이가 되어버렸지만 말이야."

해로프는 그의 낡은 지팡이를 보고 어떤 능력이 숨겨져 있다고는 상상할 수 없었다.

"내가 들고 있는 지팡이는 아주 예전에 만들어진 트리드야. 내 트리드는 너희들 것처럼 다른 무기로 변하지 않지만 엄청난 힘이 들어 있어 물론 한번 힘을 사용하고 나면 오랜 시간 기다려야 다시 사용할 수 있지."

"아까는 정말 대단했어요. 그런데 이 무기들은 블레드가 저주를 건 검은 영혼들을 모두 죽이기 위해서 만들어진 것인데, 그럼 영감님도…."

아드리아프는 해로프의 말을 듣고 자신의 지팡이를 두 손으로 쓰다듬으면서 말했다.

"맞아 나도 너처럼 영혼석을 봉인할 수 있는 사람이지. 그리고 한 번 성공하기도 했어."

해로프는 자신의 안주머니에서 은은한 초록빛의 영혼석을 꺼내 들었다. 지금 하늘이 어두워서 잘 보이진 않았지만, 달빛에 비치는 영혼석의 아름다움은 볼 수 있었다.

"과거에 영혼석 안으로 그 끔찍한 블레드를 봉인하는 데 성공하셨다고요?"

"나도 지금 그때의 일이 너무 오래전의 일이라서 기억이 잘 나지 않고, 어떤 때는 사실이 아닌 것같이 느낄 때도 있단다."

아드리아프는 자신을 아련하게 비춰주는 초승달을 보고 잠시 눈을 감았다가 뜨며 해로프에게 자신의 과거를 천천히 말하기 시작했다.

"네가 지금 나의 모습을 보고 믿기진 않겠지만 나도 어렸을 적에는 몬프크리에서 왕이 사는 왕실을 지키는 늠름한 기사였어. 몇 년 동안은 왕의 얼굴을 한 번도 보지 못하고 왕실 밖에서 문을 지키는 문지기였지. 그러다가 내가 왕실 안으로 들어가는 계기가 있었는데, 궁금하지 않니?"

"어떻게 들어가셨는데요?"

"그날도 다른 날과 같이 왕국의 입구를 지키고 있었어. 물론 중간에 잠깐 졸기도 했다는 건 이제야 말할 수 있지만."

아드리아프는 어둑한 하늘을 바라보았다.

"그런데 어느 날 몬프크리의 왕이 밖으로 나오는 것을 봤어. 왕은 너무 늙어서 혼자 못 나오시거든. 그런데 그날은 혼자 나오시더라고. 그의 모습을 처음 본 나에게 같이 걸어줄 수 있느냐고 말씀하셨지. 그래서 그와 산책을 같이해 드렸어. 그런데 갑자기 왕이 심장을 부여잡으며 쓰러졌어. 늙은 왕은 엄청나게 거구였지만 내가 다급한 상황에 왕을 업고 재빠르게 왕실로 뛰어가서 간신히 목숨을 건질 수 있었지."

"프샨이 전에 말해줬어요. 그에게는 두 아들이 있었다고."

"맞아. 그에게는 세 살 터울의 아들이 두 명 있었어. 그때까지만 해도 둘 다 귀여웠지. 어쨌든 나는 그 이후로 왕의 신임을 받아 그의 옆을 따라다니면서 지켜주는 경비원으로 임무가 바뀌었어. 늙은 몬프크리의 왕은 나에게 많은 돈과 맛있는 음식을 아낌없이 주며 고마움을 표시해 주었어. 하지만 날이 갈수록 그의 건강은 점점 더 악화하였어."

해로프도 달을 바라보며 말했다.

"그래서 두 아들 중에서 한 명이 왕위에 올라야 한다는 것이었죠. 그리고 동생이 형보다 더욱 뛰어난 실력을 갖추고 있어 형은 그 질투심에 동생을 죽였다는 게 사실인가요?"

"맞아. 그 둘은 그의 아버지가 침상에 누워 사경을 헤매자 둘 중 한 명이 아버지를 대신해 나라를 다스려야 한다고 생각했고, 형이 자신보다 너무 우월하다고 생각한 동생을 몬프크리 폭포로 유인해 밀어버려 죽인 거야. 얼마 가지 않아 그의 형이 그토록 원하던 왕위에 오른 것은 알고 있지?"

"네, 그 사실은 이미 알고 있어요."

"그때 나의 친한 동료들도 몇몇은…. 그의 손에 죽었지."

아드리아프는 그때를 회상하며 고개를 저었다.

"결국, 그 잔인한 행동을 한 사람이 지금은 검은 영혼이 되어버린 블레드라는 것도 알고 있겠네?"

"네 알고 있어요."

"그렇게 나도 평화로웠던 몬프크리가 폐허가 되자 먼 마을로 떠나게 되었고, 지금까지 살고 있었어. 그런데 어느 날 창밖을 바라보다가 블레드가 먹구름을 몰고 하늘 위를 날아가는 것을 봤어. 그래서 나는 매일 영혼석을 가지고 있는 사람이 올 것 같은 숲에 가서 기다렸지. 그러다가 그날 운이 좋게도 너희들을 만난 거야."

해로프는 연못에 비치는 아드리아프의 얼굴을 바라보며 형편없어 보였던 그의 주름들과 마른 몸이 갑자기 멋있어 보인다고 생각했다.

"하지만 제가 이 험난한 여정을 해낼 수 있을까요? 저는 영감님처럼 왕을 지키던 사람이 아닌 평범한 사람이어서요."

"아까 나타난 까마귀들이랑 싸우는 것을 보니 아직 많이 부족해 보이긴 했지."

"맞아요."

아드리아프는 얼굴의 주름을 구기며 웃었고, 해로프는 그의 말을 진지하게 받아들였다.

"하지만 아까 내가 너를 보았을 때 용맹한 눈빛을 봤어. 마치 예전 몬프크리에서 왕의 자리에 오를뻔한 블레드의 동생 블레니의 맑은 눈빛과 똑 닮았지."

"저한테 용맹한 눈빛이 있다고요?"

해로프는 아드리아프가 자신을 칭찬하자 얼굴이 붉어지며 그에게 진심 어린 말투로 말했다.

"영감님 저희와 함께해 주셔서 감사합니다."

"나야 이 여정에 다시 들어오게 해준 자네들에게 고맙지."

둘은 연못에 비친 서로의 얼굴을 바라보며 대화했다.

"이제 밤이 깊어졌구나. 내일부터 또 쉬지 않고 나아가야 하니 조금이라도 잠을 자두는 것이 좋을 거야. 나도 이제 눈이 감기는군."

해로프도 그의 말이 끝나자 입을 크게 벌리며 하품했고, 그들은 조용히 동료들이 누워 있는 곳 옆으로 가서 나란히 누웠다. 얼마 지나지 않아 해로프는 시원한 바람을 맞으며 깊은 잠에 빠져들었다.

해로프가 누운 지 얼마 지나지 않아 금방 아침의 태양이 밝아왔다. 해로프가 눈을 떠보니 라이다가 자신을 흔들며 깨우고 있었다.

"벌써 아침이야? 방금 누운 것 같은데."

"블레드를 영원히 봉인할 사람이 그렇게 늦게까지 자면 어떡해!"

라이다는 계속 해로프의 어깨를 흔들었다. 아드리아프는 벌써 일어나 있었는데, 일찍 일어난 건지 잠이 오지 않아 새벽에 못 잔 건지 그는 연못 주변을 서성이고 있었다. 주변을 천천히 걷고 있던 아드리아프는 모두가 잠에서 깨어난 것을 보자 천천히 지팡이를 짚고 해로프가 있는 곳으로 다가왔다.

해로프는 다가오는 아드리아프를 보며 새벽에 그와 했던 이야기들이 꿈처럼 느껴졌다. 이제 해로프는 프상크 마을에서 떠난 지 얼마나 됐는지 알 수 없었다. 그렇지만 처음 떠날 때보다 바람이 더 시원해졌다는 것은 느낄 수 있었다. 그들은 다시 거대한 까마귀들을 만났던 황야로 가서 구름이 그려져 있는 마을로 이동하기 시작했다.

해로프는 아름다운 연못을 떠나기 전 마지막으로 주머니에 있던 영혼석을 꺼내 깨끗한 연못에 담가 깨끗하게 닦아냈다. 그리고 그는 영롱하게 빛나는 영혼석이 깨지지 않도록 조심히 주머니 안으로 집어넣었다.

파프는 팔짱을 끼며 해로프의 모습을 지그시 바라보았고 라이다도 마지막으로 연못 안에서 떼를 지어 움직이고 있는 물고기들을 물끄러미 바라보았다.

"얘들아 이제 출발하자! 트리드는 잘 챙겼지?"

라이다는 벌써 어제의 일은 모두 잊었고, 이 연못을 떠나는 것이 아쉬운 듯 프샨을 보며 말했다.

"프샨! 저는 이 연못이 너무 좋은데 하루만 더 있으면 안 되겠죠?"

프샨은 그런 라이다의 말을 듣고 흐뭇한 미소를 지으며 말했다.

"라이다, 나도 너처럼 이곳에서 며칠 편하게 쉬고 싶단다. 하지만 지금은 더 중요한 일이 있으니 나중에 돌아오면서 이곳에 다시 들르도록 하자."

"그게 언제쯤일까요? 몇 달 후? 몇 년 후? 아니면 영영 돌아오지 못할 수도 있어요."

프산은 발걸음을 옮기며 라이다에게 재촉하는 듯한 말투로 말했다.

"그런 터무니없는 소리 하지 말고 출발하자."

"네…."

해로프는 자신의 트리드를 허리춤에 넣으며 놓고 가는 것은 없는지 주변을 살펴보았고, 떠나기 전에 아름다웠던 연못의 풍경을 마지막으로 바라보았다.

안개가 뒤덮인 마을

　몬프크리 원정대는 연못에서의 휴식 덕분에 몸에 힘이 넘쳐흐르고 있었다. 그들은 거대한 까마귀들을 만났던 황야로 다시 들어섰고, 이번에는 정말 실수하지 않기 위해 모두가 조용히 걸어갔다.
　해로프는 라이다가 혹시나 다시 실수하지 않을까 걱정했지만, 라이다는 자신의 두 손으로 입을 틀어막으며 넓은 황야를 걸어갔다. 이후 원정대는 지금까지 많이 걸어오며 체력이 늘어서 그런지 몇 시간을 걸어도 힘든 내색을 보이지 않았다. 그들이 약 세 시간 정도 아무 소리도 없이 조용히 걷고 있을 때 앞서 걸어가던 프샨이 반가운 소식을 알렸다.

"드디어 포그 마을이 보이기 시작했어!"

프샨이 손으로 가리킨 그 마을은 해로프의 예상대로 뿌연 안개로 마을 전체가 뒤덮여 있어 그 구름 속에 무엇이 있는지 겉으로 봐서는 전혀 알 수 없었다. 프샨은 먹먹한 연기로 덮여 있는 포그 마을 쪽으로 거침없이 걸어가기 시작했다. 그리고 그는 오랜만에 만나는 친구를 빨리 보고 싶었다.

"드디어 내 친구 리크를 오랜만에 만날 수 있다니. 내가 오는 것을 알고 있을 텐데."

그들은 포그 마을의 뿌연 안개 속으로 들어섰고 해로프는 앞이 잘 보이지 않자 주변을 경계하는 듯 두리번거리며 말했다.

"정말 이 안에 사람들이 살고 있긴 하죠?"

해로프가 숨을 내쉴 때마다 그의 콧속에 차가운 수증기가 들어가 코털 사이사이에 이슬이 맺혔다. 해로프가 포그 마을 안으로 들어서자 가까이에 있는 동료들의 얼굴조차 명확하게 보이지 않고 희미한 유령처럼 보였다.

해로프는 마치 거대한 솜사탕 속으로 들어온 것 같은 느낌이 들었다. 라이다는 뜨거운 태양 빛을 정통으로 맞던 넓은 황야와는 달리 숨을 쉴 때마다 시원한 공기가 몸 안으로 들어오는 것이 좋아 콧구멍을 일부러 더 크게 벌리고 숨을 내쉬었다.

파프는 앞이 잘 보이지 않자 미간을 찡그리며 앞으로 걸어갔다. 뿌연 안개 사이로 작은 집들이 희미하게 보였는데 눈을 크게 뜨고 고개를 앞으로 내밀어야지만 볼 수 있었다. 그때 안개 속에서 프샨을 부르는 소리가 들려왔다.
"어이 프샨!"
 프샨과 비슷한 몸체의 한 남자가 뿌연 안개 속 사이에서 모습을 보였다. 프샨은 그의 목소리가 들리자 다치지 않은 손을 하늘을 찌를 듯이 높이 들어 이리저리 흔들었고 프샨의 이름을 부른 남자가 가까이 다가오자 그의 형체는 점점 더 명확해졌다. 그는 프샨보다 키는 조금 더 작았지만 서로 형제라고 불러도 될 정도로 두꺼운 근육이 온몸을 감싸고 있는 몸집이 비슷했고, 머리카락이 없는 것과 거대한 바위 같은 얼굴의 형태도 프샨과 닮아 있었다.
"리크!"
"왜 이제 오는 거야. 너무 오지 않아서 블레드한테 이미 잡혀서 먹힌 줄 알았잖아."
 리크는 호탕하게 웃으며 농담을 하고 반갑다는 듯 프샨의 왼쪽 어깨를 툭 쳤다. 그리고 그는 프샨 뒤에서 멀뚱히 서 있는 해로프와 그의 동료들을 쳐다보았다. 그 모습을 본 프샨은 리크에게 먼저 지팡이를 짚고 있는 아드리아프를 소개해 주었고 뒤이어 해로프와 그의 친구들을 소개해 주었다. 리크는 해로프를 알아보며 말했다.
"이 친구가 영혼석을 가지고 있다는 해로프군. 이렇게 실물로 보다니 정말 허약해 보이는데?"
 리크는 자신의 농담에 스스로 웃었다. 해로프는 억지로 웃어주며 호응해 주었다. 파프와 라이다는 리크를 마치 길거리에서 술병을 들고 비틀거리고 있는 사람처럼 이상한 눈빛으로 쳐다보았다. 라이다는 방금 처음 만난 리크에게 성큼성큼 다가가더니 소리쳤다.

"해로프가 약해 보인다고요?"

리크는 씩씩거리며 앞에 서서 눈을 치켜뜨고 있는 라이다를 보고 말했다.

"사나운 눈으로 나를 그렇게 바라볼 필요는 없어. 농담일 뿐이라고."

파프는 라이다를 보고 비웃으며 말했다.

"라이다, 네가 있으니까 약해 보이는 건 당연한 거 아니야?"

파프의 말을 들은 리크는 이가 다 보일 정도로 미소를 지으며 그를 바라보았다.

"오! 자네의 이름은 뭔가? 자네도 나와 같이 장난을 치는 것을 좋아하는구나?"

라이다는 파프의 말을 듣고 그의 얼굴을 한 대 후려칠 기세로 다가갔고, 해로프는 그 둘의 사이가 점점 가까워지자 양쪽으로 밀어내며 리크에게 억지웃음을 지으며 말했다.

"왼쪽에 있는 친구는 라이다구요. 오른쪽에 있는 이 친구는 파프예요. 저희는 서로 친구예요."

리크는 흐뭇한 웃음을 지으며 그들을 바라보고 있다가 갑자기 무언가가 생각난 듯 해로프를 바라보며 말했다.

"해로프, 네가 이곳에 오는 것을 기다리고 있었어."

"저를요?"

해로프는 오늘 처음 만난 리크가 자신을 기다리고 있었다는 말에 그 이유가 궁금해졌다.

"저를 왜 기다리셨어요?"

"그건 우리 집으로 와보면 알게 될 거야. 해로프 너에게 줄 선물을 준비해 뒀으니 기대하라고!"

리크는 말을 끝내면서 자신을 바라보고 있는 해로프에게 왼쪽 눈을 찡긋 감으며 윙크했다. 해로프는 그런 근육질의 탄탄한 아저씨가 자신에게 윙크를 날린 것에 기분이 썩 좋진 않았지만, 자신에게 줄 선물이 무엇인지 궁금했다. 간단한 인사를 마친 리크는 뒤를 돌아 다시 뿌연 안개 속으로 발걸음을 옮기며 몬프크리 원정대에게 따라오라는 듯 손짓했다.

그런데 그때 검은 두건을 몸에 휘감은 두른 검은 형체가 몬프크리 원정대의 뒤를 따라서 안개 속으로 조용히 들어왔다. 안개 속으로 들어온 검은 영혼은 자신의 새빨간 눈동자를 감추기 위해, 마치 모자를 눈까지 내리듯 두건으로 눈을 가리며 조용히 속삭였다.

"영혼석을 가지고 있는 자여, 이제 너는 독 안에든 쥐가 된 거라고."

안개 속으로 들어온 검은 형체는 기괴한 미소를 보이며 앞에 걸어가고 있는 해로프에게 눈을 떼지 않았다.

"너를 찾은 이상 여기에서 그냥 나갈 수는 없을 거야."

해로프와 그의 동료들은 뒤에서 미행하고 검은 형체의 존재를 의식하지 못했다. 해로프는 그저 리크가 자신에게 줄 선물이 무엇인지 기대했다.

"어서들 들어오세요."

원정대는 앞이 잘 보이지 않는 안개 속을 걸어 조그마한 집에 도착했고, 리크는 문을 열어주었다. 리크의 집 안에서는 프상크 마을에서 가져온 듯한 향기로운 나무의 냄새가 풍겼고, 해로프는 오랜만에 맞는 고향의 냄새를 맡아 몸이 한결 가벼워졌다.

해로프뿐만 아니라 라이다와 파프도 집에 들어서자마자 프상크 마을의 그리운 향기를 맡을 수 있었다. 잠시 뒤 리크는 따뜻한 차를 그들에게 나누어 주었고 모두 식탁에 앉았다. 리크는 따뜻한 차를 한 모금 마시고 찬장으로 가더니 안에서 무언가를 꺼내 해로프에게 건네주며 말했다.

"너를 위한 선물이다."

라이다는 리크가 해로프에게 준다는 선물이 종이봉투인 것을 보고 선물에 관한 관심이 한순간에 사라졌다. 해로프도 그가 건네준 선물이 반짝이며 빛나는 보석이 아닌 자그마한 종이봉투여서 살짝 실망했다. 해로프는 전혀 기대하지 않았지만 그래도 선물이라고 하니 예의상 두 손으로 편지를 받았다.

"네가 온다고 해서 이 편지를 잘 보관하고 있었다."

"저에게 보낼 사람이 없는데요?"

해로프는 아무 생각 없이 편지를 받아서 이리저리 살펴보았다.

그런데 해로프는 편지를 보낸 사람의 이름을 보자 마치 건전지가 빠진 장난감처럼 움직이지 않았다. 해로프는 어떠한 반짝이는 보석보다도 더 소중한 것을 받은 듯 가슴에 편지를 파묻었다.

  편지 한쪽 구석에는 그의 어머니인 테라피의 이름이 적혀 있었다. 리크는 조용히 해로프 앞에 있는 식탁 의자에 앉아 그의 표정을 보고 자신이 들고 있는 따뜻한 차처럼 흐뭇한 미소를 보였다. 해로프의 동료들도 그가 들고 있는 선물이 어머니가 보낸 편지라는 것을 알고 말없이 해로프를 바라보았다. 해로프는 종이가 찢어지지 않게 조심히 편지를 꺼내 읽기 시작했다.

> 사랑하는 해로프에게. 잘 지내고 있지? 엄마는 항상 우리 해로프가 보고 싶어. 네가 용감한 여정을 떠난 지 한참이 지났지만, 이 엄마는 우리 아들이 매일 다치진 않을지 항상 생각나고 걱정되는구나. 그렇지만 우리 아들은 어떤 일이든지 해낼 수 있다고 이 엄마는 항상 믿고 있단다. 엄마는 항상 네가 보고 싶은데 우리 아들은 어떨지 궁금하네? 엄마를 벌써 잊은 건 아니지? 엄마는 매일 네가 안전하고 행복하기만 하다면 더 바랄 것도 없단다. 우리 아들 씩씩하게 해낼 거라고 믿어. 엄마는 항상 너를 생각하며 기다리고 있단다. 꼭 무사히 돌아오기를….
>
> 누구보다 사랑하는 엄마가

몬프크리를 향하여

해로프는 편지를 읽으면서 코끝이 찡하게 울리기 시작했고, 눈앞이 눈물로 가득 차올랐다. 해로프가 들고 있는 편지에도 테라피가 편지를 쓰면서 흘린 것처럼 보이는 마른 눈물 자국이 보였고, 해로프는 자신을 그리워하며 쓴 어머니의 심정을 느낄 수 있었다.

해로프는 오늘따라 어머니의 얼굴이 머릿속에 계속 떠올랐다. 식탁에 앉아 해로프를 바라보고 있는 그의 동료들은 아무 말 없이 닭똥 같은 눈물을 뚝뚝 흘리고 있는 해로프를 계속 바라보기만 했다.

파프는 울먹거리는 해로프를 보고 있으니 그도 갑자기 할머니가 생각났고, 라이다도 비록 버림받았지만, 지금까지 키워준 그의 고모와 고모부가 생각났다. 해로프는 편지를 읽더니 혼자 방으로 들어갔고, 가슴속 깊이 편지를 껴안으며 어머니가 격하게 보고 싶어졌다.

이날 몬프크리 원정대는 포그 마을을 떠나려 했지만 프샨은 해로프의 상태를 보고 오늘은 도저히 움직일 수 없는 상태라고 생각했다. 그래서 오늘 어쩔 수 없이 리크의 집에서 하룻밤 머물기로 했고, 해로프는 읽었던 편지를 읽고 또 읽으며 기다리고 있을 어머니를 생각하며 울다가 지쳐 잠들었다.

뜨거운 이별

 그렇게 원정대는 리크의 집에서 모두 그날 밤을 보내기로 했다. 그들의 뒤를 따라오던 블레드의 오른팔인 붉은 눈의 시오르는 이미 포그 마을 주변에 많은 검은 영혼의 군대들을 불러와 새벽에 포그 마을의 안개 속으로 들어오기 시작했다.
 검은 영혼의 군대는 포그 마을에 있는 집들에 불을 붙이기 시작하면서 손에 들고 있는 무기로 눈에 보이는 집을 부숴가기 시작했다. 그들의 공격으로 고요하던 포그 마을의 새벽에 거대한 소리가 들려오기 시작했다. 검은 영혼의 군대가 안개 속으로 들어오고 얼마 지나지 않아 사람들의 비명이 마을 곳곳에서 들려왔다. 마을의 한 아저씨가 이리저리 뛰어다니며 소리쳤다.

"도망쳐! 모두 도망치라고!"

많은 사람의 비명으로 정신없이 깨어난 몬프크리 원정대와 리크는 마을에서 소란스러운 소리가 들려오자 무슨 일이 일어났는지 창문 밖을 내다보았다. 안개 때문에 멀리서 어떤 일이 일어나고 있는지 정확하게 볼 수 없었지만 심각한 일이 발생했다는 것을 알 수 있었다.

해로프는 어머니의 편지를 들고 창문 밖에서 허겁지겁 도망가고 있는 포그 마을 사람들을 보고 고개를 들이밀어 안개 속을 더 자세히 보았는데, 저 멀리에서 검은 연기와 함께 거대한 불길이 타오르고 있었다. 해로프는 타오르고 있는 불길을 보자 심장이 빠르게 뛰기 시작했고 어머니가 보낸 편지를 리크의 집 책상에 두고 재빨리 자신의 트리드를 챙기며 소리쳤다.

"그들이 온 것 같아요!"

블레드의 부하인 검은 영혼 시오르는 수많은 어둠의 군대를 몰고 와 영혼석을 가지고 있는 해로프가 이 마을 안에 있다는 것을 알고 이번에는 확실히 해로프를 찾아 영혼석을 가지고 가겠다는 의지를 보였다. 해로프는 무자비하게 포그 마을이 불에 타고 있는 것을 보자 검은 영혼들에 대한 분노가 머리끝까지 치밀어 올랐다.

"포그 마을에 불이 더 번지면 안 돼! 우리가 막아야 한다고!"

프샨도 재빨리 나갈 준비를 했다. 하지만 오른쪽 어깨의 심한 상처 때문에 그는 어쩔 수 없이 왼손으로 망치를 잡고 나갔다.

라이다가 안개 속 상황을 보며 말했다.

"이대로 가다간 포그 마을 전체가 불바다가 되어버리겠어요!"

해로프도 프샨을 따라 다급하게 밖으로 나갔다. 그가 밖으로 나오자 거리에서는 엄청나게 많은 사람이 안개 속에서 불을 피해 재빨리 도망치고 있었다. 안개 속에서는 계속 비명이 들려왔다. 라이다와 파프도 해로프를 따라 트리드를 챙겨 급하게 밖으로 나왔고, 하늘을 뒤덮고 있는 어둑한 먹구름을 보며 분명히 블레드가 보낸 영혼들이라는 것을 한 번에 알 수 있었다.

해로프는 빠른 속도로 불이 번지고 있는 포그 마을의 모습을 보고 검은 영혼들이 있는 곳으로 달려가 일단 마을을 지켜야겠다고 생각했다.

"라이다! 파프! 더는 불이 번지지 않도록 우리가 저들을 막으러 가자!"

해로프는 자신의 트리드를 꽉 잡았다. 라이다와 파프도 해로프를 따라 트리드를 잡았고, 아드리아프는 사람들이 도망가고 있는 쪽을 바라보며 누군가를 기다리고 있는 듯 지팡이를 초조하게 돌려가며 마을 입구를 바라보고 있었다.

"프샨, 어서 갑시다! 저 때문에 포그 마을이 전부 불바다가 되는 것을 두고 볼 수 없어요!"

불은 빠르게 더 번져나갔고 하늘에는 검은 연기가 피어올랐다. 사람들의 비명은 점점 더 커졌으며, 마을 사람들이 모두 뛰고 있어 지진이 일어난 듯 땅이 흔들리고 있었다. 해로프는 리크의 집 앞에서 움직이지 않는 아드리아프를 보며 말했다.

"아드리아프 영감님, 어서 저들을 막아야 해요!"

"해로프, 난 저번에 황야에서 내 힘을 전부 다 써버려서 아직 힘을 쓰지 못해. 그렇지만 내가 근처에 있는 왕국에 신호를 보냈으니 그가 도착하면 최대한 빨리 쫓아가도록 하지."

"그럼 먼저 가겠습니다!"

아드리아프를 제외한 몬프크리 원정대는 불이 타오르고 있는 방향으로 달려가기 시작했다. 불길은 점점 더 커졌으며, 포그 마을은 순식간에 검은 먹구름으로 덮였다.

해로프와 그의 동료들은 어둡게 변한 안개 속으로 들어가면서 검은 영혼의 군대와 마주쳤다. 시야가 잘 보이지 않았지만 바로 앞에는 검은 영혼의 기사들이 집에 불을 붙이고 들고 있는 무기로 산산조각을 내며 몰려오고 있었다. 그때 해로프는 먼 곳에서 자신을 바라보고 있는 빨간 눈동자와 마주쳤다. 시오르는 해로프의 영혼석을 보고 말했다.

"드디어 찾았다! 영혼석을 가진 자."

해로프는 그 눈동자를 보고 온몸에 소름이 돋았지만, 마을이 더 파괴되는 것을 막기 위해 검은 영혼들을 향해 더 가까이 다가갔다.

시오르는 새빨간 눈으로 해로프를 계속 쳐다보고 있었다. 해로프와 그의 동료들은 험악한 악당들과 가까워진 것을 느끼자 트리드를 휘둘렀고 나무 막대기는 묵직하고 날카로운 칼로 변했다. 몬프크리 원정대는 이제 검은 영혼들이 포그 마을 안쪽으로 들어오는 것을 막기 위해 해로프와 그의 동료들은 검은 영혼이 오는 길을 막아섰다. 해로프는 다가오는 검은 영혼을 보며 소리쳤다.

"어서 마을에서 나가!"

하지만 검은 영혼들은 해로프의 소리를 듣고도 일정한 속도로 전진했다. 그때 멀리서 시오르의 목소리가 해로프의 귀에 들려왔다.

"지금 네가 가지고 있는 영혼석을 우리 쪽으로 던져준다면 우리는 뒤를 돌아 몬프크리로 돌아가겠다."

해로프는 자신의 묵직한 칼을 꽉 쥐며 소리쳤다.

"그럴 일은 절대 없어!"

해로프는 안개 속에서 생각보다 많은 수의 검은 영혼들이 몰려오고 있는 것을 보고 놀라 마른 침을 삼켰다. 그때 뒤에서 리크의 소리가 들렸다. 그의 손에는 작은 손도끼 하나가 들려 있었다.

"이 괴물들아! 어서 우리 마을에서 썩 꺼져!"

리크가 그렇게 소리치자 뒤에 서 있던 포그 마을 사람들도 검은 군대를 향해 소리치기 시작했다. 해로프와 그의 동료들의 뒤쪽에서는 마을 사람들이 물을 퍼다가 포그 마을에 불이 더 번지는 것을 막고 있었다. 사람들은 마을을 빠져나가지 않고 끝까지 마을을 지키기 위해 다 같이 움직이고 있었다. 시오르는 해로프에게 들리게 한 번 더 말했다.

"이 마을에 있는 모든 것을 불태워 버리기 전에 영혼석을 던져라."

해로프는 시오르의 목소리가 다시 들려오자 이번에는 더 크게 소리쳤다.

"영혼석을 가져가고 싶으면 먼저 나를 죽여야 할 거야!"

해로프는 칼의 손잡이가 찌그러질 듯이 꽉 쥐며 말했다.

"영혼석이 너의 손에 들어갈 일은 절대로 없을 테니까 너희들이 왔던 곳으로 돌아가든가 아니면 여기에서 영영 사라지든가, 선택해!"

시오르는 멀리서 우렁차게 소리치는 해로프를 보며 말했다.

"영혼석을 가지고 있는 자가 생각보다 더 멍청한 녀석이었군. 나도 이제 시간 끌기 싫다."

시오르는 전진하고 있는 군대를 향해 소리쳤다.

"저 녀석들을 모두 죽여도 좋으니 영혼석을 빨리 내 손바닥 안으로 가져와!"

시오르의 명령을 듣고 해로프를 향해 걸어오고 있던 검은 영혼들은 아까보다 더 속도를 내서 다가오기 시작했다. 검은 영혼들의 손에는 날카로운 칼이 하나씩 쥐어져 있었다.

"포그 마을을 지키고 영혼석도 절대로 뺏기지 말자!"

해로프가 양옆에 있는 라이다와 파프를 보며 소리쳤고, 그들 뒤에 서 있던 포그 마을 사람들이 해로프의 말에 큰 함성을 내며 자신들에게 다가오고 있는 검은 영혼들을 같이 막을 준비를 했다. 시오르는 천천히 걸어가는 검은 영혼들을 보고 소리쳤다.

"빨리 뺏어 와, 이 멍청한 녀석들아!"

검은 영혼의 군대들은 마치 천둥·번개가 치는듯한 시오르의 목소리가 하늘에 울려 퍼지자 더 빠른 걸음으로 해로프에게 다가오기 시작했다.

해로프는 검은 영혼의 군대가 파도처럼 몰려오고 있을 때 동료들의 얼굴을 한 번씩 쳐다보았다. 그의 동료들도 해로프와 마찬가지로 긴장하고 있는 듯 손에서 땀이 새어 나오고 있었지만 검은 영혼들이 절대 이곳을 지나갈 수 없다는 용맹한 의지를 보였다. 시오르는 저 멀리서 더 크게 소리쳤다.

"모조리 죽여라!"

검은 영혼들은 순식간에 해로프 바로 앞으로 다가와 날카로운 검은 칼을 휘둘렀고, 해로프는 그들의 날카로운 칼을 피하고 자신의 묵직한 트리드로 그들의 몸통을 찔렀다. 몸이 찔린 검은 영혼들은 그 자리에서 검은 모래가루로 변했다. 리크는 해로프가 검은 영혼을 죽이는 모습을 보고 자신도 몬프크리 원정대를 도와주기 위해 해로프 앞으로 뛰어나가 다가오는 영혼들을 향해 도끼를 휘둘렀다. 그 모습을 본 해로프가 소리쳤다.

"리크! 아직 우리 뒤에 있으셔야 해요!"

리크는 해로프의 소리를 듣지 못했다. 그리고 가까이 다가오는 검은 영혼을 내려찍으려고 팔을 올렸는데 검은 영혼은 칼로 그의 허벅지를 그었다.

"리크!"

리크는 허벅지에서 흘러나오는 피를 손으로 막으며 결국 쓰러졌다. 리크를 지켜보던 포그 마을 사람들도 마을을 지키겠다는 마음 하나로 무작정 검은 영혼들에게 달려가 자신이 가지고 있는 무기로 휘둘렀지만 검은 영혼의 반격에 많은 상처를 입었다. 앞서나간 마을 사람들이 심하게 다치자 뒤에 있던 사람들은 쉽게 움직이지 못했다.

"모두 도망가세요!"

해로프는 자신에게 다가온 검은 영혼의 몸을 자신의 트리드로 깊숙이 찔렀고 라이다와 파프, 그리고 프샨까지 가세하면서 그들의 주변에는 검은 영혼이 죽고 남겨진 검은 모래가 점점 쌓이기 시작했다.

허벅지를 심하게 다쳐 쓰러져 있는 리크를 보자 뒤에 서 있던 마을 사람들이 그를 일으켜 마을에 있는 의원으로 달려갔다. 다친 마을 사람들도 뒤에 있던 사람들에게 실려 갔다. 검은 영혼들의 군대는 끝이 보이지 않았고, 몬프크리 원정대는 계속 다가오는 검은 영혼의 몸을 베어냈다. 시오르는 자신이 데려온 군대가 고작 네 명의 인간을 죽이지 못하자 점점 화가 더 치밀어 올랐다.

"멍청한 녀석들. 저 꼬맹이 하나를 못 죽이고 있군. 하지만 영혼들은 아직 많이 있으니 얼마 지나지 않아 저 멍청한 꼬마를 죽이고 영혼석을 내 손에 가져오는 것은 시간문제야."

"난 절대로 너희들에게 영혼석을 빼앗기지 않을 거야!"

해로프는 검은 영혼들의 몸을 베어가면서 사기를 올리려고 일부러 더 큰소리를 내어 몸에 힘을 불어넣었다. 그때 해로프 옆에서 프샨이 고통스럽게 소리쳤다.

"악!"

프샨은 바닥에 망치를 떨어뜨렸고 상처가 있는 오른쪽 어깨를 부여잡고 있었다.

"프샨, 무슨 일이에요!"

"어깨가….'

프샨은 어깨의 상처가 완전히 회복된 줄 알았지만 검은 영혼들과 맞서 싸우면서 상처가 있는 어깨를 무리하게 움직였는지 어깨가 떨어질 듯한 극심한 고통을 느끼고 있었다. 그는 이제 오른쪽 팔이 움직이지 않는 듯 부여잡고 있었다. 그래도 그는 어금니를 강하게 깨물며 왼손으로 망치를 들고 다시 일어섰다. 해로프는 그의 친구들을 보며 소리쳤다.

"파프, 라이다! 너네는 어때?"

파프는 문제없다는 듯이 다가오는 검은 영혼을 두 동강 내고 난 뒤 고개를 끄덕였고, 라이다는 검은 영혼들을 해치워 흥분한 듯한 목소리로 해로프를 향해 소리쳤다.

"나한테 오는 검은 영혼들을 모두 모래가루로 만들어 버릴게!"

해로프는 고통스러워하는 프샨을 보며 말했다.

"빨리 마을 사람들을 따라 의원으로 가세요!"

"절대 그럴 수 없어! 내가 죽는 한이 있더라도 너희들과 같이 이곳을 막아야 해!"

프샨의 어깨에는 붉은 피가 옷에 묻어 나오기 시작했다. 프샨은 정말 자신의 한쪽 팔이 떨어져 나간 것처럼 얼굴을 찡그렸고 결국 다시 망치를 떨어뜨려 그 자리에 주저앉았다. 무리하게 싸우다 보니 아물었던 상처에서 다시 피가 나오기 시작한 것이었다.

"젠장, 팔이 움직이지 않아."

그런 프샨의 모습을 멀리서 보고 있는 시오르는 마치 흥미진진한 연극을 보고 있는 것처럼 환하게 웃으며 말했다.

"저주받은 칼로 입은 상처는 쉽게 아물지 않지. 아마 팔을 더 사용한다면 더욱더 참을 수 없는 고통이 느껴질 거야."

시오르는 프샨이 주저앉은 모습을 보자 검은 영혼의 군대를 향해 소리쳤다.

"저들 중 한 명이 이제 몸을 움직이지 못하니 이 멍청한 것들아 어서 가서 그의 목숨까지 빼앗아 버려라!"

시오르의 목소리는 검은 영혼들에게 사기를 올려주었다. 그리고 갑자기 시오르의 뒤에서 엄청나게 거대한 검은 영혼들이 나타났고, 칼을 들고 있던 검은 영혼들이 거의 죽어버리자 거대한 몸집에 바위 같은 도끼를 들고 있는 검은 영혼들이 나타났다.

프샨은 몸집이 거대한 검은 영혼들이 다가오는 것을 보고 땅에 떨어져 있는 망치를 다시 잡으려 했다. 라이다는 자신 주변에 검은 영혼들이 죽어서 쌓여 있는 검은 모래를 보고 더욱 흥분되어 양쪽 볼이 붉게 달아올라 있었다. 그의 옆에 있던 파프도 검은 영혼의 공격에 오른쪽 허벅지가 살짝 긁혀 피가 흐르고 있었지만 큰 아픔은 없었기에 거대한 도끼를 들고 다가오는 검은 영혼들을 기다렸다.

　아까보다 두 배 더 커진 거대한 검은 영혼들은 눈이 없었고 몸집이 해로프보다도 두 배쯤 더 컸다. 하지만 해로프뿐만 아니라 라이다와 파프는 다가오는 그들을 보고 전혀 두려워하지 않고 빨리 쓰러뜨려야겠다는 생각뿐이었다. 시오르는 자신의 계획이 약간 틀어져 화가 난 듯이 말했다.

　"이 친구들까지 나가게 할 줄은 몰랐는데…. 그렇지만 이번에 내가 제일 아끼는 거대한 친구들에게 마구 짓밟혀 살려달라고 애원하는 모습을 어서 빨리 보고 싶구나!"

　시오르는 자신의 새빨간 눈으로 도끼를 들고 있는 거대한 검은 영혼들을 바라보았고, 거대한 몸집의 영혼들은 시오르의 빨간 눈이 자신을 바라보고 있자 해로프에게 다가오기 시작했다.

　"전부 모래로 만들어 줄게!"

　해로프는 다가오는 거대한 몸집의 검은 영혼을 보며 너무 커서 놀랐지만 그런 자신의 두려운 마음을 달래려고 일부러 더 크게 소리쳤다. 해로프의 소리를 들은 라이다도 다가오는 거대한 영혼들을 보며 말했다.

　"너희들이 몸집이 커서 겁먹은 줄 알아? 너희들을 죽여서 내 주변에 검은 모래성 하나를 만들어 줄 테니 어서 덤벼!"

거대한 검은 영혼들은 한 걸음씩 내디딜 때마다 땅이 흔들릴 정도로 단단해 보였고, 해로프와 그의 동료들 앞으로 다가와 묵직한 도끼를 하늘 위로 번쩍 올린 다음 해로프의 머리 위로 내려찍었다. 해로프는 그의 도끼를 옆으로 굴러 피했다. 도끼로 찍힌 땅은 마치 운석이 떨어진 것처럼 깊게 파여버렸다.

해로프는 망치를 들고 있는 검은 영혼들의 움직임이 생각보다 느리다는 것을 알고 쉽게 피할 수 있었다. 하지만 프샨은 이미 자신의 망치를 내려놓고 싸울 수 없는 상태였으므로 간신히 검은 영혼의 망치를 피하기만 했다. 그 모습을 본 해로프는 프샨에게 소리쳤다.

"프샨! 제가 저 녀석들을 모조리 검은 모래더미로 만들어 버릴게요!"

"나도 너희들을 도와주고 싶지만 내 어깨가 말을 듣지 않아서 그럴 수밖에 없겠어."

프샨은 자신이 동료들을 도울 수 없다고 생각하자 무기력한 자신에게 화가 났다. 그는 어깨의 상처 속으로 계속 파고 들어오는 극심한 고통을 참으며 앞에서 거대한 도끼를 내려찍는 거대한 영혼의 공격을 피하기만 했다.

라이다는 마치 한 마리의 날다람쥐처럼 검은 영혼의 도끼를 피하며 그의 발목을 계속해서 베어냈다. 몸집이 커서 잘 쓰러지지 않았지만, 라이다는 날렵하게 움직이며 검은 영혼의 주변을 빙빙 돌며 농락했다. 파프도 라이다 못지않게 높이 뛰어올라 도끼를 내려찍으려고 하는 검은 영혼의 가슴에 칼을 찔러넣었다. 그 모습을 보고 있던 시오르는 화가 치밀어오른 듯 기괴하게 소리를 내질렀다.

"멍청한 녀석들아, 도대체 저 몇 명 안 되는 것들을 못 죽이는 거야. 몸뚱이만 커서 정말 쓸데없는 녀석들!"

시오르는 자신의 예상보다 해로프와 그의 동료들이 죽지 않고 자신의 많은 병력이 속수무책으로 모래가루로 변해가는 것을 보면서 더 보고만 있을 수 없다고 생각했다. 그는 이제 자신이 직접 영혼석을 가지고 와야겠다고 생각했다.

"이대로 아무것도 얻지 못하고 다시 몬프크리로 돌아가면 난 블레드 님의 고귀한 얼굴을 제대로 쳐다보지 못하고 블레드 님이 지금까지 나를 믿어주신 믿음도 전부 다 깨져버리고 말 거야."

시오르의 새빨간 눈은 아까보다 더 커졌으며, 그는 마녀같이 날카로운 두 손으로 땅을 강하게 내려친 후 다시 손바닥을 하늘 위로 올렸다. 그러자 해로프와 그의 동료들의 발아래에서 검은 연기가 올라왔고 그들의 발목을 뱀처럼 감으며 묶어버렸다.

라이다는 이제 거의 쓰러져 가는 거대한 검은 영혼에게 마지막 일격을 가하기 위해 뛰어오르려던 순간 땅에서 올라온 검은 연기에 발이 묶였고, 파프도 검은 영혼의 가슴에 칼을 찌르고 내려왔는데 땅에서 나온 검은 연기에 발이 묶였다. 해로프와 프샨도 땅에서 올라온 검은 연기로부터 발이 묶여버리고 말았다.

몬프크리 원정대는 모두 시오르의 저주로 발이 묶이자 당황해 온몸에서 땀이 흘러나오며 발을 움직여 보려고 발버둥을 치기 시작했다. 먹구름 속 시오르의 날카로운 눈빛은 마치 어두컴컴한 산속에서 먹이를 찾고 있는 늑대의 눈동자를 보는 것처럼 끔찍했다.

그때 원정대 앞에 서 있던 거대한 검은 영혼이 해로프와 그의 동료들을 마치 망치로 못을 박는 것처럼 납작하게 만들기 위해 들고 있는 도끼를 하늘 높이 올렸다. 해로프는 발이 묶여 있는 자신의 몸 위에 거대한 바윗덩어리가 올라가 있는 것을 보았고 그 자리에서 빠져나가려고 움직여 보았지만, 그의 발을 묶고 있는 검은 연기는 꼼짝도 하지 않았다. 해로프는 결국 머리 위에 있는 거대한 돌덩이를 보며 눈을 감았다.

"이제 다 끝났어."

눈을 감고 있는 그의 머릿속에는 수많은 생각이 스쳐 지나갔다. 떠나기 전 부모님과 저녁에 같이 대화하며 여유롭게 맛있는 음식을 먹었던 때와 자신이 기뻐해 주면 같이 기뻐해 주시던 부모님의 모습, 그리고 건강하게 임무를 완수하고 다시 프샹크 마을로 돌아간다고 한 어머니와의 약속이 해로프의 머릿속에서 빠르게 스쳐 지나갔다.

"죄송해요."

라이다도 발이 움직이지 않자 겁에 질린 채 울먹이기 시작했고 파프도 이미 모든 것을 포기한 듯 눈을 감고 머릿속으로 할머니를 생각했다. 시오르는 기괴한 미소를 보이며 이제 다 끝났다고 생각했다.

"다 죽여라. 저 어리석은 자들의 머리를 내려찍어 땅속으로 박아버려!"

아직도 다리가 묶여 있는 해로프와 그의 동료들은 이미 모든 것을 포기했다. 시오르는 이제야 자신의 계획이 성공으로 이어질 수 있다는 생각과 몬프크리로 돌아가 좋은 소식을 기다리고 있는 블레드에게 칭찬받을 생각에 뾰족한 이빨이 다 보일 정도로 크게 소리를 내며 웃기 시작했다.

"어서 영혼석을 가져와라!"

그런데 그때 해로프의 발을 휘감고 있던 검은 연기가 사라졌고 앞에서 도끼를 내려찍으려던 검은 영혼도 갑자기 뒤로 힘없이 쓰러졌다. 해로프를 내려찍으려고 한 영혼들은 마치 거대한 벽이 넘어지는 것처럼 굳은 채로 쓰러졌다. 그들이 땅에 쓰러지면서 순식간에 검은 모래더미로 변했고, 해로프와 그의 동료들은 자신들 앞에서 엄청나게 큰 소리가 들리자 감고 있던 눈을 떴고, 드디어 기다리던 사람이 왔다는 것을 알 수 있었다.

해로프 뒤에서 아드리아프의 목소리가 들려왔다. 해로프는 그의 목소리가 들리자 안도의 눈물이 흘러나왔고, 아드리아프는 검은 연기 속에서 두 눈동자가 하얗게 빛나고 있었다.

"영감님!"

아드리아프 뒤에는 순백의 옷을 입은 사람의 형체가 보였다.

"이제 안심해도 된다네. 순백의 왕자가 도와주러 왔어."

"조금만 늦으셨으면 저는 땅에 박혔을 거예요!"

라이다는 목이 메도록 소리쳤다. 라이다는 너무 반가운 나머지 빨리 아드리아프에게 달려갔다. 파프도 눈을 감고 죽음을 초연하게 기다리고 있다가 새하얀 빛이 뒤에서 나오는 것을 느꼈고, 아드리아프의 목소리가 들리자 희미한 미소를 지었다.

시오르는 자신의 계획이 성공하기 직전에 나타난 누군가의 방해로 자신의 저주가 풀리게 되자 당황했고, 멀리서 밝게 빛나는 두 눈동자와 마주쳤다.

"저 눈동자는…."

시오르는 아드리아프의 눈빛이 너무 밝아 눈을 뜰 수 없었다. 그리고 검은 악마는 밝은 눈동자를 가진 그가 과거에 블레드를 영혼석 속에 봉인시킨 사람이었음을 알고 있었다.

"저 사람은 죽었다고 들었는데!"

아드리아프는 계속 눈을 뜨지 못하고 고통스러워하는 시오르를 쳐다보았고, 검은 먹구름 같은 안개에서 아드리아프의 순백의 눈동자를 본 시오르는 아무것도 할 수 없었다. 그래도 시오르는 여기서 그냥 물러나면 블레드에게 버려질 것이 분명하다고 생각했기에 영혼석을 가지고 있는 해로프를 직접 죽이고 돌아가야겠다고 생각했다.

시오르는 힘겹게 눈을 떠 검은 안개 속 해로프를 찾았고, 손에서 날카롭고 거대한 검은 칼이 생겼다.

"내가 직접 죽인다."

시오르는 해로프에게 다가가는 것을 들키지 않기 위해서 빨간 눈동자를 검은 두건으로 가렸고 해로프가 서 있는 방향으로 마치 강한 바람에 빨랫감이 날아가듯 재빨리 그에게 다가갔다. 해로프는 검은 악령이 자신의 목숨을 노리고 다가오고 있다는 사실도 모른 채 모든 상황이 끝났다고 생각했다.

"저기 보인다. 멍청한 녀석, 가만히 있어라."

시오르는 검은 안개 속에서 해로프를 보았고, 몸을 찌르기 위해 손에 쥔 칼을 그의 몸통 쪽으로 겨누었다.

해로프는 아직도 주변 시야가 잘 보이지 않아 날아오고 있는 시오르를 전혀 보지 못하고 있었다. 그때 어깨를 부여잡고 있던 프샨이 안개 속에서 검은 그림자가 해로프가 서 있는 곳을 향해 빠르게 날아가는 것을 보았고, 그림자에서 빨간 눈동자를 보았다. 프샨은 그가 해로프를 칼로 찔러 죽이려고 하는 것을 알고 소리쳤다.

"해로프! 어서 피해!"

하지만 시오르 바람보다 더 빠른 속도로 해로프가 서 있는 곳으로 날아갔다. 해로프의 안주머니에 있는 초록색 영혼석에서 빛이 뿜어져 나오고 있었는데, 시오르는 그것을 보고 자신이 보고 있는 형체가 해로프라고 확신했다.

"벌써 안심하기는 이를 텐데 멍청한 녀석!"

시오르는 해로프의 몸을 향해 날카로운 칼날을 겨누었고, 빠르게 날아간 검은 악령은 그가 들고 있는 칼을 해로프의 몸통에 찔러넣었다. 해로프는 뒤늦게 시오르의 불길한 목소리를 들었지만 때는 늦었다. 이미 칼은 몸통을 관통했다.

"윽!"

모두가 안개 속에서 칼에 몸통이 관통된 형체의 모습을 보고 경악했다. 파프와 라이다도 재빨리 해로프가 서 있던 곳으로 뛰어갔지만 이미 벌어진 끔찍한 상황을 보고 다리에 힘이 풀려 자리에 주저앉을 수밖에 없었다.

"해로프!"

아드리아프도 그 자리에서 믿을 수 없는 끔찍한 광경을 보고 지팡이를 떨어뜨렸다. 칼에 찔려 몸통을 관통당한 사람은 해로프가 아닌 프샨이었다. 프샨은 검은 악령이 해로프를 향해 날아가는 것을 보고 자신의 상처를 부여잡으며 바로 그에게 뛰어갔다. 해로프가 자신의 소리를 듣지 못하자 결국 프샨은 자신의 몸을 던져 시오르의 칼을 대신 맞아주었다.

해로프는 뒤늦게 뒤를 돌아 칼에 찔려 있는 프샨의 얼굴을 보았고, 프샨은 몸통에 시오르의 칼이 관통된 채로 서서 해로프를 보고 있었다. 프샨의 눈에는 눈물이 흐르고 있었고, 입에서는 피가 뿜어져 나오기 시작했다. 해로프는 그런 프샨의 모습을 보며 움직일 수 없었다. 해로프를 죽였다고 생각한 시오르는 비록 영혼석을 가지고 돌아가지 못했지만 블레드에게 돌아가 영혼석을 봉인할 수 있는 자를 죽였다는 반가운 소식을 전하기 위해 재빨리 몬프크리로 돌아갔다. 해로프는 간신히 서 있는 프샨을 보며 울부짖었다.

"프샨!"

프샨의 입에서는 피가 더 많이 뿜어져 나왔고, 무언가를 말하려고 입을 뻐끔거렸다.

"해로…. 해로프."

"아니야, 이건 아니라고요."

해로프는 하염없이 눈물을 흘리며 지금 이 상황을 믿을 수 없다는 듯 몸을 떨며 서 있었다.

"괜…. 괜찮아."

"뭐가 괜찮아요! 도대체 뭐가 괜찮은데요!"

해로프는 피를 흘리며 서 있는 프샨을 바라보며 말했다.

"잘…. 잘 있어."

아드리아프는 눈에 초점이 없어지는 프샨에게 다가가 그의 손을 잡으며 말했다.

"자네는 우리에게 영원히 기억될 거야."

프샨의 눈에서 나오는 눈물은 그의 몸에서 흘러나오는 피만큼 많이 떨어지고 있었다. 그때 간신히 버티며 서 있던 프샨은 결국 힘없이 쓰러지고 말았다. 그는 움직이지 않았다. 아드리아프는 눈을 뜨고 움직임이 없이 쓰러져 있는 프샨에게 다가가 자신의 손으로 직접 눈을 감겨주었다.

이제 시오르가 몬프크리로 돌아가고 검은 영혼들이 모두 사라지자 하늘을 덮고 있었던 검은 먹구름도 모두 사라졌다. 마을을 덮고 있었던 안개까지 사라지고 처음으로 따스한 햇볕이 비치기 시작했다. 마을 사람들은 마을에 안개가 없어지고 태양이 그들의 얼굴을 비추기 시작하자 모두가 기뻐했다. 해로프는 프샨이 죽었다는 것을 사실로 받아들이지 않았고 그저 눈물을 떨어뜨리며 움직임 없는 프샨의 몸을 끊임없이 흔들었다.

새로운 시작

    마을 사람들의 환호 소리는 더 크게 울려 퍼졌다. 어떤 사람들은 매일 뿌연 하늘만 바라보다가 처음으로 태양의 환한 빛이 마을을 비추자 얼굴을 찌푸리고 있었다. 해로프는 계속 움직임 없는 프샨을 흔들었다. 이제 프샨의 얼굴에는 서서히 핏기가 점점 사라지고 칼에 찔려 흘러나오던 피도 서서히 멈추었다. 그 모습을 본 바이트는 해로프에게 조심스럽게 다가와 말했다.

"해로프."

    바이트는 해로프의 어깨에 손을 살포시 올렸다. 라이다와 파프도 몸을 털며 일어날 것 같은 프샨이 아무 움직임도 없자 아무 말 없이 지켜만 보고 있을 뿐이었다.

"프샨! 어서 일어나라고요!"

해로프 뒤에서 조용히 지켜보고 있던 아드리아프는 힘겹게 지팡이를 내디디며 움직임이 없는 프샨을 흔드는 해로프에게 다가가 말했다.

"해로프, 이제 그만하게."

아드리아프는 힘없는 손으로 그의 손을 잡았다. 해로프는 아드리아프의 주름진 손이 자신의 어깨 위에 올라오자 프샨의 몸을 흔드는 것을 멈추고 고개를 떨구며 말했다.

"제가 프샨을 죽인 거예요…."

아드리아프는 해로프가 속삭이며 한 그 말을 듣고 지팡이를 땅에 내려찍으며 소리쳤다.

"해로프!"

아드리아프의 큰 소리를 듣자 해로프는 고개를 들어 올리지 못했다. 하늘 위에 있는 태양이 해로프의 등을 강렬하게 비추고 있었다.

그때 프샨의 친구 리크가 목발을 짚고 해로프가 주저앉아 있는 곳으로 절뚝이면서 걸어왔다. 이후 리크도 핏기가 사라진 프샨의 얼굴을 보자 그 자리에서 목발을 떨어뜨렸다.

"프샨…!"

그는 차갑게 식어버린 프샨의 뺨을 두 손으로 어루만졌다. 리크는 프샨의 배에 있는 끔찍한 상처도 발견했다. 칼에 관통당한 처참한 상처를 보자 리크는 분에 차는 듯 주먹으로 땅을 힘껏 내려쳤다. 그의 주먹에서는 핏기가 새어 나왔다.

  포그 마을 사람들도 뒤에서 밝아진 하늘을 보며 환호하고 있다가 몬프크리 원정대가 주저앉아 눈물을 흘리고 있자 무슨 일이 일어난 것인지 해로프가 있는 곳으로 다가왔고, 그들도 프샨의 처참한 상태를 보자 뒷걸음질 치며 양손으로 입을 틀어막았다.
  프샨의 시체를 본 후 방금까지 축제의 현장이었던 마을이 순식간에 고요해졌다. 마을 사람들은 모두 프샨의 시체를 보자 눈을 감고 고개를 숙였다. 그렇게 그곳에서는 잠시 시간이 멈춘 듯 정적이 흘렀다. 그때 아드리아프 영감은 많은 사람이 모여 있는 곳으로 몸을 돌려 최대한 목소리를 크게 끌어 올려 소리쳤다.
  "용감한 전사 프샨은 이 마을을 위해, 그리고 우리를 위해 목숨을 바쳤습니다!"
  마을 사람들은 아드리아프의 말을 듣고 고개를 숙인 채 고개를 끄덕였다. 그때 많은 사람 중 한 아저씨가 소리쳤다.
  "우리 마을을 위해 싸워준 저 사나이를 위해 무덤을 만들어 줍시다."
  그 아저씨의 소리를 듣고 마을 사람들은 서로 동의하는 듯 고개를 끄덕였다. 아드리아프는 아직 고개를 들지 못하고 있는 해로프에게 가까이 다가갔다.
  "해로프 이제 프샨을 보내줘야 할 시간이야."
  순백의 기사 바이트는 아직 해로프의 어깨를 어루만져 주고 있었다.

"프샨."

그때 저 멀리서 네 명의 사람이 커다란 나무 관을 어깨에 받쳐 가져오더니 프샨이 누워 있는 곳 가까이에 내려놓았다. 해로프는 그 관을 보자 힘겹게 자리에서 일어났다. 라이다는 프샨에게 마지막 작별인사를 하듯 말했다.

"꼭 좋은 곳으로 가야 해요!"

라이다 옆에 서 있던 파프는 눈을 감고 고개를 숙이며 속삭였다.

"블레드는 제가 반드시 봉인하겠습니다."

해로프도 이제 프샨을 보내줘야 하는 시간이 왔다는 것을 알았고 그는 한 발자국 뒤로 물러섰다. 해로프의 얼굴은 눈물과 콧물로 덮여 있었고, 이마에는 모래가루가 잔뜩 묻어 있었다. 그리고 이제는 정말 일어날 기미를 보이지 않는 프샨을 바라보며 말했다.

"죄송해요."

그때 바이트는 자책하고 있는 해로프를 보며 말했다.

"해로프, 너의 잘못이 아니야."

"그렇지만…."

"프샨은 이제 저 하늘에서 네가 몬프크리까지 가는 것을 지켜봐 줄 거야."

관을 들고 온 사람들은 프샨의 축 늘어진 몸을 조심스럽게 들어 관 속으로 넣었고, 관의 문을 닫았다.

해로프는 관이 전부 닫힐 때까지 혹시나 프샨이 지금이라도 몸에 붙어 있는 모래를 툭툭 털고 일어나진 않을지 계속 바라보았지만, 그런 일은 일어나지 않았다. 라이다와 파프도 관이 닫힐 때까지 프샨의 감겨 있는 두 눈을 끝까지 바라보았다. 아드리아프도 서서히 관이 닫히자 고개를 숙여 프샨에게 마지막 인사를 보냈다. 관에 들어간 프샨을 들어 올려 어깨에 짊어진 포그 마을 남자들은 어디론가 걸어가기 시작했다.

해로프는 땅에 떨어져 있는 프샨의 도끼를 주워 관을 들고 가는 사람의 뒤를 따랐다. 하늘은 그들의 상황을 모르고 있는 듯 아주 화창했고, 선선한 바람이 불어왔다. 해로프는 포그 마을의 길을 마치 일주일 동안 굶은 사람처럼 눈에 초점 없이 터벅터벅 걸어나갔다. 그리고 그는 주변을 보면서 불에 타버린 집들도 보았다.

해로프는 이 마을에서 집들이 검게 타버린 것도 모두 자신의 탓이라 생각해 갑자기 걸음을 멈추더니 뒤에 따라오고 있는 포그 마을 사람들을 바라보며 크게 소리치기 시작했다.

"모두 죄송합니다!"

해로프는 급기야 무릎을 꿇었다. 그런 해로프의 모습을 본 마을 사람들은 서로를 쳐다보며 당황한 듯 두 눈이 커져 있었다. 라이다와 파프도 놀란 듯 보였고 아드리아프는 그가 무릎을 꿇자 일으켜 주기 위해 해로프에게 다가가며 말했다.

"해로프 이러지 않아도 돼!"

"아니에요!"

해로프는 자신을 바라보고 있는 사람들에게 말했다.

"저 때문에 이 마을에 있는 집들이 거의 다 불타버렸어요!"

마을 사람들은 무릎을 꿇은 채 고개를 숙이며 울고 있는 해로프를 그저 바라만 보고 있었다. 그런데 그때 해로프를 보고 있던 많은 사람 중 한 사람이 무릎을 꿇고 있는 해로프에게 성큼성큼 다가갔다. 그는 무릎을 꿇고 있는 해로프의 몸을 잡아 일으켜 주며 말했다.

"해로프. 자네는 우리 마을을 구해준 사람이네."

해로프를 일으켜 준 사람은 마을 사람들을 보며 크게 소리쳤다.

"여러분들! 몬프크리 원정대의 목숨을 건 전투 덕분에 드디어 우리 마을에 햇빛이 들어오기 시작했습니다!"

그러자 사람들 사이에서 또 다른 사람의 소리가 들려왔다.

"맞소! 비록 우리 마을이 불에 타긴 했지만, 용감한 전사들이 포그 마을의 하늘을 밝게 해주었소!"

그러자 사람들의 소리가 점점 커지더니 모두가 해로프를 일으켜 준 아저씨들의 말에 동의하는 듯 고개를 끄덕였다. 해로프는 그런 마을 사람들의 소리를 듣고 천천히 고개를 들었다. 아드리아프는 이 상황을 조용히 지켜보며 말했다.

"거봐 사람들은 너를 미워하지 않아."

해로프는 한참 동안 말없이 그 자리에 서서 마을 사람들을 바라보았다. 그리고 다시 몸을 돌려가던 길을 걷기 시작했다. 프샨의 관을 들고 있던 사람들도 해로프가 일어나자 다시 앞으로 걸어나가기 시작했다. 관을 들고 있는 사람들은 포그 마을에서 가장 높은 산 위로 올라갔고 몇몇 사람들은 자신의 집으로 돌아갔지만 많은 사람이 그들을 끝까지 따라왔다.

관을 들고 있는 사람들은 힘겹게 산에 올라가다가 초록평지가 보이자 그곳으로 방향을 꺾었고 관을 내려놓았다. 그리고 그들이 등에 메고 있던 삽으로 땅을 파내기 시작했다.

해로프는 아직도 눈물을 흘리고 있었고, 그의 눈은 마치 벽돌에 부딪힌 것처럼 퉁퉁 부어 있었다. 라이다도 그와 마찬가지로 두 뺨이 붉어지고 울먹이는 듯 입꼬리가 삐죽거리고 있었다. 파프는 사람들이 프샨을 묻기 위해 땅을 파기 시작하자 눈을 감았다.

얼마 지나지 않아 땅은 프샨의 몸이 충분히 들어갈 만한 크기로 파였다. 삽을 들고 있는 사람들도 서로를 바라보며 이만하면 됐다는 듯 고개를 끄덕인 뒤 삽을 내려놓았다. 그리고 그들 중 한 사람이 사람들을 보며 소리쳤다.

"이제 이 용감한 전사를 땅속으로 묻겠습니다!"

마을 사람들은 모두 해로프를 쳐다보았고 그는 고개를 끄덕였다. 해로프는 깊이 파여 있는 땅 옆에 놓여 있는 커다란 관을 보고 마치 아주 멀리 떠나 이제 볼 수 없는 친구를 바라보듯 바라보았다. 삽을 내려놓았던 사람들은 프샨이 누워 있는 관을 들어 땅속에 집어넣었다. 그 구멍의 크기는 딱 관이 들어가기에 정확한 크기였다.

햇빛은 마지막까지 갈색빛의 관을 환하게 비춰주고 있었다. 해로프는 이제 다시는 프샨의 모습을 볼 수 없다는 생각에 뼈가 으스러질 듯이 주먹을 꽉 쥐었다. 라이다는 두 손을 모으며 조용히 말했다.

"잘 가요. 프샨…."

아드리아프도 아직 프샨을 보내기 아쉬운지 자신의 지팡이를 계속 땅에 두드렸다. 프샨이 누워 있는 관을 땅에 넣은 사람들은 다시 흙을 덮었고 이제 그 평평했던 초록빛 잔디에는 둥근 봉우리가 생겼다. 무덤을 만들어 준 사람 중 한 명이 말했다.

"이제 작업은 모두 끝났습니다!"

그러자 마을 사람들 중 프샨의 무덤 앞에서 허리를 숙이는 사람도 있었고 무덤 앞에서 무릎을 꿇고 두 손을 모으며 잠시 기도를 하는 사람도 있었다.

시간이 지나 사람들은 하나둘씩 산에서 내려가고 이제 프샨의 무덤 앞에는 몬프크리 원정대와 프샨의 오랜 친구 리크만 남아있었다. 먼저 리크는 목발을 짚은 채 프샨의 무덤 앞으로 힘겹게 다가갔다. 그는 무덤 앞에 서서 크게 소리쳤다. 마치 그와 대화를 하는 듯.

"내 친구 프샨! 난 네가 내 친구라는 게 자랑스럽다!"

리크의 수염은 마치 땀에 흠뻑 젖은 말의 꼬리처럼 축축해져 있었다. 리크는 한참 프샨의 무덤을 바라보며 뭔가 말하는가 싶더니 다시 뒤를 돌아 해로프 옆으로 왔다.

아드리아프도 프샨의 무덤으로 가까이 가서 봉긋하게 올라온 그의 무덤을 마치 민머리인 사람의 머리를 쓰다듬는 것처럼 아주 섬세하게 만져주었다. 그리고 그는 아무 말 없이 다시 해로프의 곁으로 돌아왔다.

그다음으로 라이다는 프샨의 무덤 앞으로 갔다. 그는 이제 프샨이 여정에 없다는 것을 생각하고 그의 무덤을 끌어안으며 소리쳤다.

"프샨! 이제 우린 어떻게 해야 해요?"

지금까지 프샨이 알려준 길을 따라왔고, 그는 위험한 전투에서도 해로프와 그의 친구들을 구해주었다. 하지만 아직 몬프크리로 가야 하는 날이 까마득한데 이제 그가 없어서 어떻게 해야 할지 막막했다. 라이다는 무덤을 끌어안은 채 계속 말했다.

"프샨! 어서 대답해 줘요!"

프샨의 무덤에서는 아무 대답도 돌아오지 않았다. 파프도 천천히 무덤 앞으로 걸어갔다. 그는 프샨의 무덤을 직접 만지지 않고 그저 앞에 서서 물끄러미 프샨의 무덤을 멍하니 바라보며 조용히 말했다.

"프샨, 부디 좋은 곳으로 가셨기를….."

마지막으로 해로프가 프샨의 무덤 앞으로 다가갔다. 그의 손에는 프샨이 마지막까지 들고 있었던 망치가 들려 있었다. 해로프는 그의 무덤으로 가까이 다가가면서 간신히 진정되었던 숨소리가 다시 거칠어지고 마치 딸꾹질을 하듯 숨을 헐떡이기 시작했다.

　해로프는 크게 심호흡을 하며 마치 프샨의 얼굴을 바라보듯이 그의 무덤을 계속 보았다. 해로프는 무덤을 바라보고 있자 칼을 대신 맞아주었던 그때 그의 마지막 표정이 생생하게 머릿속에 떠오르기 시작했다. 그 표정이 머릿속에 떠오르자 해로프는 들고 있던 프샨의 망치를 찌그러뜨릴 것처럼 꽉 잡았다. 그리고 그는 프샨의 무덤 바로 앞에서 한쪽 무릎을 꿇더니 프샨이 놓고 간 망치의 손잡이를 땅에 깊숙이 꽂았다.

　"저 망치가 프샨의 묘비가 될 것 같군."

　그 옆에 서 있던 바이트는 고개를 끄덕였다. 해로프는 무덤 앞으로 가서 두 무릎을 꿇더니 그의 무덤을 두 손바닥으로 털썩 짚었다. 그는 고개를 숙이며 무덤에 눈물을 떨어뜨리더니 다시 고개를 들어 눈을 부릅뜨고 말했다.

　"프샨! 당신의 목숨을 빼앗아 간 그 자식들을 모두 없애버리고 다시 돌아올게요."

　해로프가 대답을 기다리는 듯 말했지만, 무덤에서는 아무 대답이 돌아오지 않았고 주변에 심겨 있는 꽃들만 바람에 흔들리고 있었다. 해로프는 아무 대답이 없어도 아랑곳하지 않고 이어서 말했다.

　"그때까지 이곳에서 기다려 줄 수 있죠?"

　역시나 무덤에서는 아무 대답도 들려오지 않았다. 해로프는 혼자 무덤을 보고 고개를 끄덕이더니 다시 자리에서 일어났다.

라이다는 어깨가 축 처지며 홀로 서 있는 해로프에게 다가갔다. 그리고 그를 살포시 안아주었다.

"해로프….."

해로프는 라이다가 다가와 자신을 안아주자 그냥 아무 말 없이 서 있었다. 해로프는 아직 프샨을 떠나보내기 싫은지 그의 무덤에서 발걸음을 쉽게 뗄 수가 없었다. 아드리아프는 그에게 다가가 말했다.

"프샨은 이제 저 드넓은 하늘에서 분명히 우리를 지켜줄 거야."

해로프는 아드리아프의 주름진 얼굴을 바라보고 손을 잡으며 말했다.

"영감님, 이제 우리는 어떻게 해야 하죠?"

아드리아프는 해로프에게 그 질문을 받고 당황한 듯 마른침을 삼키더니 쉽게 말을 내뱉지 못했다. 그도 프샨이 죽을 거라고는 예상하지 못했다. 해로프는 마치 명확한 답을 알려달라는 것처럼 아드리아프의 두 눈을 바라보고 있었다. 라이다와 파프도 해로프가 한 질문과 똑같은 생각을 하고 있었고 이제 막상 어떻게 험난한 몬프크리까지 가야 할지 몰랐기에 모두가 잠시 침묵에 빠졌다.

그때 순백의 기사 바이트가 해로프와 아드리아프가 서 있는 곳으로 다가왔다. 그는 해로프의 어깨에 살며시 손을 올린 뒤 말했다.

"나에게 방법이 있어."

해로프는 하얀 옷을 나풀거리며 다가온 그를 믿을 순 없지만, 방법이 있다는 말에 그를 쳐다보았다. 방법이 있다는 소리를 들은 파프도 다가와 무언가 고민하는 듯한 바이트를 보며 말했다.

"어떤 방법인데요?"

바이트는 파프의 말을 듣고 고심하여 생각하는 듯 한참 뜸을 들였다. 그 모습을 본 라이다는 바이트에게 말했다.

"사실 방법 없죠?"

그러고 라이다는 다시 양쪽 볼이 붉어지며 서 있는 아드리아프의 하얀 옷자락을 잡고 말했다.

"영감님, 이제 우리는 다시 프상크 마을로 돌아가야 하는 건가요? 이제 우리는 그저 프샨을 죽인 검은 영혼들이 이 세상을 지배하는 걸 지켜보고만 있어야 하나요?"

아드리아프도 자신의 지팡이만 돌려가면서 쉽게 말을 내뱉지 못했고 깊은 생각에 빠져 있는 듯 한숨을 내쉬며 고개만 이리저리 흔들고 있었다. 그때 순백의 기사 바이트는 무언가를 결심한 듯 고개를 끄덕이며 다시 입을 열었다.

"우리 왕국으로 갑시다."

바이트가 그 말을 하자 해로프와 그의 친구들이 동시에 그를 쳐다보았고, 순백의 기사는 그들이 자신을 바라보자 순간 당황했지만, 천천히 말했다.

"우리 왕국에 가면 몬프크리로 안전하게 가는 방법을 알려줄 사람이 있어."

그의 말을 듣고 해로프가 말했다.

"그럼 앞으로 나아가지 않고 뒤로 돌아가야 한다는 거예요? 우리에게는 시간이 많지 않아요."

바이트는 해로프의 두 눈을 꽤나 진지하게 바라보며 말했다.

"그건 나도 알아. 하지만 지금 몬프크리로 가는 것을 포기할 수도 없고, 그렇다고 블레드가 이 세상을 온통 검은 영혼으로 뒤덮어 버린다면…."

라이다는 그 말을 듣고 자신의 주먹으로 무릎을 치며 소리쳤다.

"그건 절대로 안 돼요!"

바이트는 이어서 말했다.

"그런 최악의 상황은 반드시 막아야 해. 그러려면 어떤 방향으로 가야 할지 알아야 하고."

그 말을 조용히 듣고만 있던 아드리아프는 순백의 기사의 눈에 확신이 있다는 것을 보았고 그의 말에 동의하는 듯 고개를 끄덕였다. 바이트는 이어서 말했다.

"우리가 원래 가려고 했던 방향으로 이 마을을 나간다면 분명히 검은 영혼이 숨어 있을 거야. 그렇지만 지금 우리는 힘이 다 빠져 있는 상태고 그들을 다시 만난다면…."

"모두 죽게 되겠죠."

파프가 무심하게 말했다. 순백의 기사는 단도직입적인 파프의 말을 듣고 고개를 끄덕였다.

"맞아. 우리는 모두 몬프크리 근처까지 가보지도 못하고 죽을 거야."

해로프는 잠시 고민하는 듯 프샨의 무덤을 바라보며 말했다.

"프샨, 어떻게 해야 할까요?"

해로프는 지금이라도 프샨이 활기차게 무덤을 비집고 나올 것 같았다. 그러나 아무리 기다려도 프샨의 명확한 대답 대신 나뭇잎들이 서로 부딪치는 소리밖에 들려오지 않았다. 아드리아프는 조용히 입을 열었다.

"그럼 바이트의 말대로 하자꾸나."

옆에서 아드리아프의 말을 들은 라이다가 놀라 소리쳤다.

"네?"

그 영감의 판단을 듣고 놀란 것은 라이다뿐만 아니라 해로프와 파프도 마찬가지였다.

"그럼 다시 뒤로 돌아간다고요?"

아드리아프 영감은 고개를 끄덕였다. 파프는 가만히 아무 말도 하지 않고 마음에 들지 않는다는 듯 팔짱을 끼고 미간을 찌푸렸다. 아드리아프는 놀란 해로프와 그의 친구들을 보며 말했다.

"다른 방법이 없어. 바이트의 말대로 우리가 가려고 했던 방향에는 이미 검은 영혼들이 숨어 있을 수 있어."

"그래도…."

라이다는 아드리아프가 하는 말을 듣고도 썩 내키지 않는다는 듯 고개를 갸우뚱했다. 아드리아프는 그들이 우물쭈물하자 단호하게 말했다.

"그럼 우리에게 더 좋은 방법이 있나?"

늙다리 영감이 그렇게 말하자 아무도 더 좋은 방법을 말하는 사람은 없었다. 아드리아프는 해로프를 포함해서 라이다와 파프의 얼굴을 마치 누가 몰래 맛있는 것을 입에 넣고 있는지 확인하는 것처럼 한 번씩 쭉 바라보았다.

"없는 것 같군."

그때 돌아오지 않는 대답을 기다리며 프샨의 무덤을 바라보던 해로프가 어렵게 결심을 내린 듯 말했다.

"갑시다!"

라이다와 파프는 고개를 숙이며 한쪽 손바닥으로 프샨의 무덤을 짚고 있는 해로프를 바라보았다. 해로프는 파프와 라이다의 얼굴을 번갈아 가며 보면서 말했다.

"아드리아프 영감님의 말이 맞아. 그리고 바이트 왕자님이 그 왕국에 길을 알려줄 만한 사람도 있다고 하니까 아무것도 모르고 무작정 앞으로 가는 것보다 정확한 방향을 설정하고 가는 것이 어떻게 보면 더 빠를 거라고도 생각해."

해로프의 말을 듣고 아직도 그의 어깨에 손을 올리고 있는 바이트가 고개를 끄덕였다. 그 옆에 서 있던 아드리아프도 지팡이를 돌리는 것을 멈추고 고개를 끄덕였다. 라이다는 해로프의 눈에 결의가 불타고 있는 것을 보고 한숨을 한번 내쉰 다음 말했다.

"해로프 네가 그렇게 생각한다면 그렇게 하자!"

파프는 아직 그 결정이 마음에 들지 않는 것처럼 툴툴거리며 말했다.

"그럼 만약 바이트가 말한 그 사람이 몬프크리로 가는 길을 알지 못한다면?"

파프는 해로프를 보며 마치 자신의 의견에 반박해 보라는 것처럼 눈을 부릅뜨며 말했고 해로프는 파프의 말에도 가능성이 있다고 생각했기에 명확한 대답을 하지 못했다. 파프는 이어서 말했다.

"만약 바이트의 왕국까지 갔는데 그 사람이 우리에게 몬프크리로 가는 길을 모른다고 한다면 그땐 정말 어떻게 할 건데?"

해로프는 점점 더 압박해 오는 파프의 눈을 쳐다보지 못했고, 자신감 없는 말투로 조용히 대답했다.

"그건…."

그때 바이트가 걱정하고 있는 그들을 보며 말했다.

"아마 그럴 일은 없을 거야. 그분은 아주 오래전부터 이 세상의 길을 전부 알고 있는 사람이거든."

파프는 바이트의 말을 믿을 수 없다는 듯 쳐다보았다. 해로프도 바이트의 말을 아직 모두 신뢰할 순 없었지만, 더 좋은 방법이 생각나지 않아 말했다.

"그렇게 합시다."

해로프는 바이트에게 더 구체적으로 질문했다.

"그러면 우리는 이제 어떻게 해야 하죠?"

"일단 지금 당장 포그 마을에서 떠난다면 저녁이 되기 전에 우리 왕국에 도착할 수 있을 거야."

해로프가 그의 말에 고개를 끄덕였고 파프는 자신의 결정이 받아들여지지 않자 답답해하며 말했다.

"해로프, 정말 뒤로 다시 돌아갈 거야?"

해로프는 자신을 이상한 사람처럼 바라보고 있는 파프의 얼굴을 보며 말했다.

"파프, 이건 돌아가는 것이 아니야. 오히려 몬프크리까지 더 안전하고 빠르게 갈 수도 있는 방법일 수도 있어."

해로프가 그렇게 말하자 라이다도 한마디 보탰다.

"해로프 말이 맞아!"

파프는 팔짱을 낀 채 주먹을 불끈 쥐고 라이다를 보며 말했다.

"라이다 넌 빠져!"

라이다도 파프가 계속 고집을 부리자 그에게 성큼성큼 다가갔다.

"이 자식이!"

해로프는 둘을 양쪽으로 밀어내며 결국 소리쳤다.

"둘 다 그만해! 지금 프샨의 무덤 앞에서 이렇게까지 해야겠어?"

라이다와 파프는 서로 고개를 반대쪽으로 돌렸다. 해로프는 마치 자신의 의견을 들어주지 않으면 자리에서 한 발자국도 움직이지 않을 것처럼 서 있는 파프에게 다가가 말했다.

"파프, 한 번만 내 말을 들어줘. 너의 생각도 맞아, 나도 하루빨리 몬프크리로 가서 빨리 블레드를 없애버리고 싶다고."

파프는 아무 대답 없이 하늘만 바라보았다. 그가 대답하지 않자 해로프가 말했다.

"우린 프샨을 잃었어!"

파프는 해로프가 소리치자 당황한 듯 두 눈을 크게 뜨고 해로프의 얼굴을 바라보았다. 해로프는 이내 자신이 크게 목소리를 낸 것이 부끄러운 듯 살짝 고개를 숙인 뒤 다시 파프의 얼굴을 바라보며 말했다.

"파프, 난 이제 절대 동료를 잃고 싶지 않아."

파프는 불타오를 것만 같은 해로프의 두 눈동자를 보았고 해로프는 이어서 말했다.

"바이트의 왕국에 가더라도 너의 말처럼 그 사람이 우리에게 길을 알려주지 않을 수도 있어. 그래도 그 사람을 한 번은 만나봐야 하지 않겠어?"

해로프는 파프의 어깨에 손을 올렸다. 파프는 한참 얼어붙은 것처럼 가만히 있다가 어쩔 수 없다는 듯 무심하게 말을 내뱉었다.

"네 마음대로 해."

해로프는 파프의 대답을 듣고 프샨의 무덤 앞으로 다가갔다. 그리고 그는 무덤 앞에 자신이 꽂아두었던 프샨의 망치를 쓰다듬으면서 말했다.

"이 선택이 맞는 거겠죠?"

해로프는 이마를 다시 프샨의 차가운 무덤에 가져다 댄 뒤 한참 동안 눈을 감고 있었다.

"해로프…."

라이다는 그런 해로프를 보며 가슴속에 무언가 작은 불씨가 피어오르기 시작했다. 해로프는 프샨의 무덤에 두 손바닥을 가져다 댄 뒤 손을 꽉 쥐며 말했다.

"블레드를 몬프크리 영혼석 안으로 봉인시키고 다시 돌아올게요!"

해로프의 소리를 들은 그의 동료들도 이제 떠나기 전 마지막으로 프샨의 무덤을 바라보았다. 해로프는 정말 프샨의 대답을 바라는 것처럼 말했다.

"그 대신! 우리가 임무를 완수하고 살아서 돌아올 수 있게 프샨도 하늘 위에서 도와주셔야 해요!"

해로프는 그 말을 하고 자리에서 일어났다. 그는 손바닥에 묻은 고운 모래알들을 툭툭 털었고 동료들의 얼굴을 쳐다보았다. 그리고 그는 이제 새로운 여정을 떠날 준비가 된 듯 희미한 미소를 보였다.

아드리아프는 해로프의 미소를 보자 그가 전보다 더 단단한 전사가 되었다는 느낌을 받았다. 순백의 왕자 바이트도 해로프의 얼굴을 보며 미소로 화답했다. 라이다도 해로프를 보고 마치 자신만 믿으라는 듯 고개를 끄덕였고, 파프도 마지못해 고개를 살짝 끄덕이고는 고개를 돌려 시선을 피했다. 해로프는 그들의 얼굴을 한 번씩 바라보고 난 후 다시 바이트를 보며 말했다.

"바이트! 그럼 이제 우리는 어떻게 하면 되는 건가요?"

"일단 이곳에서 우리 왕국까지 그리 멀지 않으니 안심해도 될 거야. 나도 몬프크리 원정대가 시간을 지체하는 것을 막고 싶어. 하지만 우리 왕국에 가서 지금 너무 지친 원정대의 몸도 좀 회복하고 이제 어디로 나아가야 할지 알면 좋겠어!"

바이트는 자신의 기사들에게 했던 자신감이 넘치는 말투로 원정대를 보며 말했다. 아드리아프는 그의 말을 듣고 지팡이를 쓰다듬더니 몸을 뒤로 돌렸다.

"그럼 어서 움직이게."

"지금 출발해야 해가 지기 전에 우리 하움 왕국에 도착할 수 있을 거예요. 영감님."

순백의 기사도 발걸음을 떼기 시작했다. 아드리아프는 고개만 프샨의 무덤을 보며 말했다.

"그곳에서 편하게 쉬고 있게나."

그렇게 아드리아프는 산 아래로 다시 내려가려고 지팡이를 앞으로 짚었고, 바이트도 아드리아프를 따라 산 아래로 내려가기 시작했다. 하지만 해로프와 그의 친구들은 쉽게 발이 떨어지지 않는 듯 한동안 움직이질 않았다. 라이다는 아드리아프와 바이트가 산 아래로 내려가는 것을 보고도 해로프가 움직이지 않자 말했다.

"해로프…. 이제는 정말 가야 해."

해로프는 아직 주먹을 불끈 쥐고 있었다. 그는 여기에서 떠나고 싶지 않았다. 프샨을 이곳에 혼자 두고 떠나고 싶지 않았다. 해로프는 그렇게 한참을 서 있다가 무언가 결심한 듯 소리쳤다.

"애들아 가자!"

해로프는 발걸음을 떼고 프샨의 무덤에서 몸을 돌렸다. 그리고 터벅터벅 산 아래로 천천히 내려가기 시작했다. 라이다는 해로프가 힘겹게 발을 떼고 산 아래로 내려가는데도 쉽게 움직이지 못하고 있었다. 파프는 프샨의 무덤을 한번 보고 해로프의 뒤를 따랐다. 해로프는 라이다가 따라오지 않는 것을 보고 말했다.

"라이다! 이젠 가야 해!"

라이다는 해로프의 말에도 누가 발을 잡고 있는 것처럼 움직이지 않았다. 라이다는 고개를 숙이고 있었고 해로프도 내려가다가 멈춰 서 있는 라이다를 바라보았다. 해로프는 그런 라이다를 아무 말 없이 기다려 주었고 그가 스스로 마음을 가다듬을 시간을 주었다. 해로프를 따라 내려오던 파프는 빨리 오지 않는 라이다를 보며 말했다.

"시간 없다고!"

해로프는 그런 파프를 보며 말했다.

"라이다에게 조금만 더 시간을 주자."

파프는 그런 라이다가 이해되지 않는지 고개를 저으며 먼저 산 아래로 발걸음을 옮겼다. 라이다는 프샨의 무덤 앞에서 마치 벌을 받는 사람처럼 서 있다가 손등으로 눈물을 훔치며 말했다.

"프샨, 그동안 정말 감사했어요."

그런데 그때 프샨의 무덤 위에 작은 참새 한 마리가 앉았다. 참새는 마치 대머리인 사람의 정수리에 올라선 듯 한동안 서 있었고 라이다를 바라보고 있었다. 그 새는 라이다를 바라보며 '짹짹'거리며 울었다.

"프샨!"

라이다는 무덤 위에 올라와 자신을 바라보고 있는 참새가 분명 프샨이라고 생각했다. 라이다는 자신의 말에 프샨이 대답해 주었다고 생각했다. 이후 라이다는 주먹을 쥐고 말했다.

"그럼 제가 돌아올 때까지 편하게 쉬고 있으세요!"

라이다는 그 말을 끝으로 몸을 돌려 해로프가 서 있는 곳까지 재빠르게 뛰어오기 시작했다. 해로프도 무덤 위에 앉아 있는 참새를 바라보며 미소를 지었다.

"해로프, 미안."

"아니야. 프샨은 저 참새처럼 우리를 저 하늘에서 지켜봐 줄 거야."

"그럼 가보자!"

해로프는 라이다와 같이 산 밑으로 내려가기 시작했다. 먼저 내려가고 있던 파프는 그들 몰래 눈물을 훔치고 있었다. 그는 위에서 해로프와 라이다가 빠르게 산에서 내려오고 있는 것을 보고 자신이 눈물을 흘리는 것을 들키지 않기 위해 손가락으로 눈물샘을 지그시 눌렀고, 하늘을 봐 눈물을 마르게 했다. 해로프가 뒤에서 소리쳤다.

"파프! 같이 가!"

파프는 못 이기는 척 그 자리에서 멈췄고 다가오는 해로프와 라이다를 기다렸다. 그들은 같이 산 밑으로 내려갔고 미리 내려가 있던 바이트와 아드리아프에게 갔다.

"그럼 모두 짐을 챙기고 어서 우리 왕국으로 발걸음을 옮기도록 합시다."

산 밑에서는 몇몇 사람들이 해로프와 그의 친구들을 기다리고 있었다. 그때 나타난 리크는 목발을 짚고 있는데도 불구하고 해로프와 그의 동료들의 짐을 목발에 매달아 모두 가져왔다. 해로프는 리크의 그 모습을 보자마자 재빨리 그에게 다가가 그가 가져온 짐을 들었다. 리크가 그를 보며 말했다.

"그럴 줄 알고 내가 미리 준비해 뒀지!"

그의 손에는 얇은 줄이 들려 있었고 해로프의 영혼석에 걸어 목에 걸어주었다. 그때 해로프는 순간 멈추었다. 그리고 손을 떨기 시작했다. 라이다는 순간 멈춰버린 해로프를 보고 말했다.

"왜 그래?"

라이다는 해로프가 갑자기 동작을 멈추자 가까이 다가갔다. 그리고 라이다도 해로프가 보고 있는 것을 보고 순간 멈칫했다. 해로프는 프샨이 놓고 간 짐꾸러미를 보고 다시 울컥했기에 그 마음을 추스르고 있었다. 하지만 해로프는 울지 않았고, 리크에게 받은 짐 꾸러미를 들어 바이트에게 다가가 말했다.

"바이트, 이것 좀 들어주세요."

바이트는 짐꾸러미를 보고 어리둥절한 표정을 지었다. 해로프는 바이트에게 그 짐꾸러미를 건네주며 말했다.

"프샨이 가지고 있었던 꾸러미예요."

바이트는 그 짐이 자신에게는 마치 산타할아버지가 많은 선물을 가득 채운 거대한 보따리처럼 생각보다 컸지만, 아랑곳하지 않고 어깨에 그 짐을 멨다.

"자 그럼 어서 하움 왕국으로 발걸음을 옮겨봅시다."

해로프의 활기찬 소리를 들은 바이트가 말했다.

"이제 나만 따라오면 될 것 같아."

마을 사람들은 이제 몬프크리 원정대가 마을 밖으로 걸음을 이동하자 모두 그들에게 인사를 보냈다. 리크는 떠나는 몬프크리 원정대에게 말했다.

"나중에 기회가 된다면 언제든지 오게나, 우리는 저기 편안하게 누워 있는 프샨을 지키고 있을 테니."

리크는 특유의 웃음을 지었고 마지막으로 해로프와 악수를 했다. 해로프는 악수를 하면서 그의 두꺼운 손 때문에 잘못하면 자신의 손이 종이뭉치처럼 뭉개질 수도 있겠다고 생각했다.

"그럼 프샨을 잘 부탁드릴게요. 그리고 반드시 돌아올 거예요!"

그들은 마을에서 점점 멀어졌다. 포그 마을 사람들은 그들의 모습이 사라질 때까지 손을 흔들었고, 몇몇 사람들은 벌써 햇빛이 내려오고 있는 화단에 꽃을 심기 시작했다. 몬프크리 원정대는 점점 포그 마을에서 멀어져 이제 마을에서 그들의 뒷모습이 보이지 않았고 바이트를 따라 그가 살던 하움 왕국을 향해 걸어갔다.

하움 왕국

그들은 서로 아무 말 없이 앞에 있는 길을 정처 없이 걸었고 바이트의 말대로 포그 마을을 떠난 지 얼마 지나지 않아 사람들이 사는 마을이 보이기 시작했다. 해로프는 그곳을 보며 말했다.

"바이트! 저기가 하움 왕국이에요?"

"맞아, 저기가 내가 사는 곳이지."

라이다는 하움 왕국의 모습을 보자마자 마치 그 마을이 구름 위에 올라가 있는 듯 신성한 느낌이 들어 바이트에게 말했다.

"엄청 아름다워요!"

"그렇게 봐준다니 고맙군."

하움 왕국은 마치 하얀 눈이 내린 것처럼 모든 건물이 하얀색으로 뒤덮여 있었다. 그 위는 둥근 지붕으로 덮여 있었는데 왕국의 건물들은 크기만 다를 뿐 건물의 색깔들은 모두 하얀색에다가 지붕은 파란색이었다. 그래서 라이다가 멀리서 하움 왕국을 발견했을 때 구름이 낮게 떠 있는 줄 알고 착각할 뻔했다.

아드리아프도 마치 휴양지에 온 사람의 표정처럼 입가의 주름을 구기며 미소를 지었다.

"이제 거의 다 왔으니까 조금만 더 힘을 내봅시다!"

해로프는 눈에 목적지가 보이니 몸에서 힘이 나기 시작했다. 이제 하늘은 해가 점점 저물어 붉은 노을이 비치고 있었다. 바이트는 저녁이 되기 전에 도착해 다행이라고 생각했다.

그들은 하움 왕국에 점점 더 가까이 다가갔고, 하얀 건물들 사이로 지나다니는 사람들의 모습까지 보이기 시작했다. 이제 바이트와 몬프크리 원정대는 왕국의 입구로 다가갔다. 왕국 앞에서 문을 지키고 있는 문지기는 정체불명의 무리가 점점 가까이 다가오자 허리를 쭉 펴고 경계하는 듯한 말투로 엄격하게 말했다.

"정체가 무엇이냐!"

바이트는 매일 왕국 사람들에게 아첨과 터무니없는 칭찬만 들어오다가 자신을 아직 알아보지 못하는 문지기에게 이런 대우를 받아보니 재밌다는 듯 웃었다. 문지기는 원정대가 더러운 꼴로 하움 왕국에 점점 더 가까이 다가오자 들고 있는 기다란 창을 바닥에 찍으며 말했다.

"어서 정체를 밝혀라!"

그때 바이트는 문지기에게 다가가 말했다.

"그렇게 말해서 누가 무서워서 도망가겠나?"

문지기는 그제야 바이트의 얼굴을 알아보았다. 어리숙한 문지기는 다시 허리를 곧게 펴더니 당황한 듯 말했다.

"아, 아니…."

문지기는 순간 자신이 엄청나게 큰 실수를 했다는 사실을 알아차리고 바이트 앞에서 어쩔 줄 몰라 하며 서 있었다. 바이트는 이 상황이 재미있는지 하얀 치아가 전부 보일 정도로 웃었고, 문지기 청년의 어깨를 토닥여 주었다.

"괜찮네."

문지기는 바이트 주변에서 멀뚱히 서 있는 몬프크리 원정대의 얼굴을 경계하는 눈빛으로 한 번씩 훑어보며 말했다.

"바이트 왕자님! 정말 죄송합니다!"

문지기는 허리를 굽혔다.

"아니, 괜찮다고 해도."

그 후 문지기는 바이트 뒤에 서 있는 해로프와 그의 동료들을 마치 산속에서 만난 야생 곰을 바라보는 눈빛으로 쳐다보기 시작했다.

"왕자님 뒤에 서 있는 이 사람들은…."

문지기는 해로프와 그의 동료들 앞에 섰다. 그리고 다시 위엄 있는 말투로 말했다.

"너희들 정체가 무엇이냐?"

문지기의 어설픈 말투에 해로프는 순간 웃음을 터트릴 뻔했다. 라이다는 저런 문지기가 있으면 누구든지 문을 뚫고 들어갈 수 있을 것만 같았다. 파프는 팔짱을 끼고 그를 한심하다는 듯 쳐다보았다. 문지기의 눈동자는 흔들리고 있었다.

그 모습을 보고 있던 바이트는 떨리는 손으로 창을 들고 있는 문지기에게 말했다.

"이분들은 내가 왕국으로 초대한 분들이니 경계하지 않아도 된다네."

문지기는 경계하는 눈으로 몬프크리 원정대를 바라보고 있다가 바이트의 말을 듣고 몸을 비켜 하움 왕국의 거대한 나무문을 열기 시작했다. 그리고 그는 거대한 문 옆에 매달려 있는 커다란 나팔을 힘차게 불었다.

문지기가 소라게처럼 생긴 나팔을 불자 마을 사람들은 모두 하얀 집에서 마치 개미 떼들이 개미굴에서 한 번에 나오듯 길에 모습을 보이기 시작했다. 하움 왕국 사람들은 대부분 라이다만큼 몸집이 작았다.

마을 사람들은 바이트가 하움 왕국 입구에 서 있는 것을 보고 그가 걸어갈 수 있게 홍해가 갈라지듯 가운데 길을 터주었고 길 양쪽에 서서 바이트가 지나갈 때 고개를 숙였다. 그런데 어떤 사람들은 바이트 뒤에 따라오는 몬프크리 원정대가 신기한 듯 고개를 숙인 채 힐끔 쳐다보았다. 라이다는 이런 대접을 받으니, 마치 자신이 왕이 된 것처럼 느꼈다.

"저 사람들이 우리를 쳐다보고 있어!"

파프는 들떠 있는 라이다를 보고 말했다.

"조용히 하고 걷자."

라이다는 그런 파프를 뚫어지듯 째려보았다. 해로프는 그 둘이 지금 길을 걷고 있는 이 상황에서 큰 싸움이 붙는 건 아닌지 조심스럽게 눈치를 살폈다. 그때 사람들 사이에서 이런 소리가 들려왔다.

"저 거인들은 어떻게 우리 마을에 들어온 거지?"

그 옆에 있는 사람이 대답했다.

"바이트 왕자님께서 설마 저들에게 협박당하고 있는 거 아니야?"

"쉿 조용히 해! 아직 왕자님께서 지나가시지 않았다고!"

하움 왕국 사람들은 바이트의 뒤에서 걷고 있는 몬프크리 원정대를 보고 마치 엄청난 거인이라도 나타난 것처럼 신기하게 힐끗 쳐다보고 있었다.

그렇게 해로프와 그의 동료들은 양쪽에서 사람들의 웅성거리는 소리를 들으며 바이트를 따라 어디론가 걸어갔다. 해로프는 보기만 해도 마음이 편안해지는 하움 왕국의 새하얀 풍경을 보며 마치 죽기 전에 가봐야 할 세계 명소 중 한 곳에 여행을 온 사람처럼 고개를 쉼 없이 이리저리 두리번거렸다.

"자! 저기 보이는 곳이 내가 사는 왕실이야!"

거대한 문으로 들어온 지 십 분도 채 되지 않아 바이트는 한 건물을 가리켰다. 그가 가리킨 곳은 지붕이 거북이 등껍질처럼 매끈하게 덮여 있는 커다란 건물이었다. 금방이라도 거북이의 얼굴이 튀어나올 것 같았다. 해로프는 바이트가 손으로 가리킨 곳을 보자 마치 전설 속에 나오는 용을 실제로 보는 것처럼 입을 다물지 못했다. 라이다는 그곳을 보고 소리쳤다.

"바이트! 생각보다 대단한 사람이었네요?"

라이다는 어린아이가 길거리에 서 있는 광대를 만난 듯 신나 보였다.

"빨리 가자고요!"

이제 몬프크리 원정대는 바이트를 따라 그 웅장한 건물 속으로 들어가기 시작했다. 길 양옆에서는 마지막까지 하움 왕국 사람들이 원정대 사람들을 신기하게 쳐다보았다. 이제 왕실에 들어가기 직전에 바이트가 원정대를 보며 말했다.

"모두 배가 고프신가요?"

해로프는 그 말을 기다리고 있었다는 듯이 눈을 번쩍 뜨며 말했다.

"지금 배가 등에 붙어버릴 것 같아요!"

바이트는 다른 동료들의 얼굴도 쳐다보았다. 그들도 해로프와 마찬가지로 몸에 기력이 전부 바닥나 있어 보였다. 아드리아프도 배가 고픈 듯 이미 말라버린 것 같은 그의 배를 어루만지고 있었다.

"그럼 먼저 식당으로 이동해서 저녁부터 먹고 오늘은 이곳에서 편안히 쉬도록 하시죠. 그리고 내일 아침 몬프크리로 안전하게 길을 알려줄 수 있는 사람을 만나러 갑시다."

원정대가 왕실 입구로 들어서자 하얀 천을 뒤덮고 있는 사람들이 기다란 창을 들고 있었고 바이트가 그들에게 가까이 다가가서 뭐라고 말하자 그 기사들은 어디론가 다급하게 뛰어가기 시작했다. 바이트는 원정대를 보며 말했다.

"모두 저를 따라와 주세요!"

해로프는 이 호화스러운 왕실 안에 들어와 어떤 음식들이 준비되어 있을지 기대했다. 그들이 걷고 있는 바닥에는 푹신한 빨간 카펫이 깔려 있고 천장이 엄청나게 높았다. 바이트를 계속 따라가니 금세 맛있는 음식 향기가 몬프크리 원정대의 콧속으로 들어와 그들을 미치도록 만들었다.

"저곳에서 저녁을 먹을 겁니다."

이번에도 바이트가 손을 들어 문이 열려 있는 곳을 가리켰다. 그 식당 문 앞에서 하얀 옷을 입은 사람들이 문을 열어주고 있었으며, 바이트가 가까이 다가가자 살며시 고개를 숙였다.

해로프는 입에서 나오는 침 때문에 물을 마시지 않아도 될 정도였다. 라이다는 문이 열려 있는 곳에서 음식의 향기가 나오자 두 팔을 쭉 펴며 말했다.

"드디어! 음식을 몸에 넣을 수 있다니!"

그의 옆에 있던 파프는 호들갑을 떠는 라이다를 향해 인상을 쓴 채 말했다.

"제발 좀 가만히 좀 있어!"

라이다는 파프의 소리를 무시하며 바이트를 따라 열려 있는 문 안으로 당당하게 들어갔다. 원정대는 식당에 들어서서 거대한 내부를 보고 마치 바닷속 향유고래의 배 속에 들어와 있는 듯한 기분을 느꼈다. 그리고 그들 앞에 있는 기다란 식탁과 그 위에 올려져 있는 음식을 보고 눈을 다른 곳으로 돌릴 수 없었다. 돼지고기, 소고기, 닭고기 등 여기에서 없는 음식을 찾지 못할 정도로 기다란 식탁 위에 다양한 음식이 담긴 접시가 가득 채워져 있었다. 바이트는 매일 있는 일인 듯 자연스럽게 음식들을 바라보며 말했다.

"그럼 모두 편하신 자리에 앉으세요."

해로프는 식탁 위에 올려져 있는 음식들을 마치 오래된 박물관에서 유명한 고대 보물들을 차례대로 보는 것처럼 넋을 놓고 구경하며 제일 끝자리에 앉았다. 원정대는 해로프가 앉은 곳에서부터 차례대로 앉았고 바이트는 자신의 자리인 금색 의자에 앉았다. 모두가 자리에 앉자 바이트가 말했다. 그의 말소리는 마치 산 정상에 올라와 있는 것처럼 메아리가 울려 퍼졌다.

"모두들 여기까지 오느라 수고하셨습니다."

라이다는 옆에 앉은 파프를 노려보며 말했다.

"누가 여기에 오지 말고 몬프크리로 바로 가자고 했는데 누구였더라?"

파프는 라이다의 비꼬는 말에 아무 대답도 하지 않고 팔짱을 끼며 그저 앞에 놓여 있는 다양한 음식들을 천천히 보았다. 그때 식당 한쪽에 있는 문에서 요리사인 것처럼 몸집이 거대한 사람이 스프를 들고 들어왔다.

그 사람의 키는 작았는데 몸집은 해로프 두 명이 들어가도 충분할 정도로 컸다. 요리사의 손에는 스프가 담긴 쟁반이 들려 있었다.

해로프는 그 사람이 원정대 앞에 하나씩 김이 모락모락 피어나는 스프를 다 놓을 때까지 아무 말 없이 기다렸다. 바이트는 그 거대한 몸집의 요리사가 원정대 앞에 스프 접시를 놓아주자 말했다.

"이 수프, 네가 직접 만든 거야?"

요리사는 바이트의 질문에 흐뭇한 미소를 지으며 말했다.

"다른 건 내가 만들지 못해도 이 수프만큼은 만들 수 있지."

해로프는 자신만만하게 서 있는 요리사의 겉모습만 보고도 음식이 맛있으리라는 것을 음식을 먹어보지 않고 알 수 있었다. 해로프는 그 요리사를 보며 말했다.

"아저씨! 이렇게 저희를 위해 다양한 음식들을 준비해 주시다니 정말 감사합니다."

그런데 그때, 갑자기 수프를 들고 왔던 요리사가 화가 난 듯 인상을 찌푸리더니 허리에 손을 올렸다. 바이트는 해로프가 한 말을 듣고 놀라 황급히 자리에서 일어나 말했다.

"아! 저의 여동생인 수지트를 소개하겠습니다."

해로프는 수저를 들어 수프를 한술 뜨려고 하다가 바이트의 입에서 나온 충격적인 말을 듣고 순간 식탁 위에 숟가락을 떨어트렸다. 그곳에 앉아 있던 원정대는 모두 똑같이 입을 벌리고 있었다. 라이다는 믿을 수 없다는 듯 먼저 말했다.

"방금 뭐라고 하셨어요? 여…. 여동생?"

음식을 준비해 준 그 뚱뚱한 요리사는 얼굴이 붉게 달아올라 있었다. 해로프는 재빨리 이 상황을 바꾸어 보기 위해 말했다.

"아…. 이 수프가 정말 맛있을 것 같아요!"

해로프의 그 소리를 듣자 바이트 여동생의 표정이 조금 풀리는 듯 보였다. 바이트는 여동생의 표정이 점점 풀리는 것을 보고 마치 큰불이 나는 것을 초기에 막은듯한 안도의 한숨을 내쉬며 다시 자리에 앉았다.

"그럼 어서들 드세요!"

원정대는 아직 충격이 가시지 않은 듯 보였지만, 바이트가 먹자는 말에 모두 얼어 있던 몸을 움직이며 숟가락을 들었다. 그런데 바이트는 원정대가 숟가락을 들고 수프를 뜨자 초조해하며 그들의 눈치를 살피기 시작했다. 해로프와 그의 동료들은 동시에 수프를 먹었다. 바이트는 그들이 수프를 입에 넣자 마치 선물을 주고 상대방의 반응을 기대하는 사람처럼 그들을 바라보았다.

해로프는 수프를 먹자마자 순간 눈물이 찔끔 나왔다. 라이다와 파프도 따뜻한 수프를 한입 먹자마자 순간 얼어붙은 듯 움직이지 못했다.

옆에서 지켜보고 있던 수지트는 그들의 반응을 기대에 찬 눈빛으로 바라보고 있었다. 해로프는 일단 앞에 놓여 있는 물을 다급히 마셨고 라이다가 입을 열었다.

"너무 맛없….”

그때 라이다 옆에 앉아 있던 파프가 라이다의 입에서 튀어나오는 말을 막기 위해 앞에 있던 둥근 모닝빵을 순식간에 그의 입에 집어넣었다. 바이트는 자신이 예상했던 상황이 벌어진 듯 고개를 숙였다. 해로프는 마치 사막에서 오아시스를 발견한 사람처럼 물을 벌컥 마셨고 파프 앞에 있는 물병도 원하는 듯 손을 뻗었다. 파프도 수프를 먹고 참을 수 없는지 물을 벌컥 들이켰다.

"파프, 나 물 좀 더 줘.”

라이다는 빵을 입에서 빼낸 후 말했다.

"소금을 한 바가지…. 앗!”

파프는 물병을 해로프에게 건네주면서 라이다의 뒤통수를 쥐어박았다. 해로프는 파프에게 잘했다는 듯 고개를 끄덕였다. 라이다는 파프가 왜 자신에게 그러는지 이유를 몰라 그를 째려보았다. 그때 그들을 기대에 찬 눈빛으로 바라보고 있던 수지트가 단단해 보이는 두 손을 모으며 말했다.

"다들 입에는 좀 맞나요…?”

여인의 표정은 마치 어린 여자아이처럼 순수하게 눈을 깜빡이고 있었다. 해로프는 그녀의 표정을 보고 마음속에서 우러나오는 진심을 차마 꺼낼 수 없었다.

"정…. 정말 맛있어요!"

해로프는 힘겹게 엄지를 올렸다. 수지트는 호탕한 미소를 지으며 말했다.

"이번에 오빠가 돌아온다고 해서 오랜만에 솜씨 좀 뽐내봤어요. 아마 다들 입맛에 맞으실 거예요. 더 가져다드릴까요?"

해로프는 그녀의 그 말을 듣고 갑자기 손에 벌레라도 붙은 듯 재빠르게 손사래를 치며 말했다.

"아니…. 아니에요! 여기에 있는 음식들을 한 입씩만 먹어도 배가 부를 것 같아요."

그때 아드리아프가 그녀에게 말했다.

"나는 수프 좀 더 가져다주시오."

해로프와 그곳에 앉아 있는 그의 동료들은 모두 아드리아프의 말을 듣고 모두 그를 이상한 눈빛으로 쳐다보았다. 바이트의 수지트는 늙은 아드리아프의 말을 듣고 쿵쾅거리며 신나게 주방으로 다시 들어갔다. 그녀가 식탁에서 멀어지고 주방으로 들어가는 것을 본 바이트는 말했다.

"수지트가 음식을 좀 짜게 합니다."

라이다는 약간 화가 난 말투로 욱신거리는 뒤통수를 부여잡으며 말했다.

"이건 제가 지금까지 먹어본 수프 중에서 최악이에요!"

바이트도 라이다의 말에 동의하는 듯 아무 대답을 하지 않았다. 아드리아프 영감은 수프가 맛만 좋다는 듯 숟가락으로 접시 바닥을 긁고 있었다.

"맛있구먼. 다들 왜 그래."

바이트가 간곡하게 부탁하듯 몬프크리 원정대에게 말했다.

"수지트에게 음식이 맛없다는 말만 해주지 마세요. 그 말을 들으면 저도 수지트가 어떻게 돌변할지 상상조차 하기 싫어요."

그때 마침 바이트의 동생 수지트가 다시 수프를 들고 그들이 앉아 있는 식탁으로 다가왔고, 모두가 약속한 듯 아무 말 없이 숟가락을 들었다. 그녀는 아드리아프에게 수프를 주며 말했다.

"더 필요한 게 있으면 언제든지 말하세요!"

그녀는 신나는 발걸음으로 다시 주방으로 들어갔다. 해로프는 그녀가 멀어지는 것을 보자마자 수프 접시를 멀리 치워두고 다른 음식들을 먹었다. 다른 음식들은 정말 하나같이 모두 환상적으로 맛있었다. 그렇게 허겁지겁 음식들을 먹고 배를 부여잡은 해로프가 말했다.

"저는 이제 다 먹은 것 같아요."

바이트도 다 먹었는지 자리에서 일어났다. 이제 왕실 밖은 맹꽁이의 울음소리가 들려오는 어둑한 저녁이 되었고, 바이트는 몬프크리 원정대에게 오늘 하루 묵어야 할 곳으로 안내해 주기 위해 손수건으로 입을 닦고 말했다.

"그럼 모두 맛있게 드셨습니까?"

라이다 배를 부여잡으며 말했다.

"바닷물 같은 수프만 빼고요."

바이트는 미안하다는 듯한 표정을 지었고 그 표정을 본 해로프는 다급히 말했다.

"바이트! 저희를 위해 이렇게 많은 음식을 준비해 주셔서 정말 감사해요."

바이트는 그런 해로프의 말을 듣고 장난스러운 말투로 대답했다.

"그럼 다음 식사 때는 수지트에게 모든 음식을 준비하라고 부탁해 볼까?"

해로프는 마치 그에게 엄청난 비밀이라도 들은 것처럼 깜짝 놀라며 고개를 이리저리 흔들었다.

"그건…."

"장난이야. 이제 오늘 하루 묵어야 할 곳으로 가자!"

해로프는 고급스러운 건물의 외부를 보고 오늘 어떤 곳에서 하룻밤을 보내게 될지 기대했다. 바이트도 식당을 나와 빨간 카펫을 밟으며 몬프크리 원정대가 오늘 하루 묵을 수 있는 곳으로 걸어갔다. 잠시 뒤 그들이 방에 도착했고, 그 안에는 단단한 나무로 만들어진 듯한 침대 네 개가 나란히 놓여 있었다.

"이곳에서 오늘 밤을 보내면 될 것 같네."

해로프는 생각보다 좋아 보이지 않는 방의 상황과 침대를 보자마자 아까 수프를 먹고 나서의 표정처럼 실망했다.

"침대가 너무 짧은 거 아니에요?"

방 안에 나란히 놓여 있는 침대는 해로프가 다리를 쭉 뻗으면 발목이 밖으로 삐죽 튀어나올 정도로 길이가 짧았다. 아드리아프는 피곤한지 일단 침대로 가서 몸을 뉘었다. 파프도 말없이 아드리아프가 힘없이 누운 곳의 옆으로 가서 침대에 걸터앉았다. 해로프도 어쩔 수 없이 파프 옆에 서 있다가 그가 침대로 가자 그도 얼어 있던 몸을 움직였다. 라이다의 몸에는 이 침대가 딱 맞았기에 이리저리 뒹굴었다.

"하움 왕국 사람들의 몸집에 맞춰 제작한 침대라서…."

해로프는 마지못해 미소를 지어 보이며 미안해하는 바이트의 얼굴을 보고 말했다.

"저희한테 누울 수 있는 공간을 제공해 줘서 고마워요."

해로프는 바이트에게 다시 엄지를 올렸다.

"그럼 오늘 푹 눈을 붙이고 내일 아침 일찍 몬프크리로 가는 길을 알려줄 사람을 만나러 갑시다."

"바이트! 안녕히 가세요!"

라이다는 마치 꽃밭에 뒹굴고 있는 거대한 강아지처럼 침대 위에서 이리저리 움직이며 말했다. 이후 바이트는 그들의 침실 방문을 닫고 저벅저벅 소리를 내며 자신의 방으로 돌아갔다. 밤이 점점 더 깊어지고 고요해진 방 안에서 해로프는 옆으로 누운 채 하늘에 있는 별들을 멍하니 보았다. 밤이 돼서 그런지 어두운 하늘에 프샨의 얼굴이 생각나 그가 문득 보고 싶어졌다. 해로프는 잠을 자려 눈을 감았는데 그의 눈에서 눈물이 한 방울 흘러내렸다.

티빌스렌의 조언

　다음 날 아침 태양 빛이 서서히 하움 왕국을 밝혀주기 시작할 때 바이트는 아침 일찍 원정대가 자는 방문을 두 번 노크한 뒤 안으로 들어갔다. 라이다는 아주 깊은 잠에 빠져 있는 듯 입을 벌리며 자고 있었고 아드리아프는 방에 없었다. 해로프와 파프는 작은 침대 때문인지 이미 일어나 침대에 걸터앉아 있었다.
　"어젯밤은 잘 잤니?"
　해로프는 허리가 뻐근했지만, 신경 써주는 바이트를 생각해 애써 웃으며 말했다.
　"물론이죠. 덕분에!"
　파프도 바이트와 눈이 마주치자 말없이 고개를 끄덕였다. 바이트의 손에는 휴지를 뭉친 것 같은 하얀 천 뭉치가 들려 있었는데 그는 각자의 침대에 하나씩 놓아주었다. 해로프는 그가 웬 휴지를 갑자기 침대 위에 놓아주는지 알 수 없었다. 그때 자고 있던 라이다가 꿈속에서 벌에 쏘이기라도 한 듯 깜짝 놀라며 잠에서 깼다.

"어! 바이트, 벌써 오셨어요?"

라이다는 눈을 비비며 몸을 일으켰고 침대 위에 놓여 있는 하얀 천 뭉치를 보고 말했다.

"바이트 이게 뭐예요? 휴지는 아닌 것 같고."

그때 아침 산책을 하고 온 아드리아프 영감이 지팡이를 땅에 내디디며 방으로 걸어들어왔다. 바이트는 그에게 인사했고 아드리아프는 가녀린 손으로 그의 등을 두드리며 인사를 표했다. 지팡이를 짚고 들어온 영감도 자신의 침대 위에 올려져 있는 하얀 천 뭉치를 보았다.

"여러분들을 위해 어젯밤에 급히 옷을 제작했습니다."

해로프는 그의 말을 듣고 다시 침대 위에 있는 천을 바라보더니 바이트가 입고 있는 옷과 같다는 것을 알아차렸다. 해로프는 하얀 천 뭉치를 두 손으로 집어 펼쳐보았다. 천을 펼치자 마치 나비가 날갯짓하는 것처럼 우아하게 살랑이기 시작했다. 그렇게 몬프크리 원정대는 모두 바이트가 건네준 가벼운 옷으로 갈아입었다. 라이다는 정말 자신이 새가 된 듯 방 안을 돌아다녔다.

아드리아프는 그 옷을 입으니, 마치 산에서 소문만 무성한 신령처럼 보였다. 바이트는 옷을 입은 파프를 보고 마치 하움 왕국의 훤칠한 기사처럼 잘 어울리자 입을 동그랗게 오므리며 그를 바라보았다. 파프는 바이트가 계속 자신을 위아래로 훑어보자 마치 자신의 알몸을 드러내고 있는 것 같은 부끄러운 느낌이 들어 괜히 창문 밖을 바라보았다.

"그럼 이제 모두 옷도 갈아입었으니 몬프크리로 가는 길을 알려줄 분을 만나러 가봅시다!"

바이트는 그 말을 하고 뒤를 돌아 방 밖으로 나갔다. 몬프크리 원정대도 그를 따라 나갔다. 그들이 걸어가고 있는 모습은 정말 하늘 위에서 날고 있는 천사라고 해도 무방할 정도였다. 방 밖으로 나가자마자 해로프는 앞장서서 가고 있는 바이트에게 말했다.

"바이트! 그런데 그분은 몬프크리까지 안전하게 가는 방법을 어떻게 알고 있는 거예요?"

바이트는 해로프의 말을 듣고 피식 웃음을 보이며 장난이 섞인 말투로 말했다.

"그거야 아주 오래전부터 많은 곳을 직접 여행했던 사람이거든."

"그런데도 아직 살아 있는 거예요?"

해로프는 고개를 갸우뚱했다. 바이트는 그의 말에 일부러 대답하지 않고 그저 빨리 자신이 준비한 선물을 보여주고 싶다는 듯 빠른 발걸음으로 걷기 시작했다.

"그분이 사는 집으로 가는 거예요?"

"뭐, 그렇다고 볼 수 있겠지?"

"네…?"

해로프는 바이트의 명확하지 않은 대답에 정말 길을 알려주는 사람이 있기는 한 건지 의심이 되었다. 왕국 곳곳에는 형형색색의 나비들이 이리저리 날아다니고 있었고 사람들은 길가에서 서로 여유롭게 대화하고 있었다. 새들이 지저귀는 소리와 분수대에서 물 흐르는 소리가 원정대의 마음을 한결 편안하게 만들어 주었다. 해로프는 그 모습이 신기한 듯 구경하면서 걸었다. 그때 바이트가 걸음을 멈추고 말했다.

"바로 여기입니다!"

바이트는 한 건물 앞에 서서 따라오던 원정대를 보며 말했다. 바이트가 멈춰선 그곳 옆에 있는 건물은 마치 잘 깎인 뾰족한 연필을 똑바로 세워놓은 듯 둥근 외벽에 뾰족한 지붕의 높은 건물이었다. 벽은 다른 건물들과 마찬가지로 새하얀 흰색으로 뒤덮여 있었고 지붕은 특이하게 빨간색이었다. 마치 새가 날아가다가 실수로 지붕에 찔려 피가 묻은 것처럼 보였다.

해로프는 이 건물을 보면서 사람이 사는 집이 아니라고 생각해 바이트에게 말했다.

"바이트 이곳에 정말 몬프크리로 가는 방법을 알려주는 사람이 있다고요?"

바이트는 계속 의심하는 해로프의 표정을 보고 자신감 넘치는 표정으로 건물 안으로 들어가는 나무로 된 문을 열었다. 몬프크리 원정대는 일단 의미심장한 눈빛으로 서로를 바라보며 바이트를 따라 들어갔다.

"어서들 들어오세요."

밖에서 볼 때 거대한 연필 같았던 건물 내부에는 엄청난 양의 책들이 벽을 둘러싸고 있었다. 책들은 뾰족한 지붕 아래까지 가득 차 있었다. 몬프크리 원정대가 안으로 들어오자 마치 미래 시대에 시간여행을 온 사람들처럼 눈알을 굴리기 바빴다. 라이다는 입에 생쥐 한 마리가 들어가도 될 정도로 입을 벌리고 있었다.

"바이트! 여기는 도서관이잖아요!"

"맞아. 이곳은 우리 하움 왕국에서 가장 오래된 건물이자 수많은 책이 보관되어 있는 도서관이야."

"그런데 우리가 몬프크리로 갈 방향을 알려줄 사람은 보이지 않는데요?"

그때 한쪽 구석에서 삐걱거리는 흔들의자에 앉아 책을 읽고 있던 한 여자가 그들이 들어온 것을 알고 천천히 다가왔다. 그녀는 키가 라이다만큼 작았고 머리는 며칠째 감지 않았는지 매끈하게 기름져 있었다. 얼굴에는 손톱만 한 크기의 작은 안경을 끼고 있었다. 앞이 잘 보이지 않는지 눈을 찡그리며 어정쩡하게 걸어오고 있었다.

"어서들 오세요. 찾으시는 거라도 있으신가…. 바이트 왕자님?"

"네 맞습니다."

그녀는 두 손을 모으며 말했다.

"저는 이 도서관의 사서 슬레시스입니다. 왕자님께서 여긴 어쩐 일로?"

그때 해로프가 참을 수 없다는 듯 그들의 대화에 끼어들었다.

"혹시 당신이 몬프크리로 안전하게 가는 방법을 알려줄 수 있는 분이신가요?"

해로프는 마치 범죄자를 신문하는 사람처럼 작은 안경을 쓰고 있는 사서에게 다가가며 말했다. 슬레시스는 해로프가 자신에게 가까이 다가오자 바닥을 끌며 뒷걸음질 쳤다.

"네? 그게 무슨 소리인지…."

그녀는 손사래를 치며 순수하게 눈을 깜빡였고 바이트는 눈망울이 동그랗게 변한 해로프에게 다가가 말했다.

"해로프, 내가 말한 그 사람은 이분이 아니야."

해로프는 빨리 몬프크리로 갈 수 있는 길을 알아내고 싶었기에 자신도 모르게 순간 마음이 다급해졌다. 라이다는 그들이 말하고 있는 사이에 주변에 꽂혀 있는 엄청난 양의 책을 두리번거리며 구경하고 있었다. 파프는 팔짱을 낀 채 고개를 올려 엄청나게 높은 천장을 바라보았다. 해로프는 아무리 봐도 사람이 없는 도서관을 둘러보고 난 뒤 바이트를 보며 말했다.

"그럼 누가 우리한테 몬프크리로 안전하게 갈 방법을 알려주는 거예요?"

슬레시스는 해로프의 말을 듣고 자신의 작은 안경알을 올린 채 그의 목에 걸려 있는 초록빛의 보석을 보고 말했다.

"당신들은 몬프크리로 가는 원정대?"

"네! 맞아요. 바이트가 이곳에 오면 어떤 방향으로 가야 안전하게 갈 수 있는지 알려줄 사람이 있다고 했어요."

슬레시스는 당황하며 말했다.

"그런 사람은 여기에 없는데?"

그때 바이트는 주변에 있는 책들을 쭉 둘러보며 말했다.

"티빌스렌이 있는 책을 찾고 있어요."

슬레시스는 바이트의 말을 듣고 잠시 고민하는 듯 그의 입에서 나온 사람의 이름을 혼잣말로 몇 번 되새기더니 코 밑까지 내려간 안경을 집게손가락으로 올리며 무언가 생각난 듯 말했다.

"티빌스렌! 그분은 아마 저 꼭대기 층에 있을 거예요!"

"그럼 그곳으로 갑시다!"

해로프는 사서의 말을 듣고 까마득히 높은 도서관의 천장을 바라보며 말했다.

"그런데 저 높은 곳까지 어떻게 올라가요? 혹시 엄청나게 기다란 사다리라도 있는 거예요?"

해로프가 마치 하늘 위에 별을 다는 것이 더 쉬워 보일 것처럼 천장 쪽에 꽂혀 있는 책들을 바라보았다. 그때 슬레시스는 교묘한 웃음을 보이며 말했다.

"저기 꽂혀 있는 책들을 이용하면 쉽게 꺼낼 수 있지요."

슬레시스가 가느다란 손가락으로 책장을 가리키자 몬프크리 원정대는 동시에 그녀가 가리키는 곳을 바라보았다. 그 책장 위에는 '날개가 있는 책'이라고 적혀 있었다.

"이 책들이 뭔데요?"

그때 슬레시스는 직접 보여주기 위해 책장으로 다가가더니 꽂혀 있는 책 중 하나를 집어 빼냈다. 그러자 책장 밖으로 나온 책이 갑자기 펼쳐지더니 종이가 마치 비둘기의 날개처럼 푸드덕거리며 도서관을 이리저리 날기 시작했다. 슬레시스는 높이 올라간 책을 보며 휘파람을 불었다.

"휘리릭!"

그때 날아오른 책은 과자부스러기를 발견한 비둘기처럼 순식간에 슬레시스 앞에 펼쳐진 채 바닥에 살포시 내려앉았다. 몬프크리 원정대는 이상한 능력이 있는 책을 보면서 신기한 것이 아니라 겁먹은 표정을 지었다. 슬레시스는 뒷걸음질 치는 해로프에게 말했다.

"어서 저 책장에 있는 책들을 하나씩 뽑아보세요."

슬레시스는 마치 물지 않는 자신의 강아지를 만져보라는 듯 말했다. 해로프는 천천히 사서가 가리키고 있는 책장으로 가까이 다가갔다. 그는 집게손가락으로 책의 윗부분을 눌러 빼내었고, 그 책은 책장에서 빠지자마자 펼쳐지며 안에 있던 종이들이 마치 기지개를 켜듯 첫 장부터 마지막 장까지 저절로 넘겨지기 시작했다.

라이다와 파프 그리고 아드리아프까지 해로프를 따라 책장에서 책을 하나씩 빼내었다. 그들이 뽑은 책들도 하나같이 뽑히자마자 몸을 푸는 것처럼 화려하게 펼쳐졌다.

"모두 여기에 앉으세요."

사서는 펼쳐진 책 위에 앉았다. 슬레시스는 해로프를 보며 자신을 따라 하라는 듯 눈짓을 했다. 슬레시스가 펼쳐진 책 위에 앉아 책의 표지를 잡자마자 책은 날갯짓하며 위로 올라가기 시작했다. 해로프는 마치 하늘 위로 올라가고 있는 거대한 열기구를 바라보듯 신기하게 쳐다보았다.

그때 호기심 많은 라이다가 먼저 슬레시스를 따라 펼쳐져 있는 책에 앉았고 책은 라이다가 앉자마자 점점 위로 올라가기 시작했다.

"어서 해봐! 생각보다 재밌어!"

해로프도 라이다가 마치 기린의 얼굴 위에 탄 것처럼 고개를 들어야 볼 수 있을 정도의 높이까지 올라가자 주저 없이 책 표지에 풀썩 앉았다. 파프는 믿기지 않는다는 듯 펼쳐져 있는 책을 발로 툭툭 건드려 보았다. 아드리아프도 지팡이를 품에 안은 채 책에 천천히 앉았다. 바이트는 이미 슬레시스 옆에서 그들이 올라오는 것을 쳐다보고 있었다.

그들이 책에 방석처럼 앉자 높이 올라가기 시작했다. 마치 땅속에서 뿜어져 나오는 물줄기 위에 올라탄 것처럼 보였다. 그들은 서로를 신기하게 바라보았다. 바이트는 모두가 올라온 것을 확인하자 말했다.

"그럼 이제 티빌스렌을 만나러 가봅시다!"

슬레시스는 바이트의 말을 듣자 다시 휘파람을 불었고, 책은 점점 더 높이 올라가기 시작했다. 해로프는 혹시나 자신이 바닥으로 떨어지진 않을지 양쪽 책 표지를 꽉 잡았다. 그런데 그때 라이다가 위로 올라가던 중에 눈에 띄는 책의 제목을 보았다. 그는 몸을 한쪽으로 뉘우치며 책이 올라가는 것을 멈춰 서게 했다.

"어!"

그 책에는 '싸움에서 절대로 지지 않는 방법'이라고 적혀 있었다. 라이다는 아직 자신이 멈춘 것을 모르는 동료들의 눈치를 살핀 뒤 몸을 기울여 그가 발견한 책에 더 가까이 다가갔다.

"이건 내가 정말 알고 싶었던 책이잖아!"

라이다는 높이 올라가고 있는 동료들을 한 번 더 바라보고 흥얼거리며 책을 꺼내자마자 펼쳤다.

"어떤 내용이 적혀 있을까?"

라이다는 천진난만하게 책을 열었다. 그런데 그때 펼쳐진 책 속에서 근육이 터질 듯이 빵빵하고 머리는 밤톨처럼 짧은 사람이 마치 잠을 자고 있다가 기지개를 피는 사람처럼 두 팔을 올리며 책 속에서 튀어나왔다.

라이다는 소리를 지를뻔했지만 위로 올라간 동료들에게 들키지 않기 위해 손으로 입을 틀어막았다. 책에서 나온 근육질의 남자가 말했다.

"날 왜 깨운 거야."

책에서 나온 그는 라이다를 보며 말했다. 라이다는 깜짝 놀라 다시 책을 덮으려고 했다. 그런데 책에서 나온 근육질의 영혼은 자신이 두 팔을 양쪽으로 쭉 뻗더니 책이 덮이는 것을 막았다.

"방금 나왔는데 벌써 들어가라고?"

라이다는 온몸에 소름이 돋으며 강하게 양쪽 책 표지를 눌렀지만, 그의 힘으로는 아무 소용이 없었다. 라이다는 결국 위로 올라간 동료들을 향해 소리를 질렀다.

"도와줘!"

라이다가 사라진 줄도 모르고 위쪽만 쳐다보며 올라던 그의 동료들은 갑자기 아래쪽에서 라이다의 소리가 들려오자 급히 그곳을 쳐다보았고 펼쳐져 있는 책과 혈투를 치르고 있는 그를 발견했다. 해로프가 그 모습을 보며 말했다.

"라이다! 무슨 일이야!"

그들이 앉아 있던 책들은 겁에 질려 있는 라이다에게 순식간에 내려갔고 그들도 근육질의 영혼이 책 위에 나타나 있는 것을 보았다. 파프는 라이다가 시간을 지체한 것에 짜증이 나는 듯 깊은 한숨을 내쉬었다.

"이 책이 안 덮여요!"

그때 슬레시스는 안경을 올리며 침착하게 말했다.

"모두 나와보세요."

슬레시스는 어디에서 가지고 왔는지는 모르겠지만 손에 들려 있는 예쁜 장미꽃 한 송이를 책에서 나온 근육질의 영혼에 건네주었다. 근육질의 영혼은 슬레시스가 꽃을 건네주자 두 손으로 장미의 줄기를 잡았다. 바로 그때 슬레시스는 책의 표지를 덮어 버렸다. 그리고 책에 쌓인 먼지를 '후'하고 불고 다시 끼워져 있던 책장에 집어넣었다.

라이다는 책장에 들어간 책을 보고 식은땀을 흘리며 안도의 한숨을 내쉬었다. 해로프는 이런 혼란스러운 상황에 아무렇지도 않게 대처하는 슬레시스를 감탄하며 쳐다보고 있었다.

"슬레시스, 대단해요."

"별거 아니에요. 여기에는 세상에 있는 다른 책들과는 다르게 특별한 능력이 있는 책들만 꽂혀 있어요."

라이다는 마치 얼음으로 둘러싸여 있는 이글루에 들어와 있는 듯 자신의 몸을 양팔로 감싸고 있었다. 해로프는 그런 라이다를 보며 말했다.

"몰래 벗어나면 어떡해!"

"책의 제목을 보자마자 너무 궁금해서 그만…."

바이트는 그들을 보고 말했다.

"다시 위로 올라갑시다. 이젠 떨어지면 안 돼."

"네…."

시간이 약간 지체되긴 했지만, 그들은 다시 도서관의 높은 곳으로 날아오르기 시작했다. 그들은 생각보다도 더 높이 올라갔다. 해로프는 자신도 모르게 아래를 내려다보았고 발바닥과 손바닥에 땀이 흥건히 젖었다.

그 이후로 해로프는 고개를 위로 올려 아래쪽은 절대 쳐다보지 않았다. 그들을 도서관 지붕 끝으로 올라가면서 다양한 책들을 구경했다. 파프는 책장에 꽂혀 있는 《맛있게 요리하는 법》이라는 제목의 책을 보고 바이트에게 말했다.

"저 책을 여동생에게 빨리 가져다주는 게 좋을 것 같네요."

바이트는 멋쩍은 웃음을 지으며 고개만 끄덕였다.

그 와중에도 《웃긴 표정 100가지 짓는 방법》, 《사탕을 입에서 빨리 녹이는 방법》 등 다양한 책들이 꽂혀 있었다.

슬레시스는 고개를 위로 올리더니 말했다.

"이제 거의 다 온 것 같네요!"

그때 해로프는 하나의 책 제목이 눈에 들어왔다. 책에는 '그리워하는 사람을 단 한 번 볼 수 있는 책'이라고 적혀 있었다. 해로프는 잠시 고민하다가 말했다.

"저…. 슬레시스?"

슬레시스는 도서관의 지붕만 바라보며 위로 올라가고 있다가 해로프가 조심스럽게 말하자 그를 바라보았다.

"해로프, 무슨 일이에요?"

"그게…."

해로프가 주저하자 라이다가 옆에서 말했다.

"혹시 화장실에 가고 싶은 거야?"

해로프는 고개를 저으며 말했다.

"저기 있는 책을 한번 꺼내봐도 될까요?"

해로프는 위로 올라가고 있는 와중에 손을 올려 자신이 눈을 떼지 못하고 있던 책을 향해 손가락을 가리켰다. 슬레시스는 그가 가리킨 책의 제목을 보자 말했다.

"저 책을 왜…?"

해로프는 고개를 숙이며 말했다.

"그냥 제가 지금 생각하고 있는 사람의 얼굴을 한번 볼 수 있을까 해서요."

슬레시스는 해로프의 진심으로 원하고 있는 듯한 두 눈동자를 보았고, 라이다와 파프도 해로프를 보며 그가 지금 누구를 생각하고 있는지 알 수 있었다.

"여러분들의 생각은 어떠세요?"

파프는 조용히 해로프의 두 눈을 힐끗 보고 말했다.

"저 책을 한번 꺼내보는 것도 나쁘지 않을 것 같아요."

슬레시스는 콧방울까지 내려간 안경을 다시 올린 뒤 말했다.

"그럼 모두 동의하는 것 같으니 저 책이 있는 곳으로 가봅시다."

그렇게 그들은 해로프가 유심히 보고 있던 책 앞으로 가까이 다가왔다. 해로프는 떨리는 손으로 책을 뽑아 들었다. 그는 아주 천천히 책을 펼쳐보았다. 그런데 펼친 책 속에는 아무것도 그려지거나 적혀 있지 않았고, 그저 오래되어서 종이가 갈색으로 변해 있었다.

"아무것도 적혀 있지 않아요."

"지금 보고 싶은 그 사람을 이 책을 마치 거울을 보는 것처럼 정면으로 바라본 다음 눈을 감고 생각해 보세요."

해로프는 아무것도 적혀 있지 않은 책을 사서가 시킨 대로 정면으로 바라본 다음 눈을 감았다. 해로프의 입술은 긴장되는 듯 파르르 떨렸다. 그가 눈을 떴을 때는 책 위에 마치 연필로 스케치하듯 어떤 사람의 얼굴이 그려지고 있었다. 슬레시스는 책을 보고 말했다.

"이제 조금만 기다리면 돼요."

해로프는 갈색의 종이에 갑자기 그림이 그려지는 것을 바라보았다. 얼마의 시간이 지나지 않아 그가 들고 있던 책 페이지에는 프샨이 흐뭇하게 웃고 있는 얼굴이 희미하게 그려졌다.

"프샨…."

해로프는 책에 그려진 그의 얼굴을 보자 온몸에 소름이 돋기 시작했고 주위에 있던 그의 동료들도 프샨의 얼굴을 보자 고개를 내밀어 더 자세히 그의 얼굴을 바라보고 한동안 말을 하지 못했다. 라이다는 그의 얼굴을 보자마자 코끝이 찡하게 울렸다. 아드리아프와 파프는 아무 말도 하지 않고 책 위에 그려져 있는 프샨의 얼굴을 마치 오랜만에 만난 친구를 보는 것처럼 바라보았다.

해로프는 눈물 한 방울을 책 위에 떨어뜨렸다. 사서는 책이 혹여나 망가지진 않을까 그에게서 책을 덮으려 했는데 옆에 있던 바이트가 슬레시스의 팔을 살포시 잡으며 조용히 속삭였다.

"조금만 시간을 줍시다."

사서는 자신의 팔목을 잡은 바이트의 눈에서도 슬픈 무언가가 보이자 고개를 끄덕이며 다시 손을 내렸다. 해로프는 입술을 삐죽거리며 눈물이 흘러나오는 것을 간신히 참고 있었다. 슬레시스는 책 속에 있는 사람을 보고 그들이 왜 슬픔에 빠졌는지 궁금해 물었다.

"이 사람은 어떤 사람인가요?"

해로프는 그녀의 말에 한동안 대답하지 않다가 코를 훌쩍 넘기고 손가락으로 새어 나오는 눈물을 닦아내며 말했다.

"이분은 저희와 같이 여정을 함께한 사람이었어요."

"그런데 왜 이분을 생각했나요?"

해로프는 슬레시스의 말에 아무 대답도 하지 않았다. 그때 라이다가 해로프 대신 조용히 말했다.

"몬프크리로 가다가 검은 영혼의 칼에 찔려 안타깝게 하늘나라로 가셨어요."

해로프는 책 속에서 자신을 바라보고 있는 프샨의 얼굴을 보며 마치 대답을 원하는 듯 말했다.

"프샨, 잘 지내고 있죠?"

책 속에 그려져 있는 프샨은 해로프의 말에 당장이라도 대답해 줄 것만 같았다. 하지만 그 안에 있는 프샨은 그저 웃고 있기만 할 뿐 움직임이 없었다.

"대답해 봐요!"

슬레시스가 그런 해로프의 모습을 보고 말했다.

"이 책은 그리워하는 사람이 그림으로밖에 나오지 않아요. 이

분의 얼굴을 보니 아주 밝은 사람이었다는 걸 알 수 있겠네요."

해로프는 자신의 손바닥으로 책에 그려진 프샨의 얼굴을 한번 쓰다듬었다. 그리고 다시 대답이 돌아오지 않을 거라는 것을 알면서도 말했다.

"우리를 항상 지켜봐 주세요!"

해로프는 이제 시간을 지체할 수 없다는 것을 알고 사서를 바라보며 고개를 끄덕였다.

"이제 이 책을 덮어도 될까요?"

"네. 제가 이 책을 들고 있으면 종일, 아니 며칠 동안 덮지 못할 것 같아요."

슬레시스는 주저하는 그 대신 책을 덮고 책장에 넣으며 말했다.

"이제는 정말 티빌스렌을 만나러 갑시다."

슬레시스는 손가락을 둥글게 말아 입에 가져다 대며 휘파람을 불었고 책은 다시 위로 올라가기 시작했다. 슬레시스는 표정이 어두워진 해로프와 그의 동료들을 보며 말했다.

"그분이 아주 좋은 사람이었나 보네요."

해로프는 그녀의 말을 듣고 고개를 끄덕였다. 그들은 그 이후로 아무 대화 없이 그저 도서관 꼭대기로 올라갔다. 얼마 지나지 않아 정말 뾰족하게 솟아오른 지붕까지 올라온 그들은 주변에 몬프크리로 가는 책의 제목이 있는지 찾기 위해 고개를 두리번거렸다. 그때 두리번거리던 슬레시스가 소리쳤다.

"저기 있네요!"

슬레시스는 손으로 하나의 책을 가리켰고, 모두가 마치 보물이라도 찾은 것처럼 재빨리 그곳을 바라보았다. 해로프는 그 책을 보자마자 실망했다.

"저 책이 맞아요?"

해로프는 사서가 가리킨 책이 생각보다 얇아서 풍부한 내용이 들어 있지 않을 거라고 생각했다. 하지만 슬레시스는 주저 없이 자신이 발견한 책을 향해 빠르게 다가가며 말했다.

"이거 맞아요!"

책은 하늘을 찌를 것 같은 뾰족한 천장 바로 아래에 꽂혀 있었다. 책에는 정말 '어떤 길이든 알려주는 책'이라고 적혀 있었다. 슬레시스가 책을 꺼내려 할 때 옆에 있던 라이다가 말했다.

"잠시만요!"

슬레시스는 라이다의 갑작스러운 말에 깜짝 놀라 마치 전기에 감전된 사람처럼 순간 몸을 떨었다. 그녀는 안경다리를 잡은 채 말했다.

"무슨 일이시죠?"

"혹시, 제가 한번 그 책을 직접 뽑아봐도 될까요?"

라이다는 수줍은 어린아이의 표정을 얼굴에 띄우며 말했다. 그를 보고 있던 파프는 라이다가 몬프크리로 가는 원정대라는 것이 부끄럽다는 듯 한숨을 푹 내쉬며 고개를 저었다.

"안 될 건 없죠."

슬레시스는 자리를 비켜주었고, 라이다는 기대에 찬 눈빛으로 직접 책을 뽑았다. 라이다가 책을 뽑자 마치 몇백 년 동안은 책을 뽑지 않았는지 뿌연 먼지가 책장 앞에 있는 그들의 얼굴에 뿌려졌다.

"으악!"

모두가 입에 들어간 먼지를 빼내기 위해 기침을 하며 주변에 있는 먼지들이 사라질 때까지 한참 동안 고개를 들지 않았다. 먼지가 사라지자 해로프는 서서히 고개를 들어 라이다 손에 들려 있는 책을 보았다. 책의 표지는 너무 오래돼서 그런지 잘 보이진 않았지만 희미한 나무줄기 같은 길이 그려져 있었고 라이다는 책을 펼쳐보았다.

"그냥 열어보면 되는 거죠?"

슬레시스는 안경에 묻은 먼지를 닦아내며 고개를 끄덕였다. 라이다는 마치 보물상자를 여는 듯 그 책을 아주 천천히 열어보기 시작했다. 그 모습을 보고 있던 파프가 말했다.

"좀 빨리 열어줄래?"

라이다가 책을 펼치자 아까 해로프가 꺼냈던 책처럼 아무것도 적혀 있지 않았다.

"뭐야!"

해로프뿐만 아니라 라이다와 그의 동료들은 책에 아무것도 적혀 있지 않자 뭔가 해결해 주길 바라는 눈빛으로 사서를 바라보았고, 그녀는 그들이 또다시 실망한 표정을 짓자 웃으며 말했다.

"음…. 이제 나오실 때가 됐는데?"

해로프는 아무것도 적혀 있지 않는 책을 물끄러미 바라보며 말했다.

"책 안에서 또 누가 나온다고요?"

그 말이 끝나자마자 라이다가 펼치고 있는 책 안에서 하얀 연기가 스멀스멀 피어오르더니 그 속에서 사람의 형체가 희미하게 보이기 시작했다. 라이다는 이상한 형체가 나타나자 순간 책을 손에서 놓치고 말았다.

"어떤 사람이 나왔어!"

해로프는 갑자기 라이다가 책을 던져버리자 눈을 크게 뜨며 바닥으로 떨어지는 책을 바라보았고 슬레시스는 휘파람을 불었다. 그러자 책이 떨어지다가 빠르게 퍼덕이며 다시 올라오기 시작했다. 그 책이 떨어지면서 그 안에서 나오던 사람은 소리를 지르고 있었다.

"나를 바닥으로 던져버리면 어떡해!"

슬레시스는 오랜만에 만난 듯 고개를 숙이며 말했다.

"제가 책을 펼친 게 아니에요."

"그럼 누가 나를 바닥으로 내던진 거야!"

슬레시스는 양손으로 펼쳐진 책을 잡았다. 책 안에서 모습을 보인 사람은 몸통까지만 모습을 보였다. 해로프와 그의 동료들도 그의 모습을 보자 라이다가 왜 책을 바닥에 던졌는지 이해가 되었다.

책에서 나온 사람은 눈 밑에 눈그늘이 입꼬리까지 길게 내려올 정도로 피곤해 보였고, 그의 광대뼈는 심하게 튀어나와 있었다. 머리는 왁스를 칠한 듯 반질거렸다. 해로프는 그의 얼굴을 보고 책을 잘못 뽑은 것이 확실하다고 생각했다.

"슬레시스 이 책 정말 맞아요?"

"이 책 맞아요."

해로프는 펼쳐진 책에서 모습을 보인 사람의 형체를 그저 물끄러미 바라보았고 책에서 나온 사람도 해로프와 그의 동료들이 자신을 쳐다보고 있자 놀란 눈으로 그들의 얼굴을 한 번씩 훑어보았다.

"당신들은 누구요!"

책에서 나온 형체가 그들을 경계하는 듯 말하자 해로프가 대답했다.

"저희는 몬프크리로 가는 원정대입니다!"

그 사람은 해로프의 그 말을 듣고 마치 이마를 강하게 얻어맞은 듯 고개를 뒤로 젖히며 말했다.

"뭐라고 했어?"

옆에서 그를 째려보던 라이다가 크게 말했다.

"몬프크리로 가고 있는 용감한 원정대라고요!"

라이다의 말을 들은 그 형체가 미간을 찌푸리며 말했다.

"그곳은 이미 폐허가 되었고 블레드도 봉인되어 있을…. 설마!"

"맞아요. 블레드가 다시 세상 밖으로 나왔어요."

그제야 그 책에서 나온 사람은 해로프의 목에 걸려 있는 초록빛 영혼석을 발견했다. 그리고 모든 것이 이해가 되었는지 경계하는 눈빛이 사라지고 알 수 없는 미소를 지으며 고개를 끄덕였다.

"그럼 자네들이 나를 깨운 이유는….”

"몬프크리로 안전하게 갈 수 있는 방향을 알고 싶어서 왔어요!”

해로프의 말을 듣고 책에서 나온 형체는 갑자기 팔짱을 끼고 잠시 생각하는 것 같더니 늠름하게 말했다.

"내 이름은 티빌스렌이오. 그대들도 아마 나의 이름을 잘 알고 있을 테니 절대 설명하지 않겠네.”

"처음 들어보는데요?”

눈그늘이 길게 내려온 영혼은 당황한 듯 팔짱을 낀 손을 다시 풀어 양손을 허리에 가져다 댔다.

"그럼 아직 내 이름이 유명해지지 않았다는 거요?”

해로프는 그가 약간 화가 난 표정으로 자신을 바라보자 말했다.

"네.”

"내가 얼마나 많은 업적을 남겼는데 유명해지지도 않고 책장 안에 틀어박혀 있다니!”

책 안에서 나온 영혼은 마치 먹잇감을 발견한 맹견처럼 혼자 씩씩거렸고, 해로프는 그를 보며 말했다.

"그건 그렇고 저희에게 몬프크리로 가는 방법을 알려주세요.”

"몬프크리로 가는 방향은 그대들도 이미 알고 있을 텐데?”

해로프는 한숨을 한번 내쉰 후 말했다.

"방법은 잘 알아요 하지만….'

"하지만?"

"저희는 얼마 전 블레드가 보낸 검은 영혼의 군대와 맞서 싸웠어요. 그래서 저희가 생각했던 방향으로 가면 분명히 그들이 숨어 있을 것이 분명해요. 그리고 바이트가 당신을 만나면 분명히 도움을 받을 수 있을 거라고 했어요."

해로프는 옆에 있는 바이트를 손으로 가리켰다. 티빌스렌은 바이트를 한참 동안 보며 중얼거렸다.

"누구를 닮았는데…."

바이트는 책에서 나온 영혼이 자신에게 못생긴 얼굴을 들이밀자 말했다.

"저는 하움 왕국의 왕자 바이트입니다."

그제야 티빌스렌은 까먹고 있던 기억이 되살아난 듯 검지를 위로 올리며 소리쳤다.

"잠깐만 그러면 이 하움 왕국의 왕자가 지금 나를 찾아온 거야?"

바이트는 말없이 티빌스렌의 놀란 얼굴을 바라보며 고개만 끄덕였다. 티빌스렌은 바이트의 두 손을 잡으며 말했다. 하지만 그의 손은 투명해서 바이트의 손에 잡히지 않았다.

"이런 고귀한 왕자님께서 직접 이곳에 와주신다니, 내가 도와줄 수 있는 모든 것을 도와드리겠네!"

"고마워요."

파프는 티빌스렌이 자꾸만 원하는 대답을 해주지 않고 다른 말만 하자 단도직입적으로 말했다.

"이제 몬프크리로 어떻게 가야 안전하게 갈 수 있는지 알려주시겠어요?"

티빌스렌은 다시 팔짱을 끼며 천장을 바라보았다. 그리고 아주 깊은 고민이 있는 듯 콧바람을 내뿜으며 가만히 있었다.

"흠….."

해로프는 아직 그를 의심하는 눈빛으로 바라보고 있었다. 티빌스렌은 그들이 자신의 대답을 기다리고 있다는 것을 알자 더 장난을 치고 싶어 일부러 시간을 지체하여 그들의 반응을 살폈다.

해로프는 그런 티빌스렌을 보며 말했다.

"혹시 모르고 있는 건 아니겠죠?"

그러자 티빌스렌은 자신의 자존심을 건드린 해로프의 말을 듣자 다시 팔짱을 끼던 팔을 빼고 허리에 양손을 올린 뒤 말했다.

"장난을 치다니! 내가 얼마나 깊게 생각하고 있었는데."

파프는 해로프와 같이 의심스러운 눈으로 보며 말했다.

"그런데 왜 말해주지 않는 건가요?"

"너희들을 위해 어디로 가야 더 안전하게 몬프크리로 갈 수 있을지 생각하고 있었다고! 조금만 더 기다려!"

티빌스렌은 파프를 보며 호통치듯 말했고 파프는 마치 사춘기인 아이가 엄마를 올려다보듯 눈을 치켜뜨며 그를 바라보았다.

그는 거의 십 분 동안 아무 말 없이 그저 천장만을 바라보며 한숨만 내쉬었다. 해로프는 기다리는 것에 지친 듯 자신이 앉아 있는 책 표지를 긁기 시작했다.
"그래 그 방향이 좋겠다!"
해로프는 갑자기 크게 소리친 티빌스렌을 보며 말했다.
"드디어 우리가 가야 할 방향을 말해주실 건가요?"
"그게…."
라이다는 기다림을 참지 못하고 사서를 보며 말했다.
"분명히! 이 사람은 방법을 모르고 있는 거예요. 다시 책을 덮어버려요!"
그리고 라이다는 순백의 바이트를 보며 말했다.
"바이트! 이게 어떻게 된 일이에요! 이분이 몬프크리로 가는 방향을 알려줄 수 있다고 말씀하셨잖아요!"
바이트는 그를 진정시키기 위해 두 손바닥을 내밀며 말했다.
"라이다. 조금만 더 기다려 보자. 지금 티빌스렌도 우리가 어떻게 하면 몬프크리로 빨리 갈 수 있는지 곰곰이 생각하고 있어."
그때 티빌스렌은 마치 장터에서 마감 할인을 하는 물건을 말하는 사람처럼 크게 소리쳤다.
"그럼 이제 정말 알려주겠어!"
해로프는 이미 그를 괴짜 사기꾼을 바라보는 듯한 눈빛으로 보고 있었다. 해로프를 제외한 다른 원정대 동료들도 모두 그와 같은 눈빛으로 책에서 몸통만 튀어나온 그를 바라보고 있었다. 티빌스렌은 자신을 바라보고 있는 사람들이 인내심이 다다르자 이제는 정말 말해줘야 할 것 같았다.

"분홍색 꽃이 만개한 카루스 숲 방향으로 가면 될 것 같네."

아드리아프는 티빌스렌을 보며 말했다.

"방향을 알려주셔서 고맙소."

티빌스렌은 조용히 있던 아드리아프를 곁눈질로 바라보며 말했다.

"저 사람은 마음에 드는군!"

그때 라이다가 소리쳤다.

"우리 아드리아프 영감님의 연세가 얼마나 많은 줄 알고 반말이에요! 어서 사과하세요!"

티빌스렌은 그런 라이다의 말을 듣고 가소롭다는 듯 웃음을 터트렸다. 옆에 있던 슬레시스도 웃음을 터트리며 얼굴이 붉어지기 시작한 라이다에게 속삭였다.

"라이다, 티빌스렌은 지금 태어난 지 500년도 훨씬 넘으셨어. 티빌스렌이 보기엔 아드리아프가 아마 어린아이로 보일 거야."

"5…. 500년이요?"

티빌스렌은 다시 자신을 놀란 표정으로 바라보고 있는 라이다를 보며 말했다.

"어때 반말 좀 해도 되겠지?"

라이다는 그의 나이를 듣고 아무 말 없이 어금니를 꽉 깨물며 가만히 있었다. 티빌스렌은 심호흡을 하며 안정을 되찾고 원정대를 보며 다시 말했다.

"아무리 생각해도 아까 내가 말한 분홍빛 나무가 있는 카루스 숲으로 가는 것이 최고의 방법이야."

해로프는 그의 나이를 듣고 난 뒤 왠지 신뢰감이 생겼고 해로프는 다시 질문했다.

"그럼 카루스 숲은 어떻게 가야 하는 거죠?"

티빌스렌은 해로프의 말에 직접 대답하지 않고 바이트를 쳐다보며 말했다.

"하움 왕국의 왕자 바이트라고 했나?"

"그렇습니다."

"그러면 혹시 아직도 이 왕국에 뒷문이 있겠지?"

바이트는 그의 말을 듣고 고개를 끄덕였다.

티빌스렌은 바이트가 고개를 끄덕인 것을 보자 손뼉을 치며 말했다.

"그럼 됐어!"

광대뼈가 이제 살을 찢고 나올듯한 그는 눈을 깜빡이며 자신의 두 손을 마치 잘 익은 사과 위에 앉아 있는 파리처럼 이리저리 비비며 말했다.

"뒷문으로 나가면 흙길이 있네. 그 길을 쭉 따라간다면 너희들 눈앞에 내가 방금 말했던 분홍빛의 나무들이 무성하게 자라 있는 카루스 숲이 보일 거야. 그 숲속으로 들어가면 된다네."

해로프는 오백 살도 넘은 영혼이 말한 방향을 듣고 말했다.

"그곳으로 걸어가면 바로 몬프크리로 갈 수 있는 거죠?"

티빌스렌은 자신의 이마를 검지로 긁어대며 말했다.

"지름길이라…."

라이다도 신이 난 듯 그에게 물었다.

"티빌스렌 할아버지, 그럼 그 분홍색의 숲을 통해 앞으로만 가면 바로 몬프크리에 도착하는 거예요?"

티빌스렌은 어이가 없다는 듯 웃으며 말했다.

"이 친구들은 너무 성격이 급하군."

"저희는 하루빨리 몬프크리로 가서 블레드를 봉인해야 한단 말이에요! 몬프크리로 바로 갈 수 있는 지름길을 알려주세요!"

"그런 길은 없다!"

"네? 이 세상에 모든 길을 알고 있다고 하셨잖아요! 거짓말을 하신 거예요?"

티빌스렌은 고개를 저으며 말했다.

"나는 너희들에게 지금 당장 가야 하는 방향을 제시해 줄 뿐이지 이후 너희들에게 생기는 일에 대해서는 나도 알 수가 없단다. 그렇지만 지금 당장 내가 알려준 방향으로 간다면 검은 영혼은 절대 마주치지 않을 거라고는 장담하지!"

해로프가 몬프크리로 바로 갈 수 있는 지름길이 없다는 사실을 듣자 실망한 듯 입꼬리를 내렸다. 그때 뒤에 조용히 있던 아드리아프 영감이 조용히 입을 열었다.

"티빌스렌의 말이 맞아. 우리는 지금 당장 우리가 가야 하는 방향만 알고 있으면 돼. 그 이후에 우리에게 일어날 일들은 아무도 모르는 거지."

티빌스렌은 지팡이를 부여잡고 있는 아드리아프를 보며 말했다.

"저 흰머리 친구가 이 무리 중에서는 가장 똑똑한 것 같군."

아드리아프는 그에게 고개를 숙여 인사를 했다. 티빌스렌은 그가 고개를 숙이자 받아주는 듯 고개를 끄덕이며 말했다.

"그럼 이제 너희들의 궁금증은 모두 풀린 거니?"

해로프는 마치 화장실에서 용변을 시원하게 해결하지 못하고 나온 사람처럼 찝찝한 표정을 지으며 말했다.

"아주 명쾌한 대답은 아니긴 했지만."

"그럼 나는 이만 책으로 들어가서 휴식을 좀 취해야 할 것 같군. 다음에 또 만날 수 있으면 좋겠네!"

티빌스렌은 슬레시스를 흘끔 쳐다보며 윙크를 했다. 사서는 책을 덮어달라는 그의 신호를 받아들이고 고개를 끄덕였다.

"몬프크리로 가서 꼭 사악한 블레드를 다시 봉인할 수 있도록 하게! 나도 책 속에서 너희들이 안전하게 갈 수 있게끔 기도해 주도록 하지."

"안녕히 가세요!"

슬레시스는 들고 있던 책을 덮으려고 표지를 양손으로 지그시 눌렀다. 그런데 그때 티빌스렌은 마치 집에 놓고 온 물건이 생각나기라도 한 듯 황급하게 책 밖으로 얼굴을 불쑥 내밀어 말했다.

"아 참! 카루스 숲에 들어가면 분홍색 꽃잎들을 조심해야 할 거야!"

"네? 그게 무슨 소리예요?"

"그건 자네들이 가보면 알게 될 테니 직접 가보도록!"

티빌스렌은 마치 지하로 들어가는 문을 닫듯이 자신의 책을 스스로 덮으며 안으로 들어갔다. 사서는 스스로 닫힌 책을 한동안 바라보았다. 주변에 있던 원정대도 방금까지 시끄러웠던 티빌스렌의 모습이 순식간에 사라지자 잠시 정적에 잠겼다.

슬레시스는 다시 책장 속에 티빌스렌이 들어간 책을 집어넣었고 해로프와 그의 동료들을 바라보며 말했다.

"이제 여러분이 가야 하는 방향을 알아냈으니 다시 바닥으로 내려가 볼까요?"

"좋아요!"

해로프는 고개를 끄덕였다. 그때 갑자기 라이다가 험악한 들개를 만난 수탉처럼 다급하게 소리쳤다.

"어서 내려가요! 오줌이 나올 것만 같아요!"

라이다의 그 소리를 듣고 갑자기 모두가 다급해지며 슬레시스는 집게손가락으로 안경을 밀어 올리며 말했다.

"이 신성한 도서관에 오줌을 싸면 안 돼요! 바로 내려갈 테니 조금만 참아주세요."

라이다는 자신의 소중한 부위를 두 손으로 붙잡았다.

"그럼 내려갑니다!"

슬레시스는 다시 휘파람을 불었고 그들의 엉덩이를 받치고 있던 책들은 천천히 아래로 내려가기 시작했다. 라이다는 얼굴이 창백해졌다. 해로프는 내려가면서 티빌스렌이 책에 들어가기 전 마지막으로 해준 말에 대해 곰곰이 생각했다.

"분홍색 꽃을 조심하라고 하셨어."

하얀 머리카락을 흩날리고 있는 아드리아프는 심각하게 고민하는 해로프를 보며 말했다.

"해로프, 아직은 너무 고민하지 마. 일단 우리가 가야 할 방향을 알아냈으니 우선 그가 알려준 방향대로 가면 될 거야."

그런데 순백의 왕자 바이트는 혼자 다른 고민을 하고 있었다. 그는 몬프크리 원정대와 여정을 같이 떠나고 싶어 했다. 하지만 그가 왕국을 떠나면 이곳을 지켜줄 사람이 없어지는 것이 두려웠다. 그들은 이제 바닥에 발을 내디뎠고 라이다가 소리쳤다.

"여기 화장실이 어디예요!"

도서관 슬레시스는 나긋하게 화장실이 있는 위치를 손을 올려 가리켰다.

라이다는 중요 부위를 꽉 틀어막은 채 어정쩡한 발걸음으로 뛰어갔다. 슬레시스는 전부 내려온 해로프와 그의 동료들을 보았다.

그들이 일어서자 책들은 마치 앵무새처럼 그들의 어깨에 풀썩 내려앉았다. 해로프는 어깨에 올라간 책을 쓰다듬었다.

"그럼 이제 다시 밖으로 나갑시다."

사서는 도서관의 문을 열었다. 그때 라이다는 마치 엄청난 산불을 끄고 온 소방관처럼 상쾌한 표정으로 돌아왔다.

"진짜 죽을뻔했어요!"

파프는 그런 라이다를 보고 한심한 듯 고개를 저었고 순백의 기사 바이트는 그런 라이다를 귀엽게 쳐다보며 말했다.

"그래도 이 신성한 도서관에 노란 물을 들이지 않아서 다행이네."

슬레시스는 해로프와 그의 동료들이 밖으로 나가자 말했다.

"그럼 모두 몬프크리까지 안전하게 가길 바라요!"

해로프는 슬레시스에게 고개를 숙여 인사했다.

"이곳에서 아주 재미있고 좋은 정보들이 많은 책을 저희가 나중에 돌아올 때까지 오랫동안 잘 지켜주셔야 해요!"

슬레시스는 다시 집게손가락으로 안경을 치켜들며 말했다.

"저는 언제든지 이곳에 있답니다."

그렇게 몬프크리 원정대는 하늘 높이 솟아 있는 도서관에서 나와 다시 바이트의 왕실로 돌아가기 시작했고 슬레시스는 도서관 문에 기대 그들의 모습이 사라질 때까지 손을 흔들었다. 벌써 하늘은 뜨거웠던 점심때를 넘어 이제 흐릿해져 가고 있었다. 해가 내려가는 것을 보며 해로프가 말했다.

"시간이 벌써 이렇게 지나갔다고?"

파프는 라이다를 째려보며 말했다.

"어떤 녀석이 중간에 빠지지만 않았더라면 더 일찍 나올 수 있었겠지."

라이다는 해로프와 파프의 눈치를 보며 아무 말 없이 앞으로 걸어갔다. 해로프는 그 둘을 보며 말했다.

"그래도 우리가 알아내고 싶었던 몬프크리로 안전하게 가는 방향을 알아냈으니 이제 그곳으로 가자!"

바이트는 왕실로 돌아가면서 깊은 고민에 빠져 있는 듯 고개를 숙이며 걸어가다가 입을 열었다.

"혹시 괜찮다면 나도 몬프크리로 가는 여정에 합류해도 될까?"

해로프는 당연히 하움 왕국에 남을 것으로 생각했던 바이트가 소심해진 말투로 원정대에 합류하고 싶다는 제안을 하자 당황했다. 해로프를 제외한 동료들도 그의 갑작스러운 제안에 당황했는지 한동안 아무도 그의 말에 대답하지 않았는데 해로프가 먼저 정적을 깨고 말했다.

"하움 왕국을 지켜야 하잖아요."

"나도 몬프크리로 떠나고 싶어."

"그렇지만…."

바이트는 그 자리에서 걸음을 멈춰 지금까지와는 사뭇 다른 눈빛으로 해로프를 바라보았다. 해로프는 그의 진지한 눈빛에 당황하며 말했다.

"그거야 그렇지만 왕국에 있는 사람들이 허락해 줄까요?"

"그건…."

그렇게 바이트는 고민에 빠진 채 자신의 방으로 돌아갔고, 해로프와 그의 동료들도 방으로 이동했다. 그들은 각자의 방으로 돌아가는 동안 다른 고민을 하기 시작했다. 해로프는 아까 티빌스렌이 마지막에 조심하라고 말한 분홍빛 꽃에 대해 생각했다.

바이트는 자신이 몬프크리로 가는 여정에 합류하는 것을 사람들에게 어떻게 설득해야 할지 머리를 부여잡으며 고민했다.

원정대는 방에 들어오자마자 졸음이 몰려왔다. 아침부터 높은 곳에 올라갔다가 보고도 믿을 수 없는 신기한 것들을 보니 티빌스렌처럼 눈그늘이 내려올 것 같은 느낌이 들었다.

바이트도 자신의 방으로 들어왔다. 그는 창문 앞으로 가서 마을 전체를 내려다보며 깊은 한숨을 내쉬었다. 그리고 그는 무언가를 결심한 듯 주먹을 불끈 쥐며 말했다.

"나도 원정대에 합류해야만 해!"

그때 그의 방에 신하가 찾아왔다.

"왕자님, 그 사람들과 도서관에 잘 다녀오셨습니까?"

"잘 갔다 왔네."

신하는 따뜻한 녹차를 바이트의 손에 쥐여주며 천천히 말했다.

"어제 몬프크리로 가는 사람들은 내일 아침에 떠나는 거죠?"

"그럴 것 같구나."

"저는 왕자님께서 왕국으로 무사하게 다시 돌아온 것만으로 기쁩니다. 우리 왕국에 있는 사람들도 왕자님이 돌아오셔서 안심하는 것처럼 보이더군요."

바이트는 그 신하의 비실한 말투에 아무 대답도 하지 않고 계속 창밖을 내다보았다. 신하는 바이트가 대답이 없자 고개를 올려 그의 얼굴을 보았고 신하는 그가 깊은 고민에 빠져 있다는 것을 알아채고 말했다.

"왕자님 무슨 고민이라도 있으신 건가요?"

바이트는 가슴 속에 있는 말을 차마 쉽게 내뱉지 못했고, 신하는 분명히 왕자가 말하고 싶은 것이 있다는 것을 알고 그의 대답을 천천히 기다려 주었다. 바이트는 방을 이리저리 왔다 갔다 하고서 창밖으로 마을을 내려다보더니 입을 열었다.

"나도 저들과 함께 몬프크리로 떠나고 싶네."

신하는 그의 말을 듣자마자 어떤 대답도 하지 못하고 그 자리에 서 있었다.

"저 몬프크리로 가는 자들과 같이 위험한 여정을 떠나겠다는 말씀이신가요?"

"그렇네."

"그렇지만 저들은 몬프크리로 가다가 모두 죽을 수도 있습니다."

"그건 나도 잘 알고 있네."

바이트는 창문에서 몸을 돌려 걱정하는 눈빛으로 자신을 보고 있는 신하와 눈을 마주치며 말했다.

"나도 몬프크리로 가서 그들과 함께 검은 영혼들과 맞서 싸우고 싶네."

"그렇지만…."

신하는 바이트가 얼마나 위험한 생각을 하고 있는지 설득하기 위해 머리를 굴렸다. 신하는 몬프크리로 가는 여정에 어떤 일이 일어날지 모르고, 최악의 상황에는 왕자의 목숨까지 위험했기에 선뜻 그의 말에 맞장구쳐 주지 않았다.

"어떻게 생각하나."

"그건 왕자님의 동생 수지트 님과 이야기해 봐야 할 것 같습니다."

"지금 수지트는 어디에 있지?"

"지금은 방에서 쉬고 계십니다."

"어서 그곳으로 가자."

바이트는 재빨리 밖으로 나가 그의 여동생이 있는 방으로 갔다. 방으로 들어가자 수지트는 위태롭게 버티고 있는 작은 의자에 앉아 요리 레시피가 적혀 있는 책을 보고 있었다.

"수지트!"

수지트는 방에 갑자기 들어온 바이트를 보고 요리책을 그대로 책상에 내려두고 나서 무거운 몸을 일으켰다.

"오빠 무슨 일로 직접 내 방까지 온 거야? 내 수프가 정말 맛있었다고 그들이 전해달래?"

바이트는 고개를 저었고 자신이 하려는 말을 쉽게 꺼내지 못했다. 신하는 바이트를 따라 방 안으로 들어왔다. 수지트는 바이트가 아무 말도 하지 않자 답답한 듯 말했다.

"혹시 그 사람들이 다른 음식들도 먹어보고 싶다고 했어?"

바이트는 여동생의 말에 사탕을 입안에 물고 있는 것처럼 입을 다물고 그녀의 눈동자를 피하며 가만히 서 있었다. 수지트는 그런 바이트의 눈을 한참 동안 바라보다가 그가 어떤 생각을 하고 있는지 알아낸 듯 얼굴을 찌푸리며 말했다.

"설마, 그 사람들하고…."

바이트는 어금니를 꽉 깨물고 침을 삼킨 뒤 자신의 생각을 읽은듯한 여동생의 두 눈동자를 바라보았다.

"나도 그들과 같이 몬프크리로 떠날 거야."

"오빠!"

수지트는 바이트의 그 소리를 듣자마자 일 초도 되지 않아 소리쳤다. 그는 여동생의 반응을 예상한 듯 아무런 움직임도 보이지 않았다. 뒤에 서 있는 신하는 마치 형이 혼나는 모습을 바라보는 동생처럼 불안하게 바이트를 쳐다보았다. 바이트는 아랑곳하지 않고 얼굴이 붉어져 있는 그녀에게 말했다.

"지금까지 많이 고민하고 내린 결정이야."

수지트의 숨소리가 거칠어지며 마치 흉악한 범죄자를 보는 것 같은 눈빛으로 바이트를 바라보며 말했다.

"우리 하움 왕국은 어떻게 하고!"

바이트는 그 말에 자신이 무책임하다는 것을 스스로 느껴 아무 말도 하지 못했다. 수지트의 큰 소리가 왕실 전체에 울리자 경비원과 사람들이 모두 그녀의 방 안으로 몰려들어 왔다.

"설마 우리 하움 왕국을 버리고 떠나겠다는 거야?"

바이트는 마른 목에 침을 삼키며 말했다.

"내가 돌아올 때까지만⋯."

"오빠 지금 제정신이야? 그들이 가려는 곳이 얼마나 위험한 곳인지 오빠도 잘 알고 있잖아!"

방으로 모인 신하들은 그들의 모습을 그저 가만히 서서 바라보고 있었다. 바이트는 상기된 얼굴이 되어 있는 여동생에게 가까이 다가가 말했다.

"열의에 불타 있는 저들에겐 내가 필요하고 나도 저들과 같이 여정을 떠나고 싶어."

수지트는 바이트가 하는 덤덤한 말에 결국 거대한 어깨를 들썩이며 울음을 터트렸다. 그녀가 눈물을 훔치자 바라보고 있던 사람들은 어쩔 줄 몰라 했다.

"오빠는 무책임한 사람이야!"

결국, 바이트는 말없이 몸을 돌려 그녀의 방에서 나가 자신의 방으로 다시 돌아갔다. 그는 혼자 방으로 들어와 문을 침대에 누워 말했다.

"아무리 생각해도 이게 맞는 판단이야."

바이트는 침대에 누워 마른세수하듯 얼굴을 쓸어내리고 물 밖으로 나온 미꾸라지처럼 몸을 이리저리 움직였다. 사실 그도 이 하움 왕국에 남아 평생 왕국 사람들에게 인정받으면서 편하게 여생을 보내는 것이 더 안전하다고 생각했다. 하지만 지금 그의 가슴속 깊은 곳에서 몬프크리로 가고 싶은 불꽃이 피어올랐다. 그는 결국 아침이 밝아올 때까지 한숨도 자지 못했다. 오늘의 태양이 지평선 위로 올라오자 몬프크리 원정대가 있는 방으로 갔다.

"떠날 시간이 왔습니다!"

어제보다 더 야위어 보이는 아드리아프 영감은 이미 일어나서 이불을 정리하고 있었고 라이다를 제외하고 해로프와 파프도 이미 일어나 침대에 걸터앉아 있었다. 해로프는 방에 들어온 바이트의 얼굴을 보고 말했다.

"바이트 무슨 일 있어요?"

바이트는 까칠한 자신의 얼굴을 쓰다듬은 후 말했다.

"사실…."

그때 라이다가 크게 소리를 내며 기지개를 켜며 말했다.

"아! 잘 잤다!"

라이다는 누군가가 양쪽에서 그의 팔을 잡아당기는 것처럼 기지개를 켜다가 우중충한 방의 분위기를 보고 하품을 하던 입을 재빨리 다물었다. 바이트는 하려던 말을 다시 하기 시작했다.

"사실 어젯밤에 여동생과 대화를 했습니다."

"대화요?"

"너희들과 함께 여정을 떠나고 싶다고 말했어."

라이다는 그런 바이트를 보고 말했다.

"엄청나게 자랑스러워하셨겠네요?"

파프는 머리가 커다란 둥지처럼 떠버린 라이다를 한심하게 바라보며 말했다.

"그 반대겠지. 멍청한 자식아."

"수지트는 역시 몬프크리로 가는 것을 반대했어."

해로프는 고개를 떨군 바이트의 두 눈동자를 보며 말했다.

"저는 여동생의 반응이 당연하다고 봐요. 왜냐면 이곳의 왕자가 갑자기 떠나버린다면 전체가 어수선해질 것 같아요."

그때 갑자기 바이트가 고개를 올리고 말했다.

"하지만! 나는 몬프크리로 가는 여정에 같이 가고 싶어."

해로프는 그의 결의에 찬 말투에 그에게 다가가며 말했다.

"저희도 바이트 왕자님과 같이 가면 좋아요."

바이트는 해로프의 말을 끊고 방 밖으로 나가며 말했다.

"사람들에게 허락을 구하러 가자!"

"네?"

바이트는 방 밖으로 나갔고 해로프와 그의 동료들은 허겁지겁 그를 따라갔다. 바이트는 왕실 안에서 마을 전체를 내려다볼 수 있는 높은 테라스로 이동했다. 마을 곳곳에 있던 사람들은 그곳에 바이트가 서 있자 그 주변에 모였다.

바이트는 사람들이 더 많이 모일 때까지 고목 나무처럼 아무 움직임도 보이지 않았다. 그의 표정은 마치 엄청나게 큰 전투를 앞둔 군대의 수장처럼 위엄 있게 보였다. 몬프크리 원정대는 바이트 뒤에 서서 마을 사람들이 몰려드는 것을 바라보았다. 마을 사람들이 많이 모여들어 웅성거리자 바이트가 크게 소리쳤다.

"하움 왕국 여러분들!"

사람들은 바이트가 한마디 내뱉자 큰 환호성을 내질렀다. 그때 바이트가 손바닥을 펼쳐 하늘 높이 올리자 마을 사람들은 하나가 된 듯 조용해졌다. 바이트는 사람들을 향해 크게 소리치기 시작했다.
　"여러분들에게 부탁하고 싶은 것이 있습니다!"
　사람들은 바이트의 말이 끝나자마자 뱃고동 소리가 울려 퍼지는 것처럼 크게 환호성을 질렀다. 사람들은 주먹을 하늘 위로 막 흔들어 대며 바이트가 어떤 말을 꺼내도 더 큰 환호성을 지를 준비를 마친 것 같았다. 바이트는 소리쳤다.
　"저는 지금 제 뒤에 서 있는 몬프크리로 원정대와 함께 기나긴 여정을 떠나볼까 합니다!"
　바이트의 말이 끝나자 마을 사람들은 조금 전과는 다르게 웅성거리기 시작했다. 사람들은 그의 말을 자신이 잘못 들은 것인지 서로를 바라보며 물었다. 바이트는 아랑곳하지 않고 소리쳤다.
　"여러분들의 허락이 필요합니다!"
　바이트는 가슴을 펴고 왕국의 사람들을 바라보며 당당하게 말했고 마을 사람들은 아직 어수선한 분위기였다. 그런데 그때 바이트 뒤에서 그의 여동생이 나타났다. 라이다는 거대한 몸집의 수지트가 나타나자 속삭였다.
　"어제 그 소금물 수프를 가져다준 여자다."
　해로프는 그 말이 혹시나 그녀에게 들릴까 봐 집게손가락을 라이다의 입에 가져다 댔다.

"쉿!"

라이다는 해로프의 동작에 고개를 끄덕이며 마치 며칠 동안 입을 열지 않겠다는 듯 입을 꾹 다물었다. 바이트는 수지트가 뒤에 나타난 것도 모른 채 그저 마을 사람들을 내려다보고 있었다. 마을 사람들도 그의 충격적인 말에 심하게 놀란 것처럼 보였다. 수지트가 서 있는 바이트의 하얀 옷자락을 당기며 말했다.

"오빠."

바이트는 빠르게 뒤를 돌아보며 수지트의 두 눈을 쳐다보았다. 그리고 다시 결의에 찬 눈빛으로 웅성거리는 마을 사람들을 바라보며 말했다.

"여러분들! 제가 몬프크리로 잠시 떠나는 것을 허락해 주실 수 있으십니까?"

사람들 사이에서는 그 누구도 허락한다는 목소리가 들려오지 않았다. 그때 수지트가 그의 옆으로 다가와 잠시 고민하는가 싶더니 웅성거리고 있는 사람들을 향해 크게 소리쳤다. 그녀의 목소리가 바이트보다 두 배는 더 크게 울려 퍼졌다.

"여러분들! 바이트 왕자는 전 세계와 우리 마을의 평화를 위해 잠시 몬프크리로 떠날 겁니다!"

바이트는 그녀의 입에서 나온 말을 듣고 깜짝 놀랐다. 바이트는 수지트를 아련한 눈빛으로 바라보았다.

"바이트 왕자는 우리 마을을 떠나고 싶어서 떠나는 것이 아닙니다. 그러니 우리가 바이트 왕자가 마음 편안히 떠날 수 있게 허락해 주도록 합시다!"

바이트의 여동생은 단단한 바위 같은 주먹을 하늘 위로 올렸고, 마을 사람들은 그녀의 우렁찬 소리를 듣고 마치 하늘에 있는 태양이 떨어져 버릴 것처럼 환호성을 질렀다. 바이트는 여동생에게 다가가 말했다.

"수지트."

그녀는 쓸쓸한 미소를 지으며 바이트를 바라보았다.

"나는 오빠가 열정적으로 무언가를 하고 싶다고 말한 걸 어제 처음 들었고, 오빠의 눈빛에는 지금까지 보지 못했던 불타오르는 무언가가 보였어. 그리고 나는 오빠를 반대할 자격도 없어."

바이트는 그런 수지트의 말을 듣자마자 말없이 그녀를 부둥켜안았다. 비록 그의 팔이 거대한 그녀의 등 전체를 감싸진 못했지만 자신의 뜻을 이해해 준 여동생이 고마웠다. 그 후 바이트는 그녀의 손목을 잡고 높이 들어 올리며 소리쳤다.

"제가 잠시 떠나 있는 동안 저를 대신할 여왕을 소개하겠습니다!"

수지트는 그의 말에 당황한 듯 팔을 재빨리 내려보려고 했지만, 바이트의 힘 때문에 수지트는 아무것도 할 수 없었다. 사람들은 바이트의 말을 듣자 잠시 정적이 흘렀다.

"오빠 이건 아니야!"

"내가 돌아올 때까지 하움 왕국을 잘 지켜줘."

바이트는 그녀의 손을 더 높이 올리며 크게 말했다.

"모두 하움 왕국의 새로운 여왕 수지트에게 격렬한 환호를 보내주세요!"

사람들은 마치 거대한 운석이 떨어지고 있는 것을 구경하는 것처럼 놀란 표정으로 바이트를 바라보았다. 그러다 사람들 중 한 명이 크게 환호성을 지르기 시작하자 순식간에 환호성 소리는 하움 왕국의 건물들을 들썩이게 할 정도로 크게 퍼져나갔다. 바이트는 자신의 왕관을 그녀에게 씌어주며 말했다.

"오빠는 금방 돌아올 테니, 그때까지 조금만 기다려 줘."

그녀는 오빠의 그윽한 눈빛에 눈물을 글썽였다. 그녀는 마치 어린 소녀처럼 가냘프게 말했다.

"다치지 말고 돌아와야 해."

"당연하지!"

바이트는 뒤에 있는 몬프크리 원정대에게 다가갔고 준비가 되었다는 듯 고개를 끄덕였다. 해로프는 그의 얼굴을 보고 덩달아 고개를 끄덕였고 티빌스렌이 조언해 준 대로 하움 왕국의 뒷문을 향해 걸어갔다. 그들이 걸어가자 마을 사람들 모두 그들의 뒤를 쫓아왔다. 마을 뒷문까지 가자 바이트는 마을 사람들을 보며 마지막으로 소리쳤다.

"여러분들! 저는 중대한 임무를 마치고 금방 돌아오겠습니다!"

사람들은 바이트의 말이 끝나자마자 벌떼 같은 환호성을 다시 내질렀다. 몬프크리 원정대는 그런 사람들의 환호성을 듣고 그들에게 손을 흔들었다. 바이트는 말없이 사람들을 물끄러미 바라보고 있다가 뒤를 돌아 왕국 밖으로 걸음을 옮겼다.
"바이트! 같이 가요!"
라이다는 말없이 왕국에서 멀어지는 바이트에게 소리쳤고, 그는 다가오는 라이다를 보며 말했다.
"시간이 없다고 했으니 어서 출발하자!"
그렇게 그들은 티빌스렌이 말해준 하움 왕국의 뒷문으로 나와 분홍빛 나무숲이 나오기 전까지 앞만 바라보며 길을 걸어가기 시작했다.

카루스 숲

 그들은 하움 왕국이 보이지 않을 정도로 먼 곳을 걸어 울창한 숲길에 들어갔다. 사실 해로프는 더 빨리 가는 것이 아닌 뒷길로 돌아가라는 티빌스렌의 말에 아직 그의 말을 의심하고 있었다. 하지만 더 좋은 방법이 없었기에 그가 알려준 방향으로 걸어야만 했다.
 그들이 현재 걷고 있는 숲은 정말 몇 년 동안 아무도 들어오지 않았던 것처럼 가시가 있는 덩굴이 마치 헝클어진 머리카락처럼 이곳저곳에 있었고 나무에 매달려 있는 열매도 누가 먹지 않은 것처럼 그대로 매달려 있었다. 중간에 다람쥐들이 풀숲을 움직이며 나는 소리와 새들이 지저귀는 소리밖에 들려오지 않았다.

바이트는 여동생을 홀로 남겨두고 마을을 떠나 그녀에 대한 걱정 때문에 아무 말도 하지 않고 있었다. 그런 바이트의 모습을 보고 해로프가 다가가 말했다.

"바이트, 하움 왕국은 이제 더 멋진 여왕이 다스릴 거니 걱정하지 마세요!"

해로프는 바이트의 어깨에 손을 올려 그의 어깨를 살짝 주물렀다. 뒤따라오던 아드리아프도 묵묵히 걸어가는 바이트를 보며 괜히 장난을 쳤다.

"하움 왕국은 아마 자네가 다스렸을 때보다 더 좋아질 수도 있다네."

그러면서 아드리아프는 혼자 유령처럼 웃음을 지어 보였다. 바이트는 그런 아드리아프의 말에 동의하는 듯 말없이 고개를 끄덕였다.

"영감님 말이 맞아요. 수지트가 저보다 왕국을 잘 보살필 거예요."

그때 라이다가 왕국에서 나온 지 얼마 안 돼 벌써 지쳐버린 듯 헉헉거리며 말했다.

"그런데 우리 언제까지 걸어가야 해? 이만큼 걸었으면 티빌스렌의 말처럼 분홍빛 꽃잎 하나라도 보여야 하는 거 아니야? 이러다 해가 떨어지겠어!"

파프는 옆에서 라이다가 힘이 빠지는 소리를 하자 그를 보며 말했다.

"잔말 말고 그냥 걸어. 걷기 시작한 지 두 시간도 안 됐거든?"

"너 뭐라고 했어!"

라이다는 씩씩거리며 파프에게 다가갔다.

파프는 다가오는 라이다를 팔짱을 낀 채 바라보고 있었다. 그때 바이트는 둘의 사이를 떨어뜨리며 말했다.

"이제 조금만 가면 보일 거야. 그러니 조금만 더 힘을 내보자."

그때 해로프가 소리쳤다.

"저기! 보인다 보여!"

라이다는 눈을 부라리며 파프를 째려보고 있다가 앞에서 들리는 해로프의 반가운 말에 방금 있었던 일은 전부 잊어버린 듯 고개를 획 돌려 해로프가 손으로 가리키고 있는 곳을 보았다. 그곳은 정말 분홍빛물감을 부어버린 것처럼 분홍빛 꽃발을 날리는 나무들이 서 있었다. 해로프는 반가운 사람의 얼굴을 마주친 듯 말했다.

"저기가 티빌스렌이 말했던 카루스 숲인가 봐!"

그들은 모두 속도를 높여 해로프가 가리킨 곳으로 걸어갔다. 순백의 기사도 자신의 왕국에서 나와 이런 곳은 처음 봤는지 입을 벌리며 천천히 걸어가기 시작했다. 라이다는 파프 때문에 몸에 열이 올랐던 것이 그의 눈 앞에 펼쳐진 분홍 꽃나무들을 보자 한꺼번에 가라앉기 시작했다.

"어서 저곳으로 가자!"

몬프크리 원정대는 이제 한 명의 식구가 늘었고 지금까지 정말 의심이 가던, 책에서 나온 그 사람의 말이 사실이라는 것을 알았다. 해로프는 그 분홍빛의 숲을 발견하고 조용히 말했다.

"티빌스렌의 말이 맞았어!"

그래도 해로프는 혹시나 주변에 검은 영혼들이 숨어 있는 것은 아닌지 주변을 이리저리 둘러보았고 으스스한 느낌은 느껴지지 않았다. 해로프는 그의 동료들을 보며 말했다.

"솔직히 그의 말을 믿지 않고 있었는데."

라이다가 말했다.

"정말 500년 동안 전 세계를 여행 다녔다는 말이 사실이었나 봐!"

그들은 분홍빛 숲에 더 가까워지며 지금까지 마음에 있던 긴장감이 한순간에 사라져 버렸다.

몬프크리 원정대는 덩굴이 불규칙적으로 깔린 숲길이 아닌 분홍빛의 꽃잎들이 무성하게 만개해 있는 카루스 숲으로 들어갔다. 이곳은 정말 어떤 사람도 살지 않는 듯 누가 만들어 놓은 듯한 길이 없었다.

"일단 앞으로 걸어가 보자!"

해로프는 숲으로 깊숙이 들어서자 고소한 버터 냄새가 콧속으로 들어오고 있다는 것을 느낄 수 있었다. 해로프는 콧구멍을 크게 벌렁거리고 팔을 양쪽으로 크게 벌려 그 숲에 있는 모든 향기를 전부 맡아버릴 기세였다. 그런데 파프는 이 숲에 들어오자마자 티빌스렌이 마지막으로 전해주었던 조언을 생각했다.

"해로프! 그 사람이 마지막에 했던 조언을 생각해야 돼!"

해로프는 파프가 사뭇 진지한 말투로 말하는 것을 들었지만 지금 머릿속을 가득 채우는 버터 향기 때문에 그의 목소리를 한 쪽 귀로 흘려보냈다. 파프는 해로프가 자신의 말을 듣지 않자 아드리아프에게 다가가 말했다.

"영감님 티빌스렌이 말했던 그 조언이 어떤 의미일까요?"

파프는 분명히 티빌스렌이 책을 덮기 전 급하게 말한 것이 중요한 정보라고 생각했다. 그리고 그는 길을 걸어가면서 혼자 곰곰이 생각했다. 그들은 티빌스렌이 말해준 대로 계속 앞쪽으로 걸어나갔다. 그들은 배가 고픈 것도 잊어버린 채 그저 분홍빛 꽃잎에서 나오는 고소한 버터 향기를 크게 들이마셨다. 해로프는 옆에서 심각한 표정을 짓고 걷고 있는 파프를 바라보며 말했다.

"파프 왜 그런 표정을 짓고 있는 거야?"

파프는 티빌스렌의 마지막 조언을 잊어버린 것처럼 보이는 해로프에게 말했다.

"지금 우리가 좋아할 때가 아니야. 그 사람이 조언해 준 것의 의미를 빨리 알아내야 해."

해로프는 파프의 장난스럽게 어깨를 툭 치며 말했다.

"파프! 설마 고작 그거 하나 때문에 지금까지 아무 표정도 없이 걷고 있는 거야?"

파프는 미소를 짓고 있는 해로프의 얼굴을 보며 말했다.

"해로프! 그 사람이 그렇게까지 말한 것은 분명히 아주 중요한 정보일 거라고!"

　해로프는 파프가 생각보다 더 단호하게 말하자 그의 어깨에서 손을 떼고 이리저리 뛰어다니고 있는 라이다에게 다가갔다. 라이다는 그런 파프를 바라보며 말했다.

"저 녀석은 혼자 똑똑한 척한다니까?"

　해로프는 이 숲에 들어오고 나서 티빌스렌이 책으로 들어가기 전에 해준 조언이 그냥 장난으로 내뱉은 말이라고 생각했다. 그렇게 그들은 분홍빛으로 뒤덮인 카루스 숲 안에서 쉬지 않고 두 시간 동안 걸었고 체력이 바닥나 있는 라이다가 금방이라도 쓰러질 것처럼 말했다.

"우리 조금만 쉬었다 가면 안 돼요?"

　해로프도 그의 말을 기다렸다는 듯 일 초도 되지 않아 대답했다.

"좋아! 어차피 여기에는 불길한 눈동자가 우리를 보고 있는 느낌도 들지 않고 또 이곳은 우리만 있는 공간이어서 다른 사람들이 오지 않을 거야."

　해로프는 주변을 둘러보다가 푹신해 보이는 수풀 위에 앉았다. 라이다는 그의 옆에 누워 눈을 감고 말했다.

"여기 정말 좋은 것 같아!"

　아드리아프도 지팡이를 내려놓고 해로프 옆에 앉아 몸에 진이 전부 빠진 듯 한숨을 내쉬어 보였다. 바이트는 아직 전혀 힘든 내색을 보이지 않고 바닥에 누운 라이다 옆에 허리를 꼿꼿이 펴고 서서 하움 왕국이 있는 방향의 하늘을 올려보았다.

파프는 그들이 쉬고 있는 동안 혼자 나무에 등을 기대 눈을 감고 분홍빛 꽃잎을 조심하라는 그의 조언에 대해서 마치 누구도 풀지 못한 수수께끼의 답을 생각하고 있는 것처럼 고민했다. 그리고 그는 이 숲을 훑어보고 말했다.

"여기 좀 이상한 것 같아."

편안하게 쉬고 있던 해로프는 다시 파프가 예민하게 이곳을 두리번거리자 대충 대답했다.

"뭐가 이상한 것 같은데?"

"이 숲에 들어오고 나서 우리 말고 다른 생명체가 보이지 않아."

해로프는 파프의 입에서 그런 가벼운 이유가 나오자 웃음이 튀어나오려던 것을 간신히 참으며 말했다.

"파프! 지금 너무 예민한 거 아니야? 당연히 이곳은 우리밖에 모르는 곳이잖아. 그리고 아까 숲 밖에서 봤던 그 동물들은 고소한 냄새를 싫어하는 거겠지."

파프는 해로프의 말을 듣고 고개를 저었다. 그는 분명히 다른 이유가 있다고 생각했다. 아드리아프도 파프의 말을 듣고 갑자기 이렇게 아름다운 분홍빛의 꽃나무들이 왜 있는지부터 이 숲에 생명체가 살지 않는지에 대해 다양한 생각을 하기 시작했다.

그런데 그때 파프의 콧등에 분홍색 꽃잎 하나가 살포시 내려앉았다. 파프는 눈을 감고 나무에 기대 깊은 생각을 하고 있다가 콧등에 무언가 떨어지자 눈을 떴다. 그는 콧등에 떨어진 분홍빛 꽃잎을 손바닥에 올려놓고 자세히 쳐다보며 말했다.

"분명히 그랬어. 분홍색의 꽃잎을 조심하라고."

파프는 그 말을 혼자 되새기면서 손바닥 위에 올려져 있는 꽃잎 하나만 바라보았다. 바이트는 자신의 마을의 방향을 바라보고 있다가 손바닥 위에 있는 꽃잎을 보고 있는 파프에게 다가갔다.

"파프, 너는 왜 쉬지 않고 있어?"

파프는 손바닥 위에 있는 꽃잎에 눈을 떼지 않고 말했다.

"이 작은 꽃잎에 숨겨진 비밀이 있을 거예요."

그러자 바이트도 파프를 따라 바닥에 떨어져 있는 분홍빛 꽃잎 하나를 주워 손바닥에 꽃잎을 내려다 놓고 유심히 바라보며 말했다.

"흠. 겉으로 보기에는 그저 아름답고 예쁘기만 한데."

그때 바이트는 꽃잎을 들어 하늘에 있는 태양에 가져다 대보기도 하고 눈에 가까이 가져다 대면서 그것에 숨겨져 있는 비밀이 무엇인지 파프와 함께 찾고 있었다. 그런 바이트와 파프를 바라보고 있는 라이다는 누운 채로 말했다.

"정말 이해할 수 없다니까? 그냥 즐기면 되잖아!"

바이트는 그 꽃잎을 코에도 가져다 대 냄새를 맡아보았다. 그런데 그는 꽃잎의 냄새를 가까이에서 맡자마자 재빨리 던져버렸다.

"으악!"

꽃잎을 자세히 보고만 있던 파프는 옆에 있던 바이트의 갑작스러운 행동에 깜짝 놀라 나무에서 등을 떼며 말했다.

"무슨 일이에요!"

"파프, 이 꽃잎의 냄새가 이상해."

바이트는 그가 잡고 있던 꽃잎의 냄새를 맡고 난 후 얼마 지나지 않아 콧속에서 콧물이 물처럼 흘러내리기 시작했다. 그는 마치 독한 감기에 걸린 사람처럼 계속 훌쩍거렸다. 파프는 바이트의 말대로 자신의 손바닥에 있는 그 꽃잎을 코에 가져다 대어 꽃잎의 냄새를 맡았고 그도 바이트와 똑같이 꽃잎을 내던졌다.

"윽!"

바이트는 코를 훌쩍거리며 말했다.

"티빌스렌이 말한 것이 뭔지 알아낸 것 같아. 멀리서 받으면 고소한 버터 향기가 나더니 가까이에서 맞으니 엄청나게 따갑고 매워."

파프의 코에서도 투명한 콧물이 물처럼 흘러나오기 시작했다. 바이트는 갑자기 목구멍도 따가운 듯, 마치 목이 마른 강아지처럼 헉헉거리기 시작했다.

"파프, 이거 진짜 이상한 것 같아!"

파프는 이제 티빌스렌이 마지막으로 했던 조언이 이것이라고 확신하고 다른 동료들에게 알리기 위해 재빨리 고개를 돌렸다. 그런데 그때 카루스 숲에 엄청난 바람이 불더니 나무에 붙어 있던 꽃잎들이 서로 부딪치며 이리저리 흩날리기 시작해 편안하게 쉬고 있던 해로프의 몸과 얼굴에 달라붙었다. 누워 있던 라이다와 돌 위에 앉아 있던 아드리아프 에게도 달라붙었다. 파프는 그 모습을 보고 소리쳤다.

"안 돼!"

해로프도 이미 분홍빛 꽃잎의 가루가 그의 코와 입에 들어가 버린 상태였고 라이다와 아드리아프도 마찬가지였다. 파프는 재빨리 그들에게 달려갔다. 얼마 지나지 않아 해로프의 입속에서 날카로운 칼로 마구 베어내는 듯한 엄청난 따가움이 느껴졌다. 그 고통이 목구멍을 타고 내려가 배까지 엄청난 고통을 느끼게 되었다.

해로프는 알 수 없는 고통을 참으며 옆을 바라보았는데 라이다도 이미 풀숲에서 나뒹굴고 있었고, 아드리아프 영감도 바위에 앉아 간신히 지팡이에 의존한 채 기침을 하고 있었다.

"이거 왜 이래!"

해로프는 몸의 상태가 이상해지자 크게 소리를 질렀고, 시간이 더 지나면서 몸을 움직일 수 없을 정도로 그의 몸에서는 식은땀과 엄청난 용광로가 튀어 오르는 듯한 열이 오르기 시작했다.

"살려주세요!"

라이다는 몸을 이리저리 뒹굴고 발을 동동 구르면서 살려달라고 애원했지만, 그곳에 있는 그의 동료들이 똑같은 증상에 처해 있어 아무도 서로를 도와줄 수 없는 상황이었다. 해로프는 입안에 남은 침을 계속 삼키며 따가움을 없애보려고 했지만 침을 삼키면 삼킬수록 날카로운 손톱을 가진 마녀가 목구멍을 긁으면서 내려가는 느낌이 들었다.

결국, 몬프크리 원정대는 모두 자신이 서 있던 자리에서 힘없이 쓰러지게 되었고 똑같이 배를 움켜잡았다. 바이트는 하늘을 바라보며 말했다.

"왕국을 나온 지 얼마 되지 않았는데 벌써 죽는 건가!"

파프는 누가 자신의 눈에 소금물을 부어버린 것처럼 엄청난 따가움을 느끼며 동료들을 지켜보았다.

"젠장…. 이제 어떻게 해야 하지?"

그런데 그때 저 멀리서 멀리서 사람의 형체가 몬프크리 원정대를 발견하고 급하게 달려오기 시작했다. 그 형체는 몬프크리 원정대가 배를 부여잡고 나뒹굴고 있는 모습을 보며 놀라 손으로 입을 틀어막았다.

"조금만 기다리세요!"

원정대에게 다가온 형체는 해로프와 같은 몸집을 가진 소년이었다. 그는 날다람쥐처럼 옆에 있던 나무 위로 올라가더니 나무에 열려 있는 둥근 열매를 하나씩 바닥으로 떨어뜨리기 시작했다. 몬프크리 원정대는 누가 여기에 왔는지도 못 보고 그저 눈도 뜨지 못하고 무거워진 머리를 이리저리 움직이고 있었다. 그 모습을 본 그 소년은 쓰러져 있는 사람 수대로 열매를 떨어뜨렸고 재빨리 나무 아래로 내려왔다. 파프는 낯선 사람이 움직이는 소리가 들리자 힘겹게 눈을 떴다.

"저 녀석이 꾸민 짓인가?"

순백의 기사 바이트도 갑자기 나타난 소년의 형체를 바라보며 말했다.

"파프! 저 녀석이 검은 영혼이야?"

파프는 소년을 자세히 쳐다본 후 말했다.

"아니야! 검은 영혼은 절대 저 모습이 아니야."

고통스러워하는 원정대 앞에 나타난 소년은 나무에서 떨어뜨린 열매를 가장 고통스러워하는 라이다에게 가져가 열매 안에 흐르고 있는 투명한 물을 라이다에게 부어주었다. 라이다는 몸을 이리저리 움직이고 있다가 갑자기 차가운 물이 얼굴에 쏟아지자 손바닥으로 세수하듯 닦아냈다.

"으악! 뭐야 이건!"

라이다에게 투명한 물을 부어준 소년은 그 옆에 간신히 바위에 앉아 지팡이에 몸을 기대고 있는 늙은이에게 투명한 물이 들어 있는 열매를 마시게 해주었다.

그다음으로 소년은 해로프와 파프, 그리고 바이트를 순서대로 아주 재빠른 날다람쥐처럼 움직이며 그들에게 열매 안에 있는 차갑고 투명한 물을 부어주었다. 그들은 모두 갑자기 누군가 머리 위에 물을 부어주자 모두 그 물로 얼굴을 닦아냈다. 먼저 라이다는 얼굴에 부어진 그 물을 마시자 그의 몸속에서 따갑던 고통이 점점 정상으로 되돌아오기 시작했다.

"점점 몸이 나아지고 있어!"

그다음 아드리아프도 점점 괜찮아지는지 고개를 들고 눈을 뜰 수 있게 되었다. 소년은 그들에게 그 열매에서 나온 투명한 물을 건네준 후 나무 뒤로 가서 그들이 괜찮아지는지 고개만 불쑥 내밀어 지켜보았다.

몬프크리 원정대는 자신의 얼굴에 쏟아진 물로 얼굴을 닦고 또 그 물을 마시자 몸속에서 누가 주먹으로 치고 있던 것처럼 따가웠던 고통이 완전히 사라졌다. 해로프도 점점 콧물이 멈추기 시작했고 돌덩이처럼 무거웠던 머리도 점점 가벼워졌다.

"누가 우리를 구해줬어!"

라이다는 먼저 원래 상태로 돌아와 소리쳤다. 그 소년은 라이다와 눈이 마주치자 다시 나무 뒤로 고개를 숨었다. 아드리아프도 나무 뒤에 있는 소년을 발견하고 말했다.

"저 소년이 우리를 살려준 것 같네."

아드리아프가 지팡이로 소년이 있는 나무를 가리키자 얼굴이 젖어 있는 원정대는 나무 뒤를 동시에 쳐다보았고 그 뒤에서 고개만 빼내 몰래 바라보고 있던 소년은 모두가 자신을 바라보자 부끄러운지 얼굴을 숨겼다. 그러자 해로프가 소년을 보고 소리쳤다.

"우리 무서운 사람 아니에요!"

소년은 해로프의 소리를 듣고도 아무 대답 없이 나무 뒤에서 한동안 모습을 보이지 않았다. 해로프는 다시 소리쳤다.

"우리는 그저 이곳을 지나가던 사람일 뿐이에요!"

나무 뒤에 숨어 있는 소년은 해로프의 말을 듣고 나서야 천천히 나무 뒤에서 고개만 빼내 해로프와 그의 동료들을 바라보았다.
"우리를 구해줘서 고마워!"
그러자 소년은 다시 나무 뒤에서 고개만 쑥 빼놓고 그들의 얼굴을 한 명씩 바라보았다. 해로프는 그가 다시 나무 뒤로 숨기 전에 자신이 나쁜 사람이 아니라는 것을 보이기 위한 미소를 지었다. 해로프의 머리는 소가 핥아버린 것처럼 물에 젖어 있었다.
"여기로 나와봐! 고맙다는 인사를 전하고 싶어!"
겁이 많은 소년은 이제 나무 뒤에서 나와 쭈뼛쭈뼛 해로프가 있는 쪽으로 다가오기 시작했다. 그의 머리는 풍성하게 열린 바나나를 뒤집어씌워 놓은 듯 풍성했다. 그는 두 뺨이 빨개져 있었다.
해로프는 죽을 위기에 처해 있던 자신을 구해줄 때는 아주 날렵하고 적극적이었던 그 소년이 지금 갑자기 잘 걷지도 못하는 소심한 소년이 되어버리자 이상하게 생각했다. 그 소년의 눈꼬리는 밑으로 내려가 있어 무언가 슬픈 일이 있는 나무늘보처럼 보였다.
소년은 마치 몬프크리 원정대를 아주 불량한 불량배에게 어쩔 수 없이 끌려오는 것처럼 아주 천천히 그들의 눈치를 살피며 걸어오고 있었다. 라이다는 답답하게 걸어오고 있는 그의 모습을 보며 말했다.
"방금 우리한테 이상한 물을 뿌려준 그 사람이 맞아요?"
소년은 라이다의 말을 듣고도 대답하지 않았다. 그리고 겁을 먹은 듯 더 천천히 걸어왔다. 해로프는 겁에 질려 있는 그를 안심시켜 주기 위해 미소를 보이며 자신에게 천천히 오라는 듯 손짓을 했다. 소년이 가까이 다가오자 해로프는 물에 젖은 머리를 한번 털고 악수를 청했다. 소년은 물이 묻은 해로프와 악수를 하기 싫은 것인지 아니면 부끄러워서 그런지 악수조차 쉽게 하지 못했다.

"괜찮아!"

해로프는 그가 손을 올려 악수를 해줄 때까지 팔을 내리지 않고 기다려 주었다. 소년은 해로프가 손을 올리고 순박한 미소를 지으며 기다려 주자 그도 결국 손을 올려 해로프의 손을 잡아 악수했다.

"고마워, 우리를 구해줘서."

해로프는 눈도 제대로 마주치지 못하는 소년의 손을 위아래로 흔들며 말했다. 두 뺨이 붉어진 소년은 부끄러운 듯 해로프의 얼굴을 바라보지 못하고 옆으로 피하고 있었다. 마치 좋아하는 여자아이와 처음 손을 맞잡은 것처럼.

"안녕! 나는 해로프라고 해! 몬프크리를 향해 가고 있어."

그의 말을 듣자 소년은 흠칫 놀란 듯 총명하게 뜨고 있는 해로프의 두 눈을 힐끗 바라보았고 아주 작은 목소리로 말했다.

"나는, 메디퍼…."

소년은 자신의 이름을 말했고 해로프는 그의 목소리가 들리지 않자 귀를 그에게 가까이 가져다 대며 다시 물었다.

"이름이 뭐라고?"

해로프는 그가 혹여나 겁을 먹고 도망가지 않게 최대한 나긋한 목소리로 말했다.

"메디퍼…."

해로프는 그의 이름을 들은 듯 고개를 끄덕였다. 소년은 해로프의 눈을 쳐다보지 않고 말했다.

"이곳에서…."

해로프는 그가 무슨 말을 하는지 메디퍼의 코에 해로프의 귀가 닿을 정도로 가까이 가져다 댔다.

"다시 말해줘!"

"이곳에서 나가야 해."

"이곳에서 나가야 한다고?"

메디퍼는 고개를 소심하게 고개를 끄덕이면서 해로프 주변에 있는 그의 동료들을 한 번씩 쳐다보았다.

"다시 바람이 불 거야."

제드윈 마을

"그럼 이곳에서 어디로 가야 하는지 알고 있어?"

메디퍼는 다시 원정대의 얼굴을 한 번씩 쳐다본 뒤 말했다.

"우리 마을로."

해로프는 그의 말을 간신히 듣고 말했다.

"너희 마을? 어디로 가면 되는 건데? 우리는 시간이 없어서 몬프크리로 빨리 가야 해."

메디퍼는 해로프의 말을 듣고 잠시 뜸을 들인 뒤 입을 열었다.

"몬프크리 방향이야."

라이다는 그들의 대화를 귀 기울여 듣고 있다가 메디퍼가 거북이의 걸음걸이보다도 더 느리게 대답하자 그에게 말했다.

"빨리 좀 말해줄 수 없어?"

그 소리를 듣고 파프가 라이다의 팔을 툭 건들이며 말했다.

"너의 목숨을 살려준 사람한테 그런 말이 나와?"

라이다는 파프가 자신을 치자 고개를 돌려 그의 눈을 마주쳤다. 파프도 라이다를 노려보았다. 그때 다시 바람이 불었고 그곳에 서 있는 그들은 나무에서 분홍빛 꽃잎이 떨어지자 마치 물속 깊이 들어가 있는 사람처럼 눈을 찡그리며 감았고 코도 두 손가락으로 틀어막았다.

그들은 이제 아름답게 보였던 분홍빛의 꽃을 손으로 직접 만지지도 않았고 냄새도 맡지 않았다. 그들은 그저 이곳을 빨리 빠져나가고 싶어 했다. 그때 해로프가 동료들을 바라보며 말했다.

"메디퍼가 자신의 마을로 가자는데?"

그 말을 들은 라이다가 꽃가루가 들어가지 않도록 두 눈을 꼭 감은 채 말했다.

"우리는 몬프크리로 가고 있어서 그곳에 갈 시간이 없다고!"

그때 바이트는 그의 하얀색 옷에 붙어 있는 꽃잎들을 털면서 해로프 앞에서 쭈뼛거리며 서 있는 메디퍼에게 가까이 다가갔다.

"혹시 제드윈 마을에 살고 있니?"

메디퍼는 바이트의 나긋한 소리에 고개만 살짝 끄덕였다. 그 말을 들은 바이트는 해로프와 동료들을 바라보며 말했다.

"이 소년이 사는 제드윈 마을은 몬프크리로 가는 방향에 있는 마을이야. 그래서 우리는 이 친구의 말대로 잠시 마을에 들려도 좋을 것 같아."

"그러면 메디퍼가 살고 있다는 마을에 잠시 들러서 젖어 있는 우리의 몸을 씻고 바로 다시 몬프크리로 출발하도록 해요!"

해로프가 그렇게 말하자 몬프크리 원정대는 자신의 젖어 있는 모습을 한번 보고 그들도 어차피 젖어 있는 그들의 몸을 말려야 했기에 어쩔 수 없이 메디퍼가 사는 마을로 가야만 했다. 해로프는 그 자리에 서 있는 메디퍼를 보며 다시 말했다.

"그런데 아까 우리에게 건네준 그 열매는 뭐야?"

메디퍼는 말없이 나무 위에 매달려 있는 갈색의 둥근 열매를 가리켰다. 그것은 코코넛처럼 단단한 껍질로 덮여 있어 지나가다가 떨어진 열매에 머리를 맞으면 엄청나게 거대한 혹이 생길 것만 같았다. 그리고 메디퍼는 조심스럽게 입을 열었다.

"여기에 있는 분홍빛 꽃의 냄새를 가까이 가서 맞으면 안에 있던 가루가 몸 안에 들어가서 엄청나게 따가워져."

해로프는 고개를 끄덕이며 말했다.

"그럼 우리한테 부어준 저 열매들이 우리를 다 괜찮게 해준 거야?"

매디퍼는 고개를 끄덕였다.

해로프는 더 의아한 표정으로 말했다.

"그럼 너는 우리를 어떻게 발견한 거야?"

"매일 혼자서 이곳 주변을 산책하거든, 그래서 오늘도 산책하러 나왔다가 비명을 듣고 빠르게 달려왔어."

그때 아드리아프가 지팡이를 짚으며 천천히 메디퍼에게 다가왔다.

"젊은 친구, 우리의 목숨을 구해줘서 고맙네."

"당연히 해야 하는 것뿐이었어요."

해로프는 다시 메디퍼를 보며 말했다.

"그럼 우리는 이제 어디로 가야 해?"

"저를 따라오세요."

메디퍼는 다시 그가 온 길로 몸을 돌렸고 몬프크리 원정대도 메디퍼의 뒤를 따라가기 시작했다. 그들은 그 분홍빛 꽃잎의 가루가 몸에 들어가지 않게 하려고 모두가 눈을 살짝 떴고 그들의 입과 코는 양손으로 틀어막았다. 메디퍼는 그들의 상태가 모두 괜찮아진 것을 보고 그가 사는 제드윈 마을을 향해 앞장서서 걸어가기 시작했다.

태양은 하늘 높이 떠 있었고 바람은 불지 않아 모두가 등줄기에 땀이 흘러내렸다. 그들이 한참을 걷자 드디어 집들이 옹기종기 모여 있는 마을이 보이기 시작했다. 해로프는 마을을 보고 말했다.

"메디퍼, 저기가 네가 사는 제드윈 마을이야?"

"맞아."

해로프는 마을 중심에 우뚝 서 있는 거대한 풍차가 먼저 눈에 띄었다. 그리고 그 주변은 엄청나게 많은 바람개비가 마을 곳곳을 뒤덮고 있었고 거대한 풍차의 날개는 천천히 돌아가고 있었다. 형형색색의 바람개비도 바람을 맞아 마치 빠르게 달리는 마차의 바퀴처럼 빠르게 돌아가고 있었다. 그 마을에 있는 집들은 모두 돌로 만들어져 있어 바람이 불어도 한 치의 흔들림이 없었다.

"메디퍼, 너희 마을에는 바람개비가 왜 이렇게 많은 거야?"

"우리 마을에는 예전부터 바람이 많이 불어서 사람들이 만들어 놓은 거야."

라이다는 마을을 덮고 있는 바람개비들을 보고 마치 어린아이가 된 듯 두 팔을 벌려 환호하기 시작했다. 그리고 정말 메디퍼의 말대로 마을에 가까이 가자마자 세찬 바람이 불어와 젖어 있던 그들의 몸을 순식간에 말려주었다. 그들의 앞머리도 바람에 이리저리 휘날렸다.

"이제 우리 집으로 가요."

"너희 집은 어디야?"

"우리 집은 돌로 만들어진 집이야."

그 말을 들은 해로프는 조용히 말했다.

"여기 모든 집이 다 돌로 만들어져 있는데…."

이 마을에 있는 집들은 모두 똑같이 생겼다. 모두 검은색 구멍이 뚫려 있는 돌로 만들어져 있었고 지붕의 색깔까지 모두 같았다. 메디퍼는 앞으로 걸어가면서 자신의 집이 그렇게 멀지 않다고 말했다.

"저기가 우리 집이야!"

메디퍼가 손을 올리며 가리키자 뒤따라오던 몬프크리 원정대는 메디퍼가 가리킨 곳을 따라 시선을 쫓아갔다. 그곳은 다른 집들과 다르지 않은 평범하고 작은 돌집이었다. 제드원 마을의 사람들은 하얀 옷차림의 몬프크리 원정대가 그곳으로 들어오자 신기하게 쳐다보았다. 그때 메디퍼의 집에서 한 남자가 문을 열고 나오더니 그에게 가까이 다가왔다.

"메디퍼!"

"아버지!"

해로프는 문에서 나온 남자에게 고개를 숙여 인사를 건넸다. 메디퍼의 아버지는 검은 앞치마를 메고 있었다. 그 앞치마에는 마치 보랏빛의 물감을 흩뿌려 놓은 것처럼 보라색의 얼룩이 잔뜩 묻어 있었다.

메디퍼는 아버지를 보고 더 속도를 높여 집으로 가기 시작했다. 몬프크리 원정대도 사람들의 시선을 받으며 그의 집으로 들어갔다. 메디퍼의 아버지는 문을 닫고 우르르 몰려온 해로프와 그들의 동료들을 한 번씩 쳐다본 후 말했다.

"메디퍼 이 사람들은 누구니?"

"이 사람들은 몬프크리로 가고 있는 사람들이에요."

메디퍼가 그렇게 말하자 그의 아버지는 놀란 듯 손에 들고 있던 귤을 순간 바닥으로 툭 떨어뜨리고 말았다. 그는 최대한 침착하게 보이기 위해 천천히 말했다.

"자네들이 소문으로만 듣던 몬프크리 원정대요?"

라이다는 자신만만한 전사처럼 가슴을 펴고 말했다.

"네! 맞아요. 우리가 몬프크리로 가는 용감한 전사들이죠!"

그러자 메디퍼의 아버지는 입을 문어 다리에 있는 빨판처럼 오므려 놀란 마음을 움츠리지 못한 것처럼 보였다. 메디퍼는 아버지가 놀란 눈으로 그들을 바라보고 있자 안심시켜 주기 위해 말했다.

"이 사람들은 카루스 숲에 있는 분홍빛 꽃가루를 마셨는지 움직이지 못하고 자리에서 나뒹굴고 있더라고요. 그래서 제가 나무 위에 있는 열매를 부어주었어요."

"잘했구나."

메디퍼는 다시 몬프크리 원정대를 보며 말했다. 이제 그는 해로프와 그의 동료들에 대한 경계를 완전히 푼 것 같았다.

"이분들은 지금 빨리 몬프크리로 가야 하지만 잠시 우리 집에서 쉬어야 할 것 같아요."

메디퍼의 아버지도 그제야 해로프와 그의 동료들의 상태를 보았다. 해로프의 머리카락은 뻑뻑하게 굳어 있었다. 그 모습을 보고 메디퍼의 아버지는 고개를 끄덕이며 말했다.

"우리 집에서 잠시 쉬다가 다시 여정을 떠나시오."

해로프는 고개를 숙이며 말했다.

"정말요? 감사합니다!"

그때 라이다가 메디퍼 아버지의 손에 들려 있는 것을 쳐다보며 입맛을 다시고 있었다. 라이다는 참지 못하고 그에게 말했다.

"그런데 아저씨, 손에 들고 있는 그거는 뭐예요?"

메디퍼의 아버지는 라이다가 계속 자신의 손에 들려 있는 것을 바라보고 있자 웃으면서 말했다.

"이 귤을 말하는 거니?"

"귤이요? 귤이 어떻게 보라색이에요?"

"우리 마을은 다른 곳과는 다르게 보라색 귤이 나오고 있지. 한번 먹어보렴."

메디퍼의 아버지는 귤을 들고 있는 손을 라이다에게 들이밀어서 한번 먹어보라는 듯 손바닥을 폈다. 라이다는 기다렸다는 듯이 그의 손에 들려 있는 귤을 바다에서 먹이를 발견한 갈매기처럼 잽싸게 받아 그 자리에서 서투르게 껍질을 깠다. 그는 그 껍질이 바닥에 다 떨어지고 있는 것도 모른 채 그저 밝은 보랏빛을 띠고 있는 귤을 먹고 싶어 했다.

옆에 서 있던 파프가 인상을 찌푸리며 말했다.

"라이다 너, 지금 바닥에 껍질 다 흘리고 있는 거 알아?"

파프의 말을 들은 메디퍼의 아버지는 흐뭇한 미소를 보이며 말했다.

"괜찮다네. 우리 집 귤을 보면 대부분 그 모양과 맛에 가끔 홀려버리곤 하지."

라이다는 서투르게 껍질을 깐 귤을 반을 갈라 입에 한 번에 집어넣었고 많은 양의 도토리를 입안에 저장한 다람쥐처럼 작은 입으로 우걱우걱 씹기 시작했다.

"정말 맛있어요!"

메디퍼의 아버지는 라이다의 반응을 예상하였다는 듯 고개를 끄덕이며 말했다.

"그럼 당연하지. 내가 직접 키운 것들이거든."

라이다는 메디퍼의 아버지에게 말했다.

"혹시 하나 더 먹을 수…."

그때 옆에서 해로프가 그의 어깨를 감싸며 말했다.

"그건 실례야."

메디퍼의 아버지는 고개를 저었다.

"아니야, 조금만 기다리렴."

메디퍼의 아버지는 오히려 귤을 맛있게 먹은 라이다를 보자 덩달아 신이 난 듯 보였고 잠시 어디론가 가더니 그의 몸통만 한 종이 상자를 두 손으로 들고 왔다. 종이 상자 안에는 보랏빛의 귤들이 가득 채워져 있었다. 그는 종이 상자를 열어 멀뚱히 서서 바라보고 있는 몬프크리 원정대의 손에 하나씩 쥐여주었다.

"어서 먹어보시오."

메디퍼의 아버지는 원정대의 손에 마치 반짝이는 보석을 쥐여주는 것처럼 흐뭇한 미소를 지었다. 그들은 자신의 손에 들려진 그 귤의 껍질을 까서 입에 넣었다. 바이트는 귤을 한반도 본적이 없는 듯 껍질째 입에 가져다 댔다. 그 모습을 본 파프가 그의 손을 치며 말했다.

"귤 한 번도 안 먹어봤어요?"

"처음 보는 과일이야."

"껍질은 먹으면 안 돼요."

"정말? 알려줘서 고마워."

파프는 그에게 아주 중요한 정보를 알려주고 자신의 손에 들려 있는 귤을 먹었다. 해로프는 입안에 집어넣어 눈을 감고 맛을 음미하며 말했다.

"지금까지 먹어본 귤 중에서 제일 달아요."

메디퍼의 아버지는 그들을 바라보며 흐뭇한 미소를 보였다. 아드리아프 영감은 마치 생쥐가 치즈를 먹듯 두 손으로 하나의 귤을 감싸 쥐어 먹고 있었고 바이트는 마치 이 귤에 독이라도 들어 있다고 생각하는 것처럼 껍질을 다 까고도 그 귤을 돌려가며 천천히 한번 바라보았다.

바이트는 태어나서 처음으로 귤을 입에 집어넣었고 씹자마자 퍼지는 그 귤의 과즙 때문에 그가 가지고 있던 경계는 한꺼번에 풀렸다. 그는 고개를 끄덕이며 저절로 미소가 지어졌다. 그리고 그는 살랑거리는 그의 옷을 나풀거리며 메디퍼의 아버지에게 가까이 다가가며 말했다.

"이 과일 정말 맛있네요."

메디퍼의 아버지는 귤을 신기하게 바라보는 바이트를 보며 말했다.

"귤을 처음 먹어보는 것이오?"

"네. 저는 저의 왕국에서 나오는 과일만 먹어봤지, 이런 과일은 처음 먹어보는데 아주 맛있네요. 다음에 기회가 된다면 우리 왕국에도 많이 가져가야겠어요."

"왕국?"

메디퍼의 아버지는 살짝 놀란 듯이 바이트의 얼굴을 바라보았다. 그 모습을 보고 옆에 있던 해로프가 말했다.

"이분은 여기에서 멀리 있는 하움 왕국의 왕자 바이트라고 해요."

메디퍼의 아버지는 그런 해로프의 입에서 나온 소리를 듣자 바이트가 처음 입에 귤을 넣었을 때보다도 더 놀란 표정으로 그를 바라보았다.

"아니 이런 귀하신 왕자님이 이곳엔 어찌한 일로."

바이트는 귤을 씹으면서 말했다.

"저도 몬프크리로 가는 이들과 여정을 함께하고 있습니다."

해로프는 귤에 중독이라도 된 사람처럼 상자 안에 있는 귤을 보고 하나 더 먹고 싶다는 욕망이 생겨났다.

메디퍼의 아버지는 그런 해로프의 시선을 보고 무언가 생각이 난 듯 말했다.

"혹시 이 귤을 더 먹고 싶나?"

귤껍질을 바닥에 잔뜩 흘린 것을 줍고 있던 라이다가 메디퍼 아버지의 말을 듣자 뜨거운 냄비에 손을 덴 사람의 반응처럼 순식간에 일어서며 그 소리를 기다리고 있었다는 듯 고개를 끄덕였다.

"네! 더 주세요. 더!"

해로프는 그런 라이다가 조금 부끄러운 듯 메디퍼 아버지의 눈치를 보았고 두 손을 공손하게 모았다. 그리고 메디퍼의 아버지는 그런 원정대의 눈을 쳐다보았다. 그들은 눈은 모두 라이다와 같이 그 귤을 더 먹고 싶어 하는 듯한 눈빛이었다. 그 모습을 본 메디퍼의 아버지는 그들에게 손뼉을 치며 말했다.

"그럼 나도 한 가지 작은 부탁이 있는데 들어줄 수 있겠나? 그러면 이 귤 한 상자를 모두 주도록 하지."

해로프는 그의 입에서 나온 파격적인 소리를 듣고 놀랐다.

"한 상자를 전부 다요?"

메디퍼의 아버지는 당연하다는 듯 고개를 끄덕였다.

"그게 뭔데요! 당연히 할게요!"

"우리 과수원에 있는 귤나무에서 같이 귤을 따는 것을 도와주면 고맙겠네. 우리 과수원이 조금 넓어서 혼자 하기에는 마침 너무 버거웠거든."

라이다는 그 소리를 듣고 말했다.

"어서! 어서 가요!"

메디퍼의 아버지는 라이다가 마치 넓은 평야에서 이리저리 날뛰는 타조처럼 몸을 주체하지 못하자 다른 동료들의 표정을 살펴보았다. 파프는 팔짱을 낀 채 그와 눈이 마주치자 어쩔 수 없다는 듯 고개를 끄덕였고, 아드리아프도 도울 수 있다는 듯 지팡이를 짚은 채 일어났다. 바이트는 아직도 귤이 신기한지 껍질에서 나오는 즙을 두 손으로 꾹 눌러 짜내고 있었다. 해로프는 동료들을 바라보며 말했다.

"그럼 지금 과수원으로 간다는 거죠?"

메디퍼의 아버지는 몬프크리 원정대의 수를 손가락으로 세어 본 뒤 방으로 들어갔고 잠시 뒤 검은색 앞치마를 여러 개 가지고 나왔다. 파프는 지금 가만히 쉬고 싶었기에 아무도 들리지 않도록 조용히 말했다.

"지금 이러고 있을 때가 아닌데."

귀가 밝은 라이다가 파프의 소리를 듣고 말했다.

"파프! 지금 우리가 이곳에서 쉬는 것보다 저 종이 상자 안에 가득 들어 있는 귤을 먹는 것이 더 좋은 선택이야!"

파프는 마지못해 메디퍼 아버지가 건네준 얼룩진 앞치마를 잡았다. 그렇게 몬프크리 원정대는 모두 메디퍼의 아버지가 건네준 앞치마를 입었고, 바이트 왕자도 지금까지 순백의 옷만 입어보다가 이런 얼룩진 옷은 처음 보고 말했다.

"이런 옷은 어디에서 만든 건가요?"

해로프는 자신의 앞치마를 이곳저곳 살펴보고 있는 바이트에게 가서 말했다.

"이건 개인을 위해 만들어진 것이 아니에요. 옷이 더러워지는 것을 막기 위해 대량으로 만들어진 옷이에요."

"이것 참 신기하군."

메디퍼의 아버지는 몬프크리 원정대가 모두 검은색 앞치마를 착용한 것을 보고 말했다.

"그럼 모두가 전부 준비를 마친 것 같군. 그럼 이제 밖으로 나가 우리 과수원이 있는 곳으로 가도록 하지!"

메디퍼의 아버지는 자신감이 넘치는 발걸음으로 집 밖으로 나갔고 해로프는 그의 모습을 보자 마치 통나무를 베러 나가는 자신의 아버지가 생각났다. 그들은 집에서 멀리 떨어져 있는 과수원으로 갔고, 정말 메디퍼의 아버지가 말한 대로 과수원은 엄청나게 넓었다.

"끝이 안 보이는데요?"

해로프는 생각보다 큰일이라 그런지 한숨을 내쉬며 말했다. 라이다도 귤을 먹을 때는 아주 밝게 그를 도울 것이라고 했지만 귤나무가 까마득히 서 있는 것을 보자마자 의욕이 사라져 버렸다.

"이것을 오늘 다 해야 해요?"

"그럼!"

"오늘 밤을 이 과수원에서 보내야 하는 건 아니겠죠?"

메디퍼의 아버지는 고개를 저으며 말했다.

"하다 보면 생각보다 더 빨리 끝나게 될 거야. 그리고 오늘은 일손이 많아서 저녁이 되기 전에는 끝날 것 같네."

몬프크리 원정대는 거대한 과수원에 심겨 있는 나무를 보고 마치 어두운 하늘에 있는 별들처럼 나뭇잎들 사이에 보랏빛의 귤들이 매달려 있는 것을 발견할 수 있었다. 메디퍼의 아버지는 그들에게 바구니를 하나씩 나누어 주며 말했다.

"그럼 어서 시작하자!"

라이다가 말했다.

"그런데 이건 어떻게 따는 거예요?"

"그냥 손으로 툭 따면 되는 거야."

그는 재빠르게 나무에 대롱대롱 매달려 있는 귤들을 손이 보이지 않을 정도로 순식간에 따내기 시작했다. 그는 덩치와는 다르게 정말 날렵하게 움직였다.

"모두 나를 따라 해보세요!"

메디퍼의 아버지는 모두가 자신이 하는 일을 보고만 있자 몬프크리 원정대에게 한 번씩 해보도록 했고, 잘하는지 봐주었다. 그들은 그의 모습을 보고 있다가 자신의 근처에 있는 나무에 가까이 다가가 직접 해보기 시작했다. 해로프는 잘 따지지 않는 귤을 잡아당겨 간신히 하나를 떼어냈다.

"아저씨 잘 안 되는데요?"

"당연히 처음에는 잘 안 될 거야."

그렇게 모두가 나무 앞으로 가서 매달려 있는 귤을 따내기 시작했다. 그때 라이다가 귤나무 앞에 서서 소리쳤다.

"아저씨 저 좀 도와주세요!"

메디퍼는 라이다의 다급한 소리에 무슨 위험한 일이라도 생긴 것인지 자신이 하던 일을 멈추고 그가 서 있는 자리를 쳐다보았는데 라이다가 높이 뛰어올라도 나무에 매달려 있는 귤에 손이 닿지 않았다.

"내가 사다리를 가져다줄 테니 조금만 기다리렴."

"네…."

라이다는 그가 사다리를 가져오는 동안 높게 뛰어 간신히 귤 하나를 따냈다. 그리고 그가 사다리를 가져오기 전에 방금 떼어 낸 귤을 까서 재빨리 먹으려 했다. 하지만 그때 메디퍼의 아버지는 금세 사다리를 들고 라이다 앞으로 왔다. 라이다는 몰래 먹으려다가 생각보다 빨리 온 메디퍼의 아버지를 보고 귤을 깨끗하게 닦아내는 척했다.

"여기에 올라가서 따면 금방 딸 수 있을 거야."

바이트는 자신이 땀을 흘리며 직접 과일을 따는 경험은 태어나서 처음이었다. 해로프는 그런 바이트를 보며 말했다.

"어때요? 해볼 만하죠?"

바이트는 어정쩡하게 간신히 귤을 떼어낸 후 이마에 흐르는 땀을 손등으로 닦아내며 말했다.

"아직 어렵네. 이런 일은 처음 해봐서."

바이트는 귤을 따면서 지금까지 왕국에서 자신에게 과일을 가져다준 사람들에게 감사함을 느꼈다. 아드리아프 영감은 귤을 한 개 떼어내더니 벌써 몸에 힘이 없는지 바위 위에 걸터앉았다. 그 모습을 본 해로프가 아드리아프를 보며 말했다.

"영감님은 조금 쉬고 계세요. 제가 영감님 몫까지 할게요!"

아드리아프는 금방이라도 쓰러질 듯 숨을 거칠게 내쉬며 말했다.

"고맙네."

가만히 쉬고 싶다고 툴툴대던 파프는 이곳에서 매일 일을 계속해서 해왔던 사람처럼 메디퍼의 아버지만큼 빠른 속도로 나무에 열려 있는 귤들을 하나씩 떼어내고 있었다. 메디퍼의 아버지는 파프를 보자 눈을 크게 뜨고 말했다.

"자네는 이런 일을 해본 적이 있나?"

파프는 눈앞에 보이는 귤을 떼어낸 후 무심하게 말했다.

"이런 쉬운 일 하나 못하면 무엇을 할 수 있겠어요?"

메디퍼의 아버지는 그런 파프의 말을 듣고 흐뭇한 미소를 지었다.

"참 쓸만한 녀석이군. 마음에 들어."

파프는 그런 메디퍼 아버지의 칭찬에도 아무 반응을 하지 않았다. 그렇게 그들은 귤 과수원에서 시간을 보내고 이제 점점 뜨거운 태양이 땅속으로 내려가기 시작했다. 그들의 바구니에도 보랏빛 귤들이 하나둘씩 채워지기 시작했다.

라이다는 계속 나무를 옮길 때마다 사다리를 들어야 했기 때문에 어떻게 하면 더 쉽고 빠른 방법으로 귤을 따낼 수 있을지 머리를 굴렸다. 한참을 생각하던 그의 머릿속에서 밝은 불이 번쩍거렸다. 라이다는 사다리 아래로 내려가더니 자신의 발바닥으로 나무의 기둥을 힘껏 걷어찼다.

처음에는 꼼짝도 하지 않고 서 있던 나무가 점점 흔들렸다. 라이다는 매달려 있는 귤들이 흔들리는 모습을 보자 더 힘껏 나무를 차기 시작했다. 그러자 몇 개의 귤들이 바닥으로 굴러떨어졌다.

"난 정말 천재였어!"

라이다는 마치 아무도 풀어내지 못한 문제를 해결해 낸 사람처럼 자신의 머리를 쓰다듬으며 힘들게 하나씩 귤을 따고 있는 해로프 옆으로 갔다.
　"해로프! 내가 좋은 방법을 알아냈어!"
　해로프의 이마에는 땀으로 젖어 있었다. 그는 가까이 다가온 라이다를 보며 말했다.
　"라이다, 우리는 빨리 귤을 따야 해. 사소한 얘기 나눌 시간 없어."
　라이다는 땀을 흘리고 있는 해로프를 보며 말했다.
　"정말 내가 기발한 방법을 알아냈다니까?"
　해로프는 자꾸만 곁에서 라이다가 쫑알쫑알 말하자 하던 일을 멈추고 그가 하는 말을 들어주기로 했다.
　"그게 어떤 방법인데?"
　라이다는 드디어 해로프가 자신을 바라보자 말로 하지 않고 행동으로 바로 움직이기 시작했다.
　"자 봐봐!"
　라이다는 해로프가 귤을 따고 있는 나무 옆으로 가서 발로 강하게 나무를 찼다. 그러자 마치 비행기에서 전단지를 뿌려대는 것처럼 해로프의 머리 위로 나뭇잎이 떨어지며 보랏빛 귤들도 마구 떨어지기 시작했다.
　"어때?"
　라이다는 허리에 손을 올리며 의기양양하게 해로프를 바라보았다. 해로프는 나무 위에서 엄청나게 많은 나뭇잎과 귤이 쏟아지자 그 모습을 보며 놀랐다.

"라이다! 넌 천재야!"

라이다는 그런 해로프의 반응을 예상하였다는 듯 말했다.

"거봐 내가 깜짝 놀랄만한 방법이라고 말했지?"

해로프는 덩달아 신나서 말했다.

"라이다! 어서 다른 나무에도 이렇게 해보자!"

해로프와 라이다는 바로 옆에 있는 나무로 이동했다. 그 나무에는 마치 엄청난 부자 할머니의 귀걸이처럼 많은 귤이 주렁주렁 매달려 있었고 라이다와 해로프는 서로를 바라보며 고개를 끄덕였다.

"라이다 준비됐어?"

"당연하지!"

라이다는 아까 했던 것처럼 다시 쿵 소리를 내며 발바닥으로 나무 기둥을 여러 번 차기 시작했고 나무에 매달려 있던 귤들은 마치 하늘에서 떨어지는 우박처럼 떨어지기 시작했다. 해로프와 라이다는 떨어지는 귤을 보며 마치 첫눈을 바라보는 아이들처럼 기뻐했다. 그들은 그 옆에 있는 나무도 그렇게 해서 하나씩 따지 않고 여러 개를 땅에 떨어뜨려 바구니에 집어넣었다.

그들의 모습을 발견한 파프는 말했다.

"그렇게 하면 귤이 다 터질 수 있어."

라이다는 파프의 말을 듣고 피식 웃음을 지으며 말했다.

"파프! 넌 무식하게 하나씩 따지? 나는 이렇게 똑똑해서 한꺼번에 여러 개 따는 거거든? 너도 해보고 싶으면 나한테 말해!"
파프는 어이없다는 듯 코웃음을 치며 말했다.
"됐거든?"
그렇게 해로프와 라이다는 그 나무에 있는 귤들도 모두 나무를 쳐서 떨어뜨려 바구니에 놓았다. 바이트도 그들을 보며 말했다.
"라이다 정말 좋은 방법을 찾았네?"
라이다는 마치 학교에서 발표하고 싶어 안달 난 학생처럼 말했다.
"저의 머릿속에서 나온 아이디어에요! 바이트!"
바이트는 그런 라이다에게 엄지를 올려주었다. 해로프와 라이다는 그렇게 이 과수원에 귤을 모조리 떨어뜨리려 했고, 옆에 있는 나무로 이동했다.
"해로프! 이 나무는 기둥이 두꺼워서 조금 시간이 필요할 것 같아."
"내가 봐도 이 나무는 다른 나무들보다 큰 것 같네."
라이다는 결의의 찬 기사의 자세로 두꺼운 나무 기둥 옆으로 이동했다. 해로프는 나무 그늘에 서서 떨어지는 귤을 주워 바구니에 담을 준비를 했다.
"그럼 이제 찰게!"
"라이다 어서 시작해!"
라이다는 자신의 발바닥으로 나무 기둥을 힘껏 차기 시작했다. 그런데 이번 나무는 기둥이 굵어서 그런지 한 번에 귤이 떨어지지 않았다. 라이다는 당황하며 말했다.

"해로프, 이건 잘 움직이지 않는데?"

해로프는 그런 라이다를 보며 말했다.

"라이다, 조금만 더 힘내서 차봐. 조금씩 흔들리고 있어!"

라이다는 해로프의 말을 듣고 자신의 발바닥으로 마치 나무를 무너뜨릴 것처럼 힘차게 나무를 걷어차 버렸다.

그러자 나무에 매달려 있는 귤들은 마치 거대한 시계의 추처럼 이리저리 흔들리기 시작했고, 라이다는 나무가 서서히 흔들리기 시작하자 더 강하게 자신의 발로 나무를 걷어찼다. 누군가 그들의 소리만 들으면 그들이 거대한 북을 치고 있다고 해도 믿을 것 같았다. 나무에 매달려 있는 귤들은 이리저리 흔들리다가 바닥으로 떨어지기 시작했다. 해로프는 보랏빛 귤들이 바닥으로 떨어지는 것을 보고 말했다.

"라이다! 이제 귤이 떨어지기 시작했어!'"

"그럼 더 강하게 차볼게!"

라이다는 더 강하게 나무를 찼다. 그리고 그 나무에 매달려 있던 귤들은 다른 나무들처럼 떨어지고 말았다. 그들은 마치 아무것도 없는 우물에서 물이 솟아 나오는 것을 본 사람들처럼 미소를 보였다.

귤은 해로프의 머리 위로 한꺼번에 쏟아져 내렸고 해로프는 그것들을 양팔을 벌려 모두 환영하는 듯 보였다. 라이다는 떨어지는 귤들을 보자 더 강하게 나무를 찼고, 나무에 가려져 있던 귤들이 바닥으로 한꺼번에 쏟아져 나오기 시작했다.

"해로프 어때?"

"대단한데?"

그런데 해로프의 머리 위로 너무 많은 귤이 쏟아지자 마치 누구에게 머리를 얻어맞고 있는 듯이 아팠다. 그래서 해로프는 머리를 두 손으로 감싸안은 채 나무를 차고 있는 라이다에게 말했다.

"라이다! 그만!"

하지만 라이다는 해로프가 나무를 더 강하게 차라는 소리로 들어 나무를 더 강하게 차기 시작했다.

"라이다! 그만!"

해로프는 자신의 머리를 감싸며 이제 그만하라고 소리쳤지만, 라이다는 그런 해로프의 소리를 듣고도 계속했다. 해로프는 계속 머리에 귤들이 쏟아져 내리자 크게 소리치고 말았다.

"으악 그만해!"

해로프는 넓은 과수원에 그의 목소리가 울려 퍼질 정도로 크게 소리쳤다. 일에 집중하고 있던 메디퍼와 그의 아버지는 해로프의 큰 소리를 듣고 다급하게 달려갔다. 메디퍼는 나무에서 떨어지고 있는 귤을 보았다. 그는 그 밑에서 머리를 감싸고 있는 해로프의 모습을 보자마자 자신의 손에 들려 있던 귤을 힘없이 바닥에 떨어뜨리고 무언가 생각난 듯 조용히 말했다.

"하디퍼…."

그때 갑자기 메디퍼의 눈동자 색깔이 주황빛으로 변하면서 머리를 감싸고 있는 해로프를 향해 재빨리 달려갔다. 그는 해로프를 감싸안아 그의 머리 위로 떨어지고 있는 귤들을 모두 맞아주었다.

해로프는 갑자기 누군가가 자신의 머리를 감싸안으며 떨어지던 귤을 막아줘 감고 있던 두 눈을 슬며시 떴다. 라이다는 갑자기 메디퍼가 나무 아래로 들어가자 나무를 차던 행동을 멈추었다. 해로프의 머리를 감싸안고 있는 메디퍼의 모습을 보았다. 메디퍼의 몸은 마치 추운 날 어떤 옷도 입지 않은 사람처럼 덜덜 떨고 있었다.

그 모습을 바라본 메디퍼의 아버지도 고개를 푹 숙이고 말했다.
"메디퍼…."

주변에 있던 해로프의 동료들도 메디퍼가 재빠르게 다가가 해로프의 몸을 덮고 있는 모습을 보고 모두 놀란 듯 가만히 서 있기만 했다. 해로프는 나무에서 귤이 떨어지지 않자 메디퍼의 몸에서 빠져나왔다.

그런데 메디퍼는 몸에 힘이 전부 빠진 듯 그 자리에서 힘없이 쓰러지고 말았다. 해로프는 그 모습을 보며 소리쳤다.
"메디퍼!"

메디퍼의 아버지는 쓰러진 그를 보자마자 그가 쓰러진 곳으로 뛰어갔다. 그리고 순식간에 메디퍼를 등에 업고 말했다.
"모두들 하던 일 마치고 나를 따라오세요!"

해로프와 그의 동료들은 다급한 메디퍼의 아버지 말에 손에 끼고 있던 장갑을 벗어 던지고 다급하게 그의 뒤를 따라갔다.

해로프는 메디퍼의 아버지 뒤에서 힘없이 축 늘어져 있는 메디퍼를 보며 당황했고 그는 마치 깊은 잠에 든 사람처럼 보였다. 라이다가 뛰어가면서 말했다.

"아까 메디퍼의 눈동자 색깔이 이상했어."

"눈동자가 이상했다고?"

라이다는 마치 꿈에서 보았던 장면을 떠올리듯 말했다.

"두 눈동자가 주황색으로 변해 있었어."

해로프는 라이다의 말을 듣자마자 믿을 수 없다는 듯 입꼬리를 내렸다.

"라이다 네가 잘못 본 거겠지."

라이다는 자신이 본 것을 말했지만 해로프가 정말 믿어주지 않아 억울했다. 그때 옆에서 달리던 파프가 해로프에게 말했다.

"나도 봤어. 주황색 눈동자."

해로프는 놀란 눈빛으로 파프를 보며 말했다.

"파프! 너까지 왜 그래."

파프는 침착하게 메디퍼의 아버지를 따라가며 말했다.

"정말이야. 카루스 숲에서 메디퍼가 우리를 도우러 뛰어올 때도 분명히 주황빛 눈빛을 띠고 있었어."

라이다는 생각지도 못한 파프가 자신의 의견에 동의해 줘서 그를 쳐다보았고 파프는 자신이 본 것이 확실하다는 듯한 굳은 표정을 보였다. 해로프는 믿기지 않는 말을 하는 그들을 의심하며 일단 메디퍼가 업혀 있는 그의 아버지를 따라갔다.

그들은 아까 왔었던 그 집으로 다시 돌아왔고, 재빨리 그를 침대에 눕혀주었다. 메디퍼는 심한 감기에 걸린 것처럼 이마에 땀이 송골송골 맺혀 있었다. 그런데 그의 입은 움직이고 있었다. 해로프와 몬프크리 원정대는 그런 그가 갑자기 왜 그렇게 되었는지 의아했다.

"아저씨, 메디퍼는 괜찮은 거겠죠?"

그의 아버지는 한숨을 내쉰 후 한참 동안 가만히 있다가 입을 열었다.

"괜찮아진 것 같구나."

해로프는 눈을 감고 있는 메디퍼를 보며 말했다.

"아저씨 그럼 메디퍼가 왜 갑자기 귤에서 떨어지고 있는 저를 감싸준 거예요? 그리고 왜 갑자기 그 자리에서 쓰러진 건지 혹시 알고 계세요?"

메디퍼의 아버지는 고개를 들어 묵묵하게 돌아가고 있는 풍차의 날개를 보며 말했다.

"그 이유를 알려줄 테니 모두 여기에 앉게."

해로프와 그의 동료들은 방에 놓여 있는 작은 나무 의자에 앉았다. 그의 아버지는 마치 집에 숨겨두었던 비밀무기를 알려줄 것처럼 자신의 얼굴을 쓸어내린 후 말할지 말지 고민하다가 입을 열었다.

"사실 메디퍼에게 동생이 한 명 있었어."

해로프는 그가 말을 내뱉는 모습을 보자 슬픔에 잠겨 있다는 것을 알 수 있었다. 메디퍼의 아버지는 그런 말투로 계속 말을 이었다. 해로프 뿐만 아니라 다른 동료들도 그가 고개를 숙이며 말하자 모두 집중해서 듣기 시작했다. 해로프가 조심스럽게 말했다.

"메디퍼에게 동생이 있었다고요?"

그는 대답 없이 고개만 끄덕였고 해로프의 동료들도 그저 고개를 숙인 메디퍼의 아버지를 바라보았다. 라이다는 그런 그를 바라보며 말했다.

"그렇단 말은 지금 메디퍼의 동생이…."

그는 고개를 끄덕이며 말했다.

"너희들이 생각하고 있는 그게 맞아."

메디퍼의 아버지는 자신의 얼굴을 쓸어내린 후 다시 말했다.

"아주 귀여운 세 살 터울의 동생 하디퍼가 있었어. 하지만 하디퍼는 안타까운 사고로 먼저 하늘로 떠나버렸지."

그 말을 들은 몬프크리 원정대도 메디퍼의 아버지처럼 고개를 숙이고 아무 말 없이 가만히 듣고만 있었다.

해로프는 그런 그의 말을 듣고 말했다.

"그러면 혹시 왜 메디퍼의 동생이 하늘로 가게 되었는지 여쭤봐도 될까요?"

메디퍼의 아버지는 고개를 들고 해로프의 두 눈을 바라보며 말했다. 그의 눈에는 투명한 눈물이 맺혀 있었다.

"삼 년 전이었어. 우리 가족은 오랜만에 놀러 가려고 준비했지. 나도 귤을 매일 팔고 있어서 어렵게 시간을 내서 쉬는 날이었어. 우리는 그날 제드원 마을 근처에 있는 산에…."

그는 울컥한 듯 잠시 말을 멈추었다. 그는 헛기침한 후 다시 말을 이러했다.

"우리는 그곳에 가서 시원한 바람도 맞으며 행복하게 놀고 있었어. 하지만 그날 평소와는 다르게 더 강하게 바람이 불었어. 우리는 그것을 대수롭지 않게 생각하고 있었지."

메디퍼의 아버지의 눈에서는 결국 눈물이 한 방울 떨어지기 시작했다. 해로프는 그에게 다가가 그의 단단한 등을 어루만져 주었다.

"괜찮으세요?"

메디퍼의 아버지는 괜찮다는 듯 고개를 끄덕이고 손가락으로 눈물샘을 꾹 누르며 다시 말하기 시작했다.

"나의 소중한 두 아들은 재미있게 놀고 있었지. 그런데 그때 한 번도 느껴본 적 없던 강한 바람이 언덕을 덮었어. 그 때문에 많은 바위가 언덕 아래로 굴러떨어지고 말았지."

"그러면….'

라이다는 그의 말을 듣고 상상만 해도 끔찍하다는 듯 눈을 질끈 감았다. 파프도 눈을 지그시 감았다. 아드리아프는 고개를 저었으며 바이트는 눈에 힘을 주고 그의 말을 듣고 있었다.

"그러다가 메디퍼의 동생 하디퍼가 높은 곳에서 굴러떨어지던 바위에 그만 깔려버리고 말았어."

해로프는 깊은 한숨을 내쉬며 상상하기 싫다는 듯 고개를 저었다.

"메디퍼는 바위 여러 개가 빠른 속도로 굴러떨어지자 빨리 뛰어가서 동생을 구하려고 했어. 그런데 구하려고 가는 도중에 메디퍼에게도 바위가 굴러떨어지고 있었지. 그것을 보고 있던 나는 어서 빨리 그 두 아들을 구하려고 그곳으로 뛰어간 거야. 그런데 하디퍼에게 굴러오는 바위의 속도는 종잡을 수 없이 너무 빨랐고 우리는 어떻게 손쓸 방법이 없었지."

그 말을 듣고 있던 라이다가 중간에 조용히 말했다.

"그럼 아까 메디퍼의 눈동자가 주황색으로 변한 건 뭐예요?"

"그건 나도 이유는 알 수 없지만, 동생 하디퍼의 인격이 들어간 거야."

라이다는 입을 벌리며 믿을 수 없다는 듯 그를 쳐다보며 말했다.

"그게 말이 돼요?"

그는 눈을 감고 있는 메디퍼의 두 손을 부드럽게 잡은 채 조용히 말했다.

"메디퍼는 동생이 죽고 난 뒤 모두 자신 때문에 일어난 일이라고 생각했어. 자신이 동생을 구할 수 있었는데, 자신이 빠르게 움직이지 못해서 일어났다고 매일 자책했어. 그래서 방에서도 일 년 동안 나오지 않았지."

해로프가 말했다.

"그런 일이 있는 줄은 몰랐어요."

"메디퍼는 매일 거울을 보면서 죽은 그의 동생을 생각했고, 어느 날부터는 거울에서 동생 하디퍼의 얼굴이 보인다고 말했어. 나는 그 말을 듣고 우리 아들이 점점 미쳐간다고 생각했지.

그런데 정말 어느 날에는 주황빛 눈동자로 변하면서 하디퍼의 성격이 메디퍼의 몸에서 보이는 거야. 그래서 나는 결국 나는 메디퍼의 몸에 정말 동생의 인격이 들어갔다는 말을 믿어주었고, 그 이후로부터 어떤 긴박한 일이나 위험한 일이 있을 때에는 메디퍼에게 평소의 자신의 모습이 아닌 동생 하디퍼의 활발한 모습이 보이는 거야. 너희들이 보았던 그 주황빛 눈동자도 아마 동생의 인격이 들어왔을 때였을 거야."

몬프크리 원정대는 고개를 숙이며 그의 말을 듣고 있어도 믿을 수 없다는 듯 서로를 쳐다보았다. 하지만 정말 그의 행동을 다시 생각해 보니 믿을 수밖에 없었다.

"그러면 아까 메디퍼가 저를 지켜준 것이…."

메디퍼의 아버지가 해로프의 말에 대답했다.

"맞아. 메디퍼는 너를 보고 동생 하디퍼가 생각난 거야."

해로프는 아무것도 모르고 눈을 감고 있는 메디퍼를 바라보았다. 그때 메디퍼의 손가락이 살짝 움직이더니 그는 눈을 살며시 떴다. 그 모습을 보고 라이다가 말했다.

"메디퍼가 눈을 떴어요!"

침대 위에 누워 있던 그는 마치 낮잠을 자다가 깬 사람처럼 주변에 자신을 바라보고 있는 몬프크리 원정대를 멀뚱히 바라보고 있었다.

"아버지, 이게 무슨 일이에요?"

메디퍼의 아버지는 천천히 그에게 말해주었다.

"하디퍼가 잠시 왔다 갔었어."

그러자 메디퍼는 자신의 심장을 부여잡으며 한두 번 있는 일이 아니라는 듯 고개를 끄덕였다. 몬프크리 원정대는 무사하게 눈을 뜬 메디퍼를 보고 안심했지만, 한편으로 인격이 두 개라는 그의 아버지의 말이 사실이라는 듯 다시 눈을 뜬 그는 아까와는 정반대의 모습을 보였고 눈동자도 다시 원래의 색으로 돌아와 있었다.

그들은 그렇게 귤을 따다 말고 갑작스러운 사건으로 귤을 전부 따지도 못한 채 해가 다 내려가고 있었고 붉은 노을도 사라지고 있었다. 그런데 그때 해로프가 창밖을 바라보더니 소리쳤다.

"풍차의 날개가 점점 멈추고 있어요!"

멈춰버린 풍차

 해로프는 방금까지 묵묵히 돌아가고 있던 풍차가 완전히 멈추려고 하는 것을 보고 놀라 자신도 모르게 큰 소리가 입 밖으로 나왔고, 그 말을 들은 메디퍼의 아버지는 아무 일도 아니라는 듯 초연하게 말했다.
 "원래 바람이 잘 불지 않을 때는 풍차도 천천히 돈단다."
 해로프는 이상하다는 듯 고개를 갸우뚱하며 다시 풍차를 보았다. 하지만 그는 점점 느려지는 풍차의 날개를 보며 심상치 않은 기운을 느낄 수 있었다.
 해로프의 표정이 심각해지자 라이다도 밖을 쳐다보았고 정말 풍차가 거의 멈추려는 듯 아주 느리게 돌아가고 있었다. 그리고 그는 알록달록한 바람개비들이 돌아가는 속도도 현저히 느려졌다는 것을 알아챘다.

"지금까지 마을에서 풍차가 멈췄던 적이 있었나요?"

해로프는 다급하게 메디퍼의 아버지에게 물었고 그는 말했다.

"천천히 돌아간 적은 있어도 날개가 완전히 멈춘 적은 없었지."

해로프는 창문 밖을 손으로 가리키며 말했다.

"저 창문 밖을 좀 보세요. 풍차가 느리게 돌아가는 게 아니라 멈추려고 해요! 바람개비들도 움직임이 점점 더 느려지고 있어요!"

메디퍼의 아버지는 그런 해로프의 말을 듣고 매일 일어나는 일이라는 듯 그냥 앉아 있었다. 하지만 파프도 창밖을 보더니 이상한 느낌이 들었다. 파프가 조용히 말했다.

"이건 바람 때문이 아니에요."

그러자 메디퍼의 아버지가 자리에서 일어나 창문 밖을 보기 위해 일어났다.

"별거 아니라고 그래도."

하지만 그도 밖을 보자 풍차의 날개가 이렇게까지 느리게 도는 것을 처음 본 듯 당황했다.

"뭔가 이상하죠?"

메디퍼의 아버지는 아무 말 없이 창문 밖을 한동안 쳐다보았다. 해로프는 그때 저 먼 하늘에서 새까만 먹구름이 제드윈 마을의 하늘을 덮고 있는 것을 발견했다.

"저기! 검은 먹구름이 몰려온다."

해로프가 소리치자 아드리아프는 지팡이를 짚고 창문으로 다가와 먹구름이 몰려오는 곳을 심각한 표정으로 바라보기 시작했다. 지팡이를 든 노인이 한숨을 내쉬며 힘없는 목소리로 말했다.

"그들이 찾아온 것 같구나."

그 말을 듣자마자 해로프는 갑자기 몸이 떨리기 시작했다. 방금 일어난 메디퍼는 지금 어떤 상황이 벌어졌는지 아무것도 모르는 표정으로 심각한 표정을 짓고 있는 몬프크리 원정대를 쳐다보고 있었다.

해로프는 검은 먹구름이 하늘을 덮어오는 것을 보고 다급하게 말했다.

"검은 영혼이 우리에게 오고 있는 것이 분명해요!"

해로프는 자동으로 자신의 허리춤에 끼워져 있던 트리드를 꺼냈다. 그의 옆에 있던 파프도 말했다.

"이번에는 마을이 피해를 보기 전에 빨리 저들을 막아버리자!"

해로프는 파프의 말을 듣고 고개를 끄덕인 뒤 다른 동료들의 얼굴을 한 번씩 쳐다보았다. 그들은 모두 결의의 찬 눈빛으로 서로를 바라보고 있었다. 메디퍼의 아버지도 처음 보는 하늘의 색깔을 보고 놀란 듯 보였다. 해로프는 메디퍼의 아버지를 보고 말했다.

"단순히 풍차의 날개가 멈추는 것이 바람 때문이 아니었어요. 몬프크리에서 블레드가 보낸 검은 영혼이 이 마을로 들어오고 있어요!"

그러자 메디퍼의 아버지가 미간을 찡그리며 말했다.

"나는 이제 무엇을 해야 하지?"

해로프가 말했다.

"아저씨는 여기에서 남아 메디퍼를 지키고, 마을 사람들을 안전한 장소로 대피시켜 주세요."

그 말을 하고 해로프는 재빨리 집 밖으로 나갔다. 밖은 제드원 마을의 시원한 바람이 불지 않고 있었고 마치 사막 한가운데에 있는 듯한 서늘함과 기분이 좋지 않은 건조한 바람이 불어왔다.

해로프의 뒤를 따라 그의 동료들 모두 집 밖으로 나와 하늘을 서서히 덮고 있는 먹구름을 보았다. 라이다와 파프도 자신의 트리드를 꽉 잡았다. 그때 파프가 풍차를 보더니 말했다.

"뭐가 풍차를 뒤덮고 있어!"

파프의 말대로 그의 동료들은 모두 풍차로 시선을 돌렸는데, 풍차 위로 개미 떼같이 검은 무언가가 올라가고 있었다.

"개미가 올라가고 있어!"

해로프가 소리쳤고, 그것을 자세히 보고 있던 아드리아프가 말했다.

"저건 개미가 아니야!"

해로프는 풍차 위로 올라가고 있는 것을 계속 바라보고 있던 그때, 옆에서 파프가 다시 소리쳤다. 풍차 위로 올라가고 있는 것들과 똑같이 생긴 형체가 땅에서 튀어나오고 있었다.

"저기 우리 앞을 봐. 풍차에 올라가고 있는 녀석들이 마을에 있는 집에도 달라붙기 시작했어!"

해로프는 땅에서 솟아 다가오는 검은 벌레들을 발견할 수 있었고, 그가 바라보기에도 정말 개미는 아니었다. 분명히 개미보다 몸집이 열 배는 더 컸다.

"저게 뭐야!"

벌레들은 아주 새까맣고 나무표면처럼 딱딱해 보이는 등껍질과 옥수수의 수염 같은 더듬이를 이리저리 움직이고 있었고 다리는 셀 수 없이 많았다. 끔찍한 벌레들은 다리를 쉼 없이 움직이며 빠른 속도로 제드윈 마을을 뒤덮기 시작했다. 해로프는 징그러운 벌레들과의 거리가 점점 가까워지자 온몸에 털이 바짝 올랐다.

"뭐야!"

라이다는 소리쳤다.

"바퀴벌레처럼 생겼어!"

라이다는 검은 벌레들이 수많은 다리를 움직이며 가까이 다가오는 것을 보고 트리드를 휘둘렀다. 트리드는 파리채처럼 변했고, 해로프와 파프도 나무 막대기를 휘둘렀다.

"이게 뭐야."

해로프는 침을 한번 삼키고 말했다. 아드리아프도 자신의 지팡이를 들었고 순백의 기사 바이트도 칼집에서 칼을 빼 들었다. 그들은 다가오고 있는 벌레들을 향해 빠르게 다가가기 시작했다.

하지만 파프는 혼자 걸어나가지 못하고 마치 발바닥이 땅에 붙어버린 것처럼 그 자리에서 한 발자국도 움직이지 않았다. 그의 얼굴을 하얗게 질려 있었다.

해로프는 움직이지 않는 파프를 보며 말했다.

"파프! 어서 따라와!"

파프는 그런 해로프의 말을 듣고도 움직이지 않았다. 그는 그저 힘없이 트리드를 한 손에 쥔 채 온몸을 떨고 있었다. 해로프는 가까이 다가온 벌레들을 내려치기 시작했다.

검은 벌레들은 엄청나게 빨라서 그런지 그들의 공격을 이리저리 피해 다녔다. 라이다는 망치로 내려치듯이 벌레들을 없앴다.

바이트는 날렵한 움직임과 묵직하고 날카로운 칼의 움직임으로 벌레들을 무찌르고 있었고, 아드리아프도 눈동자가 점점 하얀색으로 변하면서 자신의 지팡이에 힘을 모으기 시작했다. 그런데 얼굴이 하얘진 파프는 시간이 지나도 그 자리에서 한 발자국도 움직이지 않고 있었다.

심각해진 마을의 모습을 창문으로 보고 있던 메디퍼는 결국 침대에서 일어났다.

"아버지, 저도 나가서 저 사람들을 돕고 싶어요."

메디퍼의 아버지는 그가 침대에서 일어나려고 하는 것을 막으며 말했다.

"지금 밖으로 나가는 건 너무 위험해!"

"아니에요. 저도 저들처럼 용감하게 나서서 싸우고 싶어요."

메디퍼는 이불을 걷어내며 침대에서 내려왔다. 그는 결국 집 밖으로 나와 원정대가 있는 방향으로 걸어가기 시작했다. 라이다는 자신의 트리드로 벌레들을 하나둘씩 잡으면서 재미를 느꼈는지 그의 토끼 같은 앞니를 내보였다. 메디퍼는 해로프에게 다가가면서 가만히 서 있는 파프를 발견하고 말했다.

"파프, 왜 여기에 가만히 서 있는 거야?"

파프는 아무 대답도 하지 못하고 몸이 얼음덩어리처럼 차가웠다. 메디퍼는 그의 눈동자가 흔들리고 있다는 것을 보았다.

"혹시 저 벌레들이 무서운 거야?"

파프는 그 말을 듣고 자존심이 상하는 듯 한동안 아무 말도 하지 않다가 메디퍼가 계속 바라보자 고개를 숙이며 말했다.

"난 벌레가 끔찍하게 싫어…."

메디퍼는 그에게 말했다.

"그럼 이곳에 있어. 저곳은 내가 가볼게."

그 말을 들은 파프가 말했다.

"그런데 너는 아무 무기도 가지고 있지 않잖아."

"어떻게든 되겠지."

그때 풍차 위로 올라가던 검은 벌레들은 풍차의 날개를 갉아먹기 시작했다. 마을에서 풍차가 만들어진 이후 지금까지 한 번도 멈춘 적이 없었던 날개는 서서히 멈추기 시작했고, 군데군데

구멍이 뚫리기 시작했다.
 하늘 위의 검은 구름은 마치 갯벌에 파도가 밀려오듯 더 빠르게 제드윈 마을을 덮고 있었다. 마을은 이제 주황빛 노을이 사라지고 거대한 천둥 번개가 내리칠 것처럼 어두 컴컴하게 변했다. 마을 사람들은 벌레들이 바닥에 빠르게 기어다니는 것을 보고 집에서 나와 다급하게 도망치며 소리쳤다.
"사람 살려!"
"벌레가 마을을 삼키겠어!"
 사람들은 마을 전체를 이리저리 뛰어다녔고 순식간에 제드윈 마을은 아수라장이 되고 말았다. 그러자 메디퍼의 아버지가 집 밖으로 나와 사람들에게 소리쳤다.
"모두 이쪽으로 오세요!"
 몬프크리 원정대는 일단 주변에 있는 검은 벌레들 먼저 없애기 시작했다. 다리를 마구 움직이는 벌레들은 트리드로 찍히자 바로 검은 모래가루로 변해 공기 중으로 사라져 버렸다. 해로프는 다시 고개를 돌려 아직도 움직이지 않고 있는 파프를 보며 말했다.
"파프, 도대체 무슨 일이야!"
 라이다는 주변에 있는 검은 벌레의 단단한 등껍질을 내리친 후 파프를 힐끗 바라보며 말했다.
"저 겁쟁이 녀석, 벌레를 보고 겁먹은 거야!"
 파프는 그런 동료들의 말에도 몸을 움직이지 못하고 있었다.

"다리가 말을 안 들어!"

그는 죽음도 불사할 만큼 죽음을 두려워하지 않는데, 끔찍하게 생긴 벌레만 보면 온몸에 소름이 돋으며 움직이지 못했다. 그때 벌레들은 땅속에서 더 많이 나타나 몬프크리 원정대에게 더 빠른 속도로 진격해 오기 시작했다.

해로프는 그 모습을 보며 말했다.

"저기를 봐! 벌레들이 끝도 없이 나오고 있어!"

검은 벌레들이 마치 내리막길에 둥근 구슬을 떨어뜨린 것처럼 빠른 속도로 다가오고 있었다. 라이다는 벌레들을 보며 말했다.

"다 덤벼, 다 없애버려 줄게!"

라이다는 파프와 달리 바닥에 이리저리 기어다니는 검은 벌레들을 잡는 것에 재미가 들렸다. 그런데 몰려오는 벌레들 때문에 그의 몸은 지쳐가고 있었고, 그는 아직도 서 있기만 한 파프를 보며 소리쳤다.

"어이! 겁쟁이! 어서 와서 도우라고!"

라이다가 지금까지 여정을 떠나오면서 파프에게 매일 들었던 말이지만 지금은 자신이 가만히 서 있는 파프에게 그 말을 했다. 파프는 라이다의 그 말을 듣고 자존심이 상해 얼굴이 붉어졌지만, 벌레들의 징그러운 더듬이를 보자 눈앞이 어지러워졌다.

그때 제드윈 마을의 거대한 풍차 꼭대기까지 뒤덮은 검은 벌레들은 단단한 돌로 만들어진 풍차의 벽도 야금야금 갉아먹고 있었고, 그것을 본 메디퍼의 아버지는 주먹을 불끈 쥐었다. 하지만 지금 그가 할 수 있는 것이라곤 그저 몬프크리 원정대가 벌레들을 막아주는 것과 마을 사람들은 안전한 장소에 대피시키는 것뿐이라고 생각했다.

그때 순백의 기사 바이트가 뺨에 흐르는 땀을 닦으며 말했다.

"끝이 보이지 않아!"

순백의 기사는 자신의 옷을 나풀거리며 주변에 있는 벌레들을 잡아냈는데 그도 역시 사람인지라 체력이 떨어지는지 시간이 지나며 움직이는 속도가 느려졌다.

그때 엄청난 숫자를 대동해 몰려오던 검은 벌레들이 해로프가 막고 있는 곳을 뚫고 파프가 몸을 떨며 서 있는 곳까지 다가갔다. 파프는 벌레들이 점점 더 자신에게 가까워지자 숨을 쉬지 못할 만큼 가슴이 답답해지기 시작했다.

"나한테 벌레들이 다가오고 있어!"

파프는 트리드를 손에 쥐고 있었지만 머릿속이 하얘져 어떻게 해야 할지 몰라 주저했다.

"파프!"

해로프는 마치 파프가 길을 잃은 아이처럼 가만히 서 있기만 하자 그가 정신을 차릴 수 있게 이름을 크게 불러보았다. 하지만 파프는 이제 아무 소리도 들리지 않는지 눈에 초점이 보이지 않았다. 벌레들은 파프가 서 있는 곳까지 다가왔고 몬프크리 원정대는 주변에 있는 벌레들을 수없이 죽여나갔지만 그 벌레들은 또다시 나타났다.

결국, 검은 영혼의 벌레들은 가만히 서 있는 파프의 발등을 타고 그의 몸에 올라가기 시작했고, 파프는 몸에 붙어 더듬이를 살랑거리고 있는 벌레들을 보자 그 자리에서 기절해 쓰러지고 말았다.

"파프!"

해로프는 그를 큰 소리로 불러보았지만, 그는 깨어나지 못했다. 그때 아드리아프는 징그럽게 생긴 벌레들이 끊임없이 나타나자 자신에게 남은 마지막 힘을 끌어모아 지팡이에 힘을 모으고 있었다. 라이다는 바닥에 쓰러져 버린 파프를 보자 재빨리 그곳으로 달려가며 말했다.

"저 겁쟁이!"

라이다는 파프의 몸에 올라탄 벌레들을 모두 떼어냈고, 그의 주변에서 기어다니는 벌레들을 모두 없애버리기 시작했다. 파프는 라이다가 자신을 구해주고 있는 것도 모른 채 눈을 감고 있었다. 심지어 그의 입에서는 하얀 거품까지 흐르기 시작했다.

"야 정신 차려!"

라이다는 바닥에 쓰러져 있는 파프의 몸을 툭툭 건드리며 말했다. 멀리서는 더 많은 벌레가 생겨 수없이 원정대를 향해 다가오고 있었다.

엄청나게 많은 벌레는 해로프의 다리를 지나 거품을 물고 있는 파프와 그 옆에 있는 라이다에게까지 많이 몰려왔다. 해로프는 그 상황을 보고 소리쳤다.

"라이다! 파프를 잘 부탁해!"

라이다는 그 소리를 듣고 크게 대답했다.

"나도 죽을 지경인데 누굴 부탁해!"

그때 라이다는 자신의 다리에 달라붙은 벌레들을 떼어가면서도 쓰러진 파프의 몸 주위로 다가가는 벌레들을 막기 위해 트리드를 내려찍었다. 그때 아드리아프는 지팡이를 흔들리는 두 손으로 꽉 잡으며 혼자 조용히 중얼거리기 시작했다.

"조금만 더…."

아드리아프는 한참 동안 눈을 감고 가만히 서 있었고 그의 지팡이 주변에는 소용돌이처럼 강력한 힘들이 지팡이 안으로 모이고 있었다.

그런데 그때 검은 벌레들은 다시 땅속에서 생겨나기 시작했다. 라이다는 이제 자신이 감당할 수 없는 많은 벌레가 몸에 붙어 이리저리 몸을 움직여 보았지만, 벌레들은 그의 다리에서 떨어질 기미가 보이지 않았다.

그때 아드리아프가 목청이 찢어지도록 크게 소리를 질렀다.

"으아!"

아드리아프는 자신이 쥐고 있던 지팡이를 하늘 높이 올린 다음 땅을 강하게 내려찍었고 그의 지팡이는 땅에 닿자마자 거대한 힘이 퍼져나가면서 그곳에 있던 벌레들 전부 순식간에 검은 연기로 변하며 사라졌다. 이후 아드리아프는 자신의 몸에 남아 있는 모든 체력을 전부 써버린 듯 풀썩 주저앉아 버렸다.

그의 엄청난 힘으로 풍차의 날개를 갉아먹고 있던 벌레들과 마을에 있는 집들을 갉아먹고 있던 벌레들이 한순간에 사라져 버리고 말았다.

라이다는 벌레들이 사라지자 긴장이 풀려 그 자리에 주저앉았다. 그리고 그는 아직도 기절해서 깨어나지 못한 파프를 보며 말했다.

"겁쟁이 자식! 벌레를 무서워한단 말이야?"

해로프도 숨을 거칠게 골랐고, 바이트의 몸도 온통 땀으로 젖어 있었다. 벌레들이 전부 사라진 그 순간 제드윈 마을에는 잠시 정적이 흘러내렸다.

메디퍼의 아버지는 이 상황을 보고 모든 상황이 끝났다고 생각했다. 마을 곳곳에 숨어 있던 사람들도 하나둘씩 모습을 보이기 시작했다.

그런데 그때 해로프는 하늘을 보며 심각한 표정을 짓고 있었다. 검은 영혼들이 전부 사라지면 하늘에 있는 검은 구름이 없어져야 하는데, 그러지 않고 있었다. 그때 메디퍼가 손으로 무언가를 가리키며 말했다.

"저기…."

메디퍼는 마치 멀리에서 귀신과 눈이 마주친 것처럼 손끝이 떨리고 있었고, 해로프는 그가 가리킨 방향을 보았다. 그곳을 보고 해로프는 다시 트리드를 꽉 쥐었고 숨을 고르고 있던 바이트도 다시 칼을 움켜쥐었다.

메디퍼는 뒷걸음질 치며 말했다.

"벌레들이 땅에서 다시 나타나고 있어!"

바퀴벌레처럼 생긴 검은 벌레들은 완전히 사라진 것이 아니었고 다시 원정대를 향해 다가오기 시작했다. 라이다는 그 모습을 보고 소리쳤다.

"방금 모두 없어진 게 아니었어?"

그러면서 라이다는 옆에 누워 있는 파프를 더 격렬하게 흔들었다. 그렇지만 파프는 라이다가 강하게 몸을 흔들어도 아무 반응이 없었다. 그저 그의 입에서는 하얀 거품만 계속 새어 나오고 있었다.

"야! 좀 일어나 봐!"

모든 힘을 쓰고 주저앉아 있던 아드리아프는 다시 나타난 벌레들을 보고 힘없이 한숨을 내쉬고 말했다.

"난 이제 싸울 힘이 없어…."

아드리아프는 자신의 지팡이에 간신히 몸을 의지한 채 일어나 보기 위해 한쪽 무릎을 굽혔다. 해로프는 그런 아드리아프를 보며 말했다.

"영감님!"

순백의 기사 바이트도 동료들이 점점 지쳐가는 모습을 보자 자신이 더 힘을 내야겠다고 생각해 칼의 손잡이를 더 강하게 쥐고 벌레들이 다가오고 있는 곳을 향해 빠르게 뛰어가며 소리쳤다.

"내가 하움 왕국의 왕자 바이트다!"

해로프도 바이트를 따라 트리드를 들고 벌레들을 향해 달려나갔다. 그렇게 아까와 같이 많은 벌레와 싸우는 것은 바이트와 해로프 둘뿐이었고 라이다는 기절해 있는 파프 옆에 서서 그를 지켰다.

그러면서 라이다는 계속 파프를 발로 툭툭 건드렸다.

"야! 그렇게 무책임하게 누워만 있을 거야?"

그때 벌레들은 이번에도 해로프와 바이트가 막고 있는 공간을 쉽게 뚫어버리고 아드리아프와 파프가 있는 쪽으로 가기 시작했다. 라이다는 파프의 손에 들려 있는 트리드를 잡아 양손에 트리드를 잡았다.

벌레들은 순식간에 가까이 왔고, 라이다는 양손을 휘두르며 검은 벌레들을 하나씩 잡기 시작했다. 하지만 끝없이 다가오는 벌레들 때문에 라이다의 움직임도 점점 더 느려졌고 라이다의 발목에 검은 벌레가 마구 붙기 시작했다.

"파프! 일어나라고!"

라이다가 계속 소리치는데도 파프는 움직임이 없었다. 그의 손이 덜덜 떨리고 있을 뿐이었다. 결국, 벌레들은 바닥에 쓰러져 있는 파프의 몸 위로 올라갔고 라이다도 자신의 가슴까지 올라온 벌레들을 보고 소리쳤다.

"쳐다보지 마!"

검은 벌레의 섬뜩한 눈을 가까이에서 본 라이다도 결국 그 자리에 주저앉고 말았다. 하지만 라이다는 몸을 이리저리 굴리며 몸에 붙은 벌레들을 떼어내고 양손에 들고 있는 트리드를 마구 휘둘렀다.

그런데 그때 검은 벌레들이 누워 있는 파프를 들어 올려 등딱지에 올렸다. 파프는 마치 벌레들로 만들어진 침대에 누워 있는 듯 벌레의 딱딱한 등 위에 올려져 어디론가 끌려가기 시작했다. 라이다는 그 모습을 보고 소리쳤다.

"안 돼!"

라이다의 소리를 들은 해로프도 파프가 벌레들에게 이끌려 어디론가 납치되는 모습을 보았다. 하지만 지금 주변에 있는 벌레들이 너무 많아 도와줄 수 없었다.

그리고 라이다의 등까지 올라간 벌레가 그의 목덜미를 깨물자 그도 정신이 몽롱해지며 눈앞의 시야가 뿌예지기 시작했다.

"나 왜 이러지."

그러자 라이다도 정신을 잃었다. 그렇게 파프와 라이다는 벌레들의 등껍질에 올려져 어디론가 끌려가기 시작했다. 아드리아프는 그들이 끌려가는 것을 막아보기 위해 지팡이를 다시 한 번 하늘 위로 올린 후 찍어 눌렀다.

"제발!"

하지만 주변에 아무 반응도 일어나지 않았고 벌레들도 사라지지 않았다. 그런데 그때 해로프 뒤에서 그들의 모습을 지켜보고 있던 메디퍼의 눈동자 색깔이 주황빛으로 변하기 시작했다. 메디퍼는 자신의 눈동자 색깔이 바뀐다는 것을 스스로 느낄 수 있었고, 조용히 말했다.

"하디퍼, 지금 네가 필요해."

그의 눈동자는 한순간에 주황빛으로 변해 모두에게 소리쳤다.

"다 덤벼!"

하디퍼로 변한 그는 벌레들이 거침없이 다가오는 곳으로 뛰어가 손으로 벌레들을 잡고 발로 밟으며 빠르게 기어다니는 벌레들을 잡아버리기 시작했다. 해로프와 바이트도 이제는 정말 한계가 온 듯 숨을 엄청나게 격하게 내쉬고 있었다.

하지만 라이다와 파프를 납치해 간 벌레들은 이미 마을에서 모습을 보이지 않고 사라진 상태였다. 해로프는 그들이 사라진 것을 보고 주먹으로 바닥을 강하게 내려쳤다. 벌레들은 끊임없이 땅에서 기어 나오고 있었고 바이트도 이제는 지쳐가는 듯, 마치 등에 무거운 돌을 메고 있는 것처럼 움직임이 무뎌졌다.

결국, 그들의 몸에도 벌레들이 붙기 시작했고 빠르게 움직이는 벌레들은 해로프의 가슴까지 올라오기 시작했다. 해로프는 고개를 들어 벌레들의 모습을 가까이에서 보지 않으려 했다.

"제발 내 몸에서 떨어져!"

하지만 벌레들은 그의 말을 듣지 않았고, 그의 목까지 기어 올라와 목을 물려고 했다.

그런데 그때 주황빛 눈동자를 비추는 하디퍼는 아드리아프에게 다가가 그의 지팡이를 낚아채고 하늘 위로 들어 올렸다. 아드리아프는 갑자기 지팡이를 가져간 그를 보며 깜짝 놀랐다.

하디퍼가 지팡이를 하늘 높게 들어 올리자 갑자기 그 지팡이 주변으로 엄청난 붉은 빛들이 모여들기 시작했다. 그는 눈을 감고 있다가 잠시 뒤 눈을 부릅뜨고 아드리아프의 지팡이를 강하게 내려찍었다.

"으아!"

하디퍼가 아드리아프의 지팡이를 바닥에 내려찍자 그 주변으로 마치 태양이 폭발한 것처럼 강렬한 열기가 퍼져나갔고 눈을 뜰 수 없을 정도로 밝은 빛이 생겨났다. 그 광경을 목격한 해로프는 그저 입을 벌리고 지켜볼 수밖에 없었다.

밝은 빛과 열기가 번쩍이고 난 뒤 그곳에 있던 검은 벌레들은 하늘에 있는 검은 구름 속으로 연기가 되어 빨려 들어갔다. 그리고 시간이 지나자 하늘을 덮고 있던 먹구름은 사라지기 시작했다. 하디퍼는 지팡이를 양손으로 잡은 채 미소를 지으며 말했다.

"끝내주는데?"

웃음소리의 비밀

 해로프는 그런 그를 놀란 눈빛으로 바라보고 있었고 옆에 쓰러져 있던 아드리아프 영감도 자신의 지팡이를 사용해 엄청난 힘을 내뿜은 메디퍼를 놀란 듯이 바라보고 있었다. 하디퍼는 먹구름이 점점 사라지자 다시 푸른 눈동자로 돌아가기 시작했다.
 "형, 이렇게 재밌는 상황에는 또 불러줘!"
 해로프는 하디퍼에게 말을 걸어보기 위해 빠르게 달려갔다.
 "잠시만!"
 해로프 지팡이를 들고 있는 그와 대화를 해보기 위해 달려갔지만, 눈동자는 이미 메디퍼의 푸른 눈으로 돌아와 있었다. 메디퍼는 자신의 손에 아드리아프의 지팡이가 들려 있자 갸우뚱하며 말했다.

"왜 내 손에 들려 있는 거지?"

해로프는 그를 보며 말했다.

"방금 너의 눈동자가 주황빛으로…. 아니 너의 동생이 잠깐 왔다 갔었어."

그러자 메디퍼는 걱정스러운 말투로 말했다.

"혹시 하디퍼가 실수라도 한 거야?"

해로프는 눈꼬리가 내려가며 자신 없게 말하는 메디퍼의 얼굴을 보며 말했다.

"너 동생이 여기에 있는 벌레들을 모두 없애버렸어!"

메디퍼는 동생이 벌레를 전부 없애버렸다는 것이 믿기지 않았다. 그리고 메디퍼는 자신이 들고 있는 지팡이를 다시 아드리아프에게 돌려주기 위해 그에게 다가갔다.

아드리아프는 힘을 다 써서 그런지 바위에 간신히 몸을 기대 숨을 헐떡이면서 메디퍼를 보았다. 그런 아드리아프를 보고 해로프가 급하게 뛰어왔다.

"영감님!"

멀리서 검은 벌레들을 없애버리던 바이트도 점점 먹구름이 사라지자 해로프가 있는 쪽으로 다가왔다. 아드리아프의 상태가 생각보다 심각해 보이자 해로프가 말했다.

"영감님 상태는 어떠세요?"

아드리아프가 말했다.

"일어날 힘도 없구나…."

아드리아프는 주변을 둘러보며 말했다.

"라이다와 파프가 벌레들한테 들려 어디론가 끌려갔어."

해로프는 주변을 둘러보았고 아드리아프는 고개를 떨구며 말했다.

"그들이 어디로 갔는지도 모르는데 말이야."

해로프는 아드리아프를 일으켜 보려고 몸을 부축해 주었다. 아드리아프의 몸은 종잇장처럼 가벼웠다.

"영감님, 일어나실 수 있으세요?"

해로프는 걱정하는 눈빛으로 노인을 바라보았다. 하지만 아드리아프는 해로프의 기대와는 다르게 생각보다 더 상태가 좋지 않아 보였다. 그의 얼굴에는 주름이 전보다 더 깊게 새겨져 있었고, 그의 뼈는 전보다 더 앙상하게 튀어나와 있었다.

그런데 그때, 점점 사라지던 먹구름이 다시 하늘을 덮기 시작했다. 바이트가 먼저 그 모습을 보고 말했다.

"저곳을 봐! 다시 먹구름이 마을을 덮고 있어!"

바이트의 말을 들은 해로프는 제발 아니기를 바라며 하늘을 쳐다보았다. 해로프가 하늘을 보고 말했다.

"젠장…. 분명히 여기에 있는 벌레들을 모두 없앴는데?"

그때 먹구름 안에서 기괴한 웃음소리가 제드윈 마을 전체에 울려 퍼지기 시작했다. 그 마녀 같은 웃음소리는 귀가 찢어질 것처럼 듣기 싫었다.

"뭐야. 무슨 일이야?"

그리고 검은 구름 안에서 무언가가 날아와 해로프와 동료들을 향해 몰려오고 있었다. 메디퍼가 겁에 질린 채 그것들을 보며 말했다.

"뭔가 날아오고 있어!"

해로프와 아드리아프 그리고 바이트도 동시에 그 모습을 보고 있었다. 바이트는 그 검은 떼들을 자세히 보더니 소리쳤다.

"저것들은 모기야!"

해로프는 그 소리를 듣고 말했다.

"모기라고요?"

하늘 위에서 날아오고 있는 검은 모기떼들은 굵은 나무도 뚫어버릴 듯한 뾰족한 침을 가지고 그들을 향해 날아오고 있었다.

"이제 어떡해야 하지?"

해로프는 다시 메디퍼를 보며 말했다.

"메디퍼! 너의 동생을 다시 부를 수 없어?"

메디퍼는 자신 없는 눈빛으로 말했다.

"그게…. 내가 나오라고 해서 나올 수 있는 것이 아니라…."

해로프는 어쩔 수 없이 어금니를 꽉 깨물고 트리드를 다시 쥔 채 결의에 찬 눈빛으로 바이트를 바라보았다. 바이트도 그런 그의 눈을 보고 서로 고개를 끄덕였다.

"바이트, 우리가 영혼석을 지켜내기 위해서 조금만 더 힘을 내야 할 것 같아요."

원정대에게는 라이다와 파프도 없었고, 아드리아프마저 일어날 힘이 없는 상태였다. 검은 구름에서 날아오고 있는 모기떼들이 가까이 다가오면서 윙윙거리는 듣기 싫은 소리가 들려왔다.

해로프는 양손으로 두 귀를 막았다. 바이트도 모기들의 소리를 듣자 참지 못하고 귀를 틀어막았다. 많은 양의 모기떼들은 그들을 향해 가까이 날아왔다.

"바이트, 우리가 힘을 내봅시다!"

해로프는 자신의 트리드를 꽉 쥔 채 자신에게 다가오는 그 검은 영혼의 모기떼를 향해 트리드를 휘둘렀다. 트리드는 갑자기 테니스 채 모양으로 바뀌었고 해로프는 그 트리드를 보고 놀랐다.

"뭐야!"

일단 해로프는 힘이 빠져 있는 아드리아프와 아직 주황빛 눈동자로 변하지 않은 메디퍼를 지켜주기 위해 앞으로 나섰다. 바이트도 해로프의 옆으로 가서 다가오는 모기들을 기다리고 있었다.

"다 덤벼!"

모기들은 이제 그들 바로 앞에서 뾰족한 송곳 같은 침을 막 들이대기 시작했다. 해로프는 자신의 테니스 채처럼 생긴 그 트리드를 가까이에 있는 모기들에게 휘둘러 보았는데 그 검은 모기들이 트리드에 닿자마자 '파직' 소리를 내며 검은 연기로 불타오르듯 사라졌다. 해로프는 트리드를 보며 말했다.

"이거 괜찮은데?"

그때 뒤에서 하디퍼의 목소리가 들려왔다.

"나를 다시 불러주다니!"

해로프는 그의 목소리를 듣고 마치 오랜만에 만난 친구처럼 반갑게 말했다.

"다시 돌아왔구나!"

하디퍼는 하늘 위에서 뾰족한 침으로 찌르려고 하는 모기떼들을 보며 말했다.

"오늘 우리 형 몸이 좀 피곤하겠는데?"

하디퍼는 바위에 주저앉아 있는 아드리아프에게 가까이 다가가 말했다.

"어르신, 혹시 이 지팡이 좀 다시 사용해도 될까요?"

아드리아프는 바위에 기댄 채 주황색 눈동자를 올려다보며 지팡이를 건네주었다.

"당연하지."

하디퍼는 아드리아프에게 지팡이를 건네받자 잽싸게 해로프와 바이트가 있는 곳으로 달려갔다. 해로프는 듣기 싫은 모기들의 소리를 간신히 참으며 주변에 있는 모기들을 없애버렸고 바이트도 날카로운 칼을 휘둘러 주변에 있는 모기들을 베어내고 있었다.

"제가 다시 왔어요!"

하디퍼는 마치 장난감을 발견한 신난 어린아이처럼 크게 소리쳤고, 해로프가 말했다.

"어서 도와줘!"

그렇게 그 세 명의 전사들은 머리 위로 날아다니는 모기들을 순식간에 해치우기 시작했다. 모기들은 뾰족한 침을 그들에게 들이댔다. 그때 하늘 위 검은 구름 속에서 마치 손톱으로 칠판을 긁는 것처럼 끔찍한 소리가 하늘 전체에 울려 퍼졌다. 해로프와 그의 두 동료는 그 소리를 듣자 온몸에 소름이 돋기 시작했다.

해로프가 말했다.

"이게 무슨 소리야!"

바이트가 인상을 찌푸리며 소리쳤다.

"저 먹구름 안에서 이상한 웃음소리가 들려!"

옆에 서 있던 하디퍼가 말했다.

"이 웃음소리는 더 듣기 싫어!"

하디퍼는 한 손으로 아드리아프의 지팡이를 하늘 위로 올렸다. 그러자 지팡이에 하얀빛이 모이기 시작했다. 날고 있던 모기들은 그 빛을 보자마자 바로 불에 타버리는 듯 연기가 되어 사라지기 시작했다.

해로프는 그런 하디퍼의 모습을 보고 놀랐다.

"너 생각보다 더 대단한데?"

하디퍼는 그의 칭찬을 듣고 입꼬리를 올리며 말했다.

"뭐 이 정도 가지고요. 우리 형은 아마 겁이 많아서 이런 거 못 하긴 할 테지만."

그런데 그때 검은 구름에서 기괴한 웃음소리가 다시 울려 퍼지기 시작했다. 그 웃음소리를 들은 해로프와 그의 동료들은 아까보다도 더 커진 웃음소리에 주먹을 꽉 쥐었다.

"웃음소리가 점점 더 커지고 있어!"

해로프 바이트가 어금니를 깨물며 말하는 소리를 듣고 소리쳤다.

"귀가 찢어질 거 같아!"

아드리아프는 바위에 기대어 검은 구름에서의 웃음소리가 점점 가까워지는 것을 듣고 혼자 조용히 말했다.

"누가 오고 있어."

그의 말이 끝나자마자 검은 구름에서 어떤 형체가 보이기 시작했고, 해로프와 그의 동료들을 향해 기괴한 웃음소리를 내뿜었다.

"으하하!"

바이트는 귀를 막지 않고 참아보려고 했지만, 소리가 커지자 목덜미에 힘이 들어가며 온몸에 소름이 돋아 결국 양손으로 두 귀를 막았다. 그때 살아 있던 모기 한 마리가 송곳 같은 침으로 바이트의 목에 달라붙었다. 바이트는 자신의 귀를 막고 있어 목덜미에 모기가 붙은 줄도 모르고 있었다.

그 모습을 발견한 하디퍼는 자신의 지팡이를 바이트 쪽으로 내밀며 소리쳤다.

"거기 하얀 옷을 입은 아저씨! 가만히 있어요!"

그러더니 그의 지팡이에서 밝은 빛이 뿜어져 나와 바이트의 목덜미에 내려앉은 모기를 한순간에 검은 연기로 불태워 버렸다. 바이트는 뒤에서 무언가가 불에 타오르자 잽싸게 앞으로 뛰쳐나오며 말했다.

"무슨 일이 있었어?"

"아무것도 아니에요."

해로프는 이제 다 사라진 모기들을 보며 몸은 지친 상태였지만 힘은 낼 수 있었다. 아드리아프는 바위에 몸을 기대, 마치 기절해 있는 듯 고개를 푹 숙이고 있었고, 숨을 거칠게 내쉬고 있었다.

그때 다시 제드윈 마을 전체에 울린 거대한 웃음소리가 마치 수천 마리의 까마귀들이 동시에 울고 있는 소리처럼 섬뜩하게 들렸다. 하디퍼가 검은 구름 속 형체를 보며 말했다.

"저기! 저기를 봐!"

하디퍼는 지팡이를 치켜들었고 그곳에서는 거대한 형체가 먹구름 사이에서 모습을 보이고 있었다. 해로프도 먹구름 안에 있는 정체불명의 형체를 발견했다.

그 형체는 먹구름에서 점점 모습이 뚜렷해지고 있었다. 그리고 알 수 없는 형체의 모습은 더욱더 가까워지고 있었다. 그들은 그저 하늘을 바라보며 정체불명의 형체를 바라보았다.

해로프가 고개를 올린 채 말했다.

"저 녀석이 아마 블레드가 만들어 낸 검은 영혼일 거야."

검은 형체는 땅으로 내려오면서 다시 기괴한 웃음소리를 크게 내뿜었다. 해로프는 재빨리 두 귀를 막았다. 그리고 그의 몸에 있는 털은 바짝 서버렸다. 먹구름 속에서 점점 모습을 보이는 그 형체가 말했다.

"영혼석!"

해로프는 그 소리를 듣고 자신의 목에 걸려 있는 영혼석을 쳐다보았다.

"역시 저 녀석은 내 영혼석을 노려보고 있어!"

그 형체는 먹구름 밖으로 나와 하늘을 빙글빙글 이리저리 마치 엄청나게 빠른 까마귀처럼 날아다니더니 해로프 앞에 그 형체를 보였다. 하디퍼는 기괴하게 생긴 형체를 보자마자 뒷걸음질 치며 말했다.

"저게 뭐야!"

그들 앞에 나타난 검은 형체의 머리부터 발끝까지 진흙이 흘러내리고 있는 것처럼 살이 축 처져 있었다. 코는 독수리의 부리처럼 구부러져 있었고 머리카락은 무릎까지 내려올 정도로 길었다. 바이트는 검은 영혼의 모습을 보자 떨리는 목소리로 말했다.

"저 끔찍하게 생긴 녀석은 뭐지?"

검은 영혼은 해로프를 한참 바라보다가 다시 입을 열었다.

"으하하!"

해로프는 누가 자신의 귀 가까이에서 크게 소리를 지르는 듯한 고통 때문에 두 귀를 막았다. 물론 그 옆에 있던 동료들도 모두 양손으로 귀를 막았다.

"영혼석…"

검은 영혼은 계속 속삭였다.

"절대 줄 수 없어!"

해로프가 소리치자 검은 영혼은 다시 입을 크게 벌려 기괴한 웃음을 터트렸다. 해로프는 그 마녀가 웃는 모습이 머릿속에서 지워지지 않을 정도로 기괴했다. 그래도 해로프는 목에 걸려 있는 영혼석을 빼앗기지 않기 위해 손으로 쥐었다. 그때 하디퍼가 그 검은 영혼 마녀에게 소리쳤다.

"어서 꺼져!"

몸을 출렁이며 움직이는 검은 영혼은 하디퍼의 그 소리를 듣고도 아무 반응이 없었다. 그녀의 시선은 오직 해로프에게 있는 영혼석에 가 있었다. 하디퍼는 그녀가 아무 반응을 보이지 않자 지팡이를 하늘 위로 들어 올렸고 밝은 빛을 마녀를 향해 쐈다.

"여기에서 사라지게 해줄게!"

마녀는 자신에게 눈부신 빛이 다가오고 있음을 알면서도 아무 일 없다는 듯 피하지 않았다. 오히려 그 빛을 정면으로 바라보고 있었다. 그 모습을 보고 당황한 바이트가 말했다.

"뭐야! 피하지 않잖아!"

하디퍼가 그 모습을 보며 말했다.

"이제 곧 너의 몸통이 뚫릴 거다!"

하지만 그 빛은 마녀의 몸을 그대로 통과했고, 빛은 사라지고 검은 마녀는 아까와 같이 아무 일 없었다는 듯 해로프의 목에 걸려 있는 영혼석만 지그시 바라보고 있었다. 하디퍼는 자신의 공격이 먹혀들지 않자 당황했고, 그의 동료들도 지금까지 강력한 힘을 발휘하던 지팡이의 힘이 검은 마녀에게 먹히지 않자 놀랐다.

"젠장…."

해로프는 고개를 떨구고 있는 아드리아프를 보며 말했다.

"영감님, 이제 어떻게 하면 좋을까요?"

아드리아프도 하디퍼의 지팡이에서 나온 강력한 힘을 그냥 통과해 버리고 아무 고통도 받지 않는 그 마녀를 보자 마치 자신의 속임수가 먹히지 않은 마술사의 표정처럼 해로프의 질문에도 아무 대답도 해주지 못했다.

바이트는 그 마녀의 얼굴을 자세히 보더니 말했다.

"저 마녀가 눈물을 흘리고 있어!"

해로프는 검은 마녀의 얼굴을 자세히 보고 싶진 않았지만, 바이트가 말한 대로 정말 그녀의 눈에는 눈물이 흘러내리고 있었다. 잠시 뒤 마녀는 다시 입을 열었다. 해로프는 그녀가 독두꺼비처럼 크게 입을 벌리자 양쪽 귀를 막았다.

"이하하하!"

헤로프와 두 동료는 두 귀를 막고 있어 아무것도 할 수 없었고 마녀는 서서히 해로프에게 다가오기 시작했다. 그녀는 질퍽거리는 걸음걸이로 표정을 찌푸리고 있는 그를 향해 다가왔다. 해로프는 귀를 막고 있던 두 손을 내려 트리드를 휘둘렀다.

그러자 트리드는 바이트가 들고 있는 것과 똑같이 생긴 묵직하고 날카로운 검으로 변했다. 해로프는 검은 마녀가 가까이 다가올 때 자신의 트리드를 내밀며 소리쳤다.

"더 가까이 다가온다면 이 칼로 너의 목을 베어버릴 거야!"

그러자 마녀는 해로프의 말을 들었는지 자리에 잠시 멈춰 섰다. 해로프와 주변에 서 있는 동료들은 마녀가 갑자기 걸음을 멈추자 의아해했다. 하지만 그 자리에서 마녀는 하늘 위를 올려다 보며 마치 불을 뿜어낼 것 같은 용처럼 입을 크게 벌렸다.

해로프는 그 모습을 보고 소리쳤다.

그녀는 주변에 있는 공기를 전부 빨아들이듯 가득 머금고 입을 벌리며 엄청나게 큰 웃음소리를 내질렀다. 제드원 마을에 있는 풍차는 엄청난 파동에 날개가 멀리 날아가 버렸다. 마을에 있던 나무들에서는 '우직'하는 소리가 들려왔다. 바이트는 날아갈 것 같은 몸을 다리에 힘을 주고 버티며 파동이 멈출 때까지 기다렸다. 그녀가 웃음을 멈추자 바이트는 지금이 기회라고 생각해 칼을 들고 재빨리 검은 마녀를 향해 달려갔다.

"목을 베어주마!"

바이트는 그녀의 목을 베어내기 위해 하늘 위로 높이 뛰어올랐고 칼을 하늘 높이 들어 올렸다. 그런데 이번에도 검은 마녀는 움직이지 않았다. 그저 높이 뛰어오른 바이트를 물끄러미 바라보았다.

"죽어라!"

바이트는 자신의 칼로 그녀의 목을 베어냈다. 하지만 마녀의 상처가 빠른 속도로 아물기 시작하면서 다시 원래 상태로 돌아오기 시작했다. 그 모습을 보고 바이트는 갑자기 겁에 질린 아이처럼 얼굴이 보랏빛으로 변해버렸다.

"뭐야!"

검은 마녀는 당황한 바이트를 바라보며 큰 소리로 기괴한 웃음소리를 내질렀다.

"으아하하하!"

그러자 바이트는 자신이 두 손으로 들고 있던 거대한 칼을 바닥에 떨어뜨렸고 귀를 막아야만 했다. 그때 그 마녀는 순식간에 그에게 다가가 바이트의 배를 강하게 후려쳤고 바이트는 그 충격에 종잇장처럼 나가떨어졌다. 해로프는 그 모습을 보고 침을 한번 삼킨 채 들고 있는 칼을 부여잡으며 속삭였다.

"어떻게 해야 저 마녀를 없애버릴 수 있을까?"

그때 공격이 통하지 않아 자존심이 상했던 하디퍼는 다시 지팡이를 그녀에게 가져다 대며 말했다.

"이번에는 아까보다 더 따가울 거야!"

그는 눈을 꼭 감고 다시 지팡이에 힘을 최대한 집중했다. 지팡이 끝은 아까보다 더 강렬한 붉은 빛을 내뿜었다.

"죽어라!"

하지만 이번에도 마녀는 가소롭다는 듯 눈만 한번 찡그리더니 빛을 피하지 않았다. 빛을 받은 그녀의 몸통에는 거대한 동그란 공간이 생기면서 몸통이 뚫려버렸다. 하디퍼는 자신의 공격이 통했다고 생각해 주먹을 불끈 쥐며 말했다.

"어때, 그 웃음소리 좀 한 번 더 내보시지?"

하디퍼는 자신의 지팡이를 다시 하늘 위로 크게 들어 올린 후 미소를 보였다. 하지만 시간이 지나면서 이번에도 그녀의 몸통은 마치 녹았던 젤리를 다시 뭉치는 것처럼 원래대로 돌아오기 시작했다. 그는 눈동자가 커지며 당황했다.

해로프도 그녀의 몸이 다시 원래대로 돌아오는 모습을 보고 뒷걸음질 치기 시작했다. 그러면서 마녀는 다시 입을 크게 벌린 후 공기를 빨아들이기 시작했다. 하늘에 있던 검은 먹구름이 그녀의 입속으로 빨려 들어가기 시작했다.

"모두…. 뒤로 물러나!"

그러자 그녀의 몸은 마치 풍선처럼 부풀었고, 이후 고래의 등에서 물줄기가 뿜어져 나오듯 엄청난 소리를 밖으로 내뱉었다. 그러자 그들은 엄청난 파동의 힘 때문에 멀리 나가떨어지고 말았다.

"악!"

해로프는 칼을 바닥에 짚으며 다시 일어났다. 그는 바닥에서 꿈틀거리고 있는 아드리아프를 보며 말했다.

"영감님!"

하디퍼와 바이트도 자신들의 무기를 땅에 짚은 채 다시 일어섰다.

"저 마녀를 어떻게 해야 없앨 수 있는 거야!"

그들은 공격이 먹히지 않자 섣불리 나서지 못하고 그저 검은 마녀를 바라만 보고 있었다. 마녀는 해로프의 목을 보며 조용히 말했다.

"영혼석."

해로프는 영혼석을 손으로 움켜쥐었다. 그리고 그는 트리드를 들고 다시 검은 마녀를 향해 뛰어가기 시작했다. 그 모습을 보고 있던 바이트와 하디퍼는 걱정스러운 눈빛으로 그를 바라보았다.

"해로프!"

해로프는 마치 야생의 호랑이처럼 눈을 무섭게 뜨고 그녀에게 달려가며 소리쳤다.

"감히 내 동료들을 다치게 해?"

해로프는 자신의 트리드를 그녀의 몸통을 베어버렸다. 마녀의 몸은 두 동강으로 갈라져 바닥에 떨어지고 말았다. 그 모습을 보고 있던 그의 동료들은 모두 놀란 듯 그를 바라보았다. 하지만 아직 그들은 그녀가 어떤 모습으로 다시 뭉쳐질지 몰랐다. 해로프는 그 마녀의 몸이 두 동강이 나 바닥에 떨어진 것을 보자마자 아직은 안심할 수 없었지만 그래도 자신이 그녀를 물리쳤다는 생각에 숨을 거칠게 내쉬며 그 모습을 바라보고 있었다.

"해치운 건가?"

아드리아프는 그런 해로프의 모습을 바라보면서 말했다.

"아니야. 아직 죽지 않았어."

하디퍼가 두 동강 난 그녀의 몸뚱이를 바라보면서 말했다.

"저…. 저기를 봐!"

그는 두 동강이 난 그녀의 몸을 손으로 가리켰고 그녀의 몸은 다시 자신의 자리를 되찾는 듯 서로 붙기 시작했다. 그리고 그 두 개의 물체는 서로 붙어 다시 원래의 형태로 돌아오고 있었다. 해로프는 조각난 마녀의 몸을 계속 칼로 베어냈다. 하지만 마녀의 몸은 아무리 잘려도 결국엔 서로 붙었다. 해로프는 그 기괴한 상황을 보며 말했다.

"사라지지 않잖아!"

마녀는 떨어졌던 몸이 달라붙으면서 몸집이 더 커졌다. 마녀는 다시 해로프에게 천천히 중얼거리며 다가왔다.

"영혼석…."

"이제 어떻게 해야 해!"

검은 마녀는 해로프 앞까지 다가와 그의 목에 걸려 있는 영혼석에 손을 뻗었다. 그런데 그때 해로프의 목에 걸려 있던 초록빛 목걸이에서 강렬한 빛이 뿜어져 나오기 시작했다. 해로프는 영혼석에서 엄청난 빛이 나오자 그 속을 바라보기 시작했다. 검은 마녀는 계속 해로프의 영혼석에 손을 뻗고 있었다.

"이게 뭐야."

해로프는 영혼석에서 빛이 사라지고, 그 안에 갑자기 무언가가 보이자 얼굴을 더 가까이 들이밀며 그 안에 나타난 것을 바라보기 시작했다. 영혼석 속에는 태어난 지 얼마 되지 않은 것 같은 갓난아기가 해맑게 웃고 있었고 그 아이를 안고 있는 엄마도 웃고 있었다. 하얀색 천으로 감싸져 있는 갓난아기는 자신을 보고 있는 엄마가 소리 내서 웃을 때마다 잇몸을 보이며 환하게 미소를 지었다.

"해로프! 무슨 일이야!"

하디퍼가 방금까지 빛이 뿜어져 나왔던 영혼석을 뚫어지게 보고 있는 해로프에게 소리쳤다.

해로프는 아무 대답 없이 그저 영혼석 안에 있는 상황을 지켜보았다. 그리고 해로프는 영혼석 속의 아이의 엄마가 지금 그에게 손을 뻗고 있는 검은 마녀와 얼굴이 비슷하다는 것을 알 수 있었다.

영혼석 안에서는 엄마가 아이의 얼굴을 바라보면서 계속 소리 내서 웃고 있었고, 아이는 엄마가 환하게 웃는 모습을 보자 덩달아 순수한 웃음을 보였다. 그런데 그때 영혼석 안에서 평화롭던 장면이 사라지더니 갑자기 다른 장면으로 바뀌었다. 맨발로 숲을 걸어가고 있는 아까 그 아이의 엄마가 보였고, 그녀는 숲을 두리번거리며 크게 소리치고 있었다.

"아가야! 아가야!"

영혼석 안에서 소리가 작게 흘러나왔다.

해로프는 그녀의 모습을 바라본 뒤 자신에게 손을 뻗고 있는 검은 마녀를 쳐다보았다. 그리고 해로프는 다시 영혼석 속에 나타난 상황을 다시 바라보았다. 영혼석 속에서 그 여인은 숲 한가운데에서 주저앉아 눈물을 흘리기 시작했다.

"아가야…"

해로프는 영혼석 속 여인이 지금 앞에 있는 검은 마녀라는 것을 확신할 수 있었다. 그리고 해로프는 그다음에 영혼석에서 나오는 상황을 보고 어금니를 깨물었다.

영혼석 안에서 블레드의 모습이 나타나기 시작했다. 블레드는 숲길에 주저앉아 울고 있는 그녀에게 의미심장한 웃음을 지으며 천천히 다가갔고 그녀에게 무언가를 속삭였다. 그의 손에는 그녀의 아이가 들려 있었다. 그러자 울고 있던 그녀는 그 자리에서 쓰러졌고 얼마 지나지 않아 그녀의 몸속에서 검은 무언가가 피어오르기 시작했다.

"해로프! 무슨 일이야!"

바이트는 해로프가 무언가에 홀린 사람처럼 영혼석을 보고 있자 소리쳤다. 영혼석 안에서 블레드에게 납치된 아이의 모습이 나타났다. 해로프는 그녀의 얼굴을 정면으로 바라보았다. 그녀는 웃고 있었지만, 눈에서는 눈물이 흐르고 있었다.

"해로프!"

바이트는 움직이지 않고 있는 해로프를 구하기 위해 뛰어갔다. 해로프는 그때 손을 뻗고 있는 마녀에게 영혼석 안에 나타난 아이의 모습을 보여주었다. 그러자 마녀는 건네던 손을 멈췄다. 그리고 마녀의 얼굴에 있던 눈물 자국으로 눈물이 흘러내리기 시작했다. 영혼석 안에서 보이는 아기의 울음소리가 밖으로 울려 퍼졌고 동료들은 당황했다.

해로프는 검은 마녀가 멈추자 영혼석 안에 나타난 아기의 얼굴을 그녀에게 보여주며 말했다.

"너의 아기는 살아 있어!"

그러자 검은 마녀는 해로프의 영혼석 안에 있는 아기의 얼굴을 자세히 바라보았다. 해로프는 영혼석을 그녀의 손에 올려주었다. 그 모습을 보고 있던 바이트는 해로프가 저주에 걸렸다고 생각해 더 빠르게 달리기 시작했다.

"정신 차려!"

검은 마녀는 영혼석 안에 있는 아기를 보며 조용히 말했다.

"우리 아가…. 내 소중한 아가…."

해로프는 검은 마녀의 얼굴을 보고 말했다.

"그렇게 소리를 내지르면서 찾지 않아도 돼!"

그녀가 슬프게 흐느끼며 말했다.

"살아 있었구나. 우리 아가."

검은 마녀는 해로프에게 다시 영혼석을 돌려주었다. 이후 마녀의 형태가 점점 사라지기 시작했다.

"이제 됐어. 우리 아기가 살아 있다는 것만 알았으면 됐어."

마녀의 몸은 불에 타는 것처럼 다리부터 공기 중으로 사라지기 시작했다. 그러면서 마녀는 미소를 지으며 말했다.

"고마워 우리 아기를 찾아줘서…."

해로프는 사라져 가는 그녀를 보며 다급하게 말했다.

"사라지기 전에 라이다와 파프를 데려간 장소를 알려줘!"

마녀는 흐느끼며 말했다.

"숨겨진 동굴…. 저쪽으로 가면 돼."

그녀는 벌레들이 라이다와 파프를 납치해 간 방향을 알려주었다. 검은 마녀의 손가락은 점점 사라져 갔다. 해로프는 하염없이 눈물을 흘리는 그녀를 보며 말했다.

"아들을 꼭 찾길 바랄게."

마녀의 형체가 사라졌다. 그러자 하늘을 감싸고 있던 검은 먹구름도 점점 걷히기 시작했다. 바이트는 그에게 다가와 어떻게 된 일인지 물었다.

"해로프, 도대체 어떻게 한 거야?"

"영혼석이 우리를 구해줬어요. 그리고 마녀가 사라지기 전에 라이다와 파프가 끌려간 곳을 알려주었어요."

"그럼 어서 그곳으로 가자!"

바이트는 해로프를 일으켜 주었다. 해로프는 일어나자마자 아직 숨을 헐떡이고 있는 아드리아프에게 달려갔다.

"영감님 괜찮으세요?"

아드리아프는 대답 대신 고개만 끄덕였다. 마을에 먹구름이 걷히고 밝은 햇빛이 비치자 마을 사람들이 모습을 보이기 시작했다. 메디퍼는 다시 자신의 모습으로 돌아왔고 자신이 왜 지팡이를 들고 있는지 몰랐다.

"이번에도 하디퍼가 실수하진 않았지?"

해로프는 웃으면서 고개를 끄덕였다. 그의 아버지는 몬프크리 원정대가 괜찮은지 다가왔고 메디퍼는 아무것도 모르는 상태로 고개만 끄덕였다. 메디퍼는 자신이 들고 있는 지팡이를 다시 아드리아프에게 건네주며 말했다.

"저의 동생이 예의 없게 가지고 갔나 보네요. 죄송해요."

그런데 아드리아프는 그에게서 지팡이를 받지 않았다.

"이건 나보다 너에게 더 잘 맞는 것 같구나."

메디퍼와 그의 동료들은 놀라며 힘없는 노인을 쳐다보았다.

"저한테요?"

아드리아프가 말했다.

"나는 잠시 마을에서 쉬어야 할 것 같네."

해로프는 그의 말을 듣고 두 눈이 커졌다.

"영감님, 그럼 우리와 같이 떠나지 못한다는 거예요?"

"그렇다고 볼 수 있지. 하지만 이제 이 친구가 나보다 더 도움이 될 것 같네. 잘할 수 있겠지?"

아드리아프는 메디퍼의 두 눈을 바라보았다. 메디퍼는 어리둥절하다가 고개를 끄덕였다. 메디퍼의 아버지도 그의 어깨에 손을 올리며 말했다.

"영감님은 이제 우리 집에서 모실 테니 걱정하지 말고."

"아버지…."

"너 안에 있는 하디퍼와 같이 용감한 여정을 다녀오도록 해."

"네."

해로프는 이제 새로운 동료가 생겼다는 마음에 환한 웃음을 짓고 메디퍼를 보며 말했다.

"그럼 이제 라이다하고 파프를 구하러 가볼까?"

그들은 검은 마녀가 알려준 방향으로 발걸음을 내딛기 시작했다. 제드윈 마을 사람들은 떠나는 그들을 걱정하는 눈빛으로 바라보며 마지막까지 배웅해 주었다.

메디퍼는 자신을 쳐다보고 있는 마을 사람들의 시선이 부끄럽긴 했지만, 한편으로 책임감도 느끼기 시작했다. 그렇게 몬프크리 원정대는 제드윈 마을 사람들과 마지막 인사를 나누고 용기를 품은 채 앞으로 걸어가기 시작했다.

2편에서 계속

몬프크리를 향하여

Ⅰ 깨어난 악령

초판 1쇄 발행 2024. 10. 7.

지은이 고병재
펴낸이 김병호
펴낸곳 주식회사 바른북스

편집진행 황금주
디자인 한채린

등록 2019년 4월 3일 제2019-000040호
주소 서울시 성동구 연무장5길 9-16, 301호 (성수동2가, 블루스톤타워)
대표전화 070-7857-9719 | **경영지원** 02-3409-9719 | **팩스** 070-7610-9820

•바른북스는 여러분의 다양한 아이디어와 원고 투고를 설레는 마음으로 기다리고 있습니다.
이메일 barunbooks21@naver.com | **원고투고** barunbooks21@naver.com
홈페이지 www.barunbooks.com | **공식 블로그** blog.naver.com/barunbooks7
공식 포스트 post.naver.com/barunbooks7 | **페이스북** facebook.com/barunbooks7

ⓒ 고병재, 2024
ISBN 979-11-7263-166-6 03810

•파본이나 잘못된 책은 구입하신 곳에서 교환해드립니다.
•이 책은 저작권법에 따라 보호를 받는 저작물이므로 무단전재 및 복제를 금지하며,
이 책 내용의 전부 및 일부를 이용하려면 반드시 저작권자와 도서출판 바른북스의 서면동의를 받아야 합니다.

바른북스 출간도서

바른북스
실전출판 안내서

내 책의 완성도를 높여줄 출판 지침서

바른북스 출판사 지음 | 272쪽 | 15,000원

무슨 일이든 시작이 어렵듯 책쓰기도 그렇다. 책을 쓰려고 마음먹었지만 어떤 것부터 해야 할지 막막한 이들을 위해 준비했다. 사전 준비부터 마케팅까지 도움이 될만한 내용으로 꽉 채운 가이드라인을 따라 한 문장 한 문장 글을 이어가다 보면 어느새 당신의 책 한 권이 완성되어 있을 것이다. 나의 이야기를 세상에 들려주고 싶은 꿈을 가진 분들에게는 작가의 길로 가는 지침서가, 이미 원고를 쓰고 있는 분들에게는 완성도 있는 출간을 위한 이정표가 될 것이다.

바른북스

출판문의 barunbooks21@naver.com
대표전화 070-7857-9719
홈페이지 www.barunbooks.com

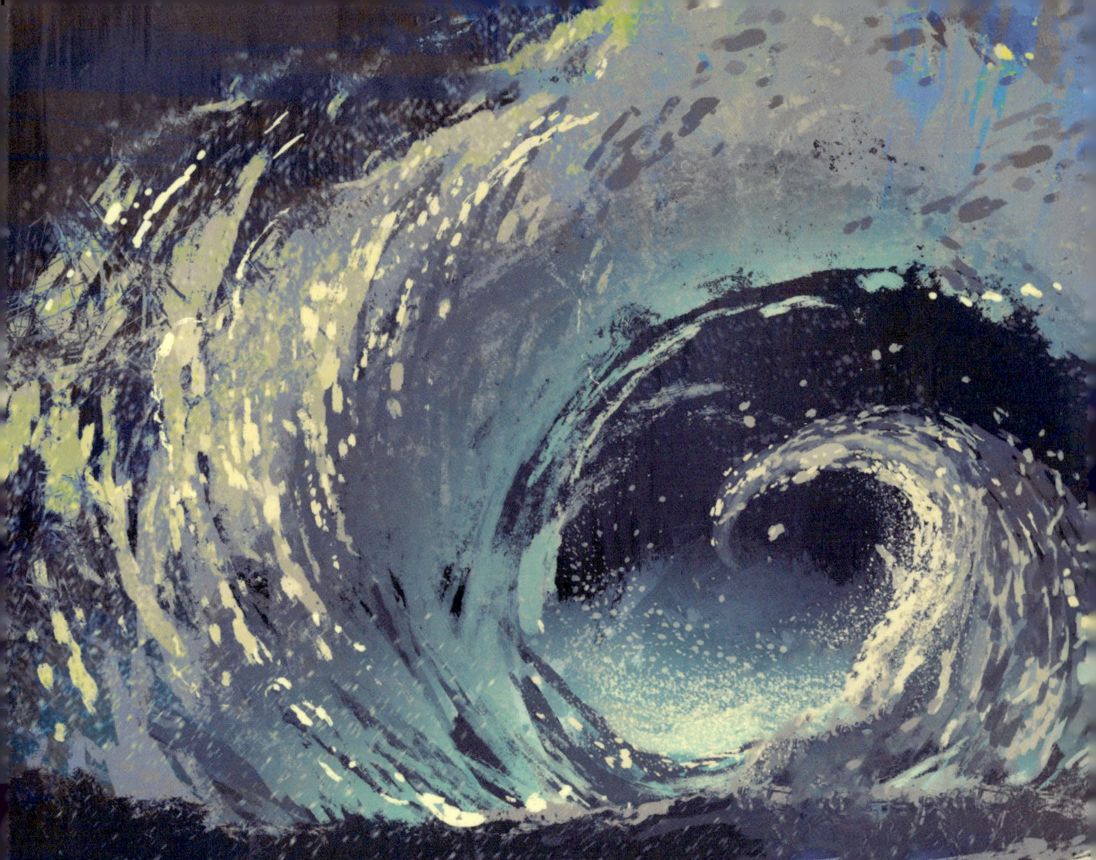

"이제 어떻게 하면 되는 거죠?"
"블레드를 세상 밖으로 나오게 한 네가
영혼석을 가지고 몬프크리로 직접 가서 다시 봉인해야 해.
세상 밖으로 나와버린 블레드는 빠른 속도로
세력을 키워 세상을 온통 어둠으로 지배할 거야.
그렇게 된다면 세상은….
굳이 말해주지 않아도 알겠지?"

03810
9 791172 631666
ISBN 979-11-7263-166-6
값 16,800원